Linda van Rijn

Strandslag

Literaire thriller

uitgeverij marmer

Proloog

HIJ WAS ER NOG. ZE HOORDE HEM, ZIJN VOETSTAPPEN, zijn adem, zelfs zijn peilloos diepe kou leek voelbaar door de dunne muren heen. Ze sloot haar ogen, het maakte in de pikdonkere ruimte niet veel verschil. Geluiden leken zich te verwijderen, maar kwamen toen net zo hard terug. Harder. Ze leunde tegen de muur. Haar rug, haar spieren, haar knieën, alles deed pijn. Haar botten, ook. Maar ze moest klaar zijn. Als ze één kans kreeg, moest ze die grijpen.

Ze kende deze ruimte niet, maar ze had gekeken toen ze binnenkwam. Naar binnen werd gegooid, eigenlijk. De kamer, of wat het ook was, was klein en er was maar één deur. Die vormde geen uitgang, maar een rechtstreekse poort naar de duivel. Alleen als ze die duivel kon passeren, kon ze weg. Hoe hard zou ze kunnen rennen? Het maakte niet uit waarheen. Als ze maar verdween.

Het rook vreemd. Naar ijzer en iets van verrotting. Zuur ook, maar dat kon haar eigen angst zijn. Ze huiverde. Hier op de vloer was het koud, ook al lag er iets zachts. Misschien vloerbedekking. Ze moest dit onthouden. Voor straks. Voor de politie. Details waren belangrijk. Hoop trouwens ook.

Hoelang zat ze hier nu? Het lukte haar niet om grip te krijgen op haar herinneringen. Bloed in een trage stroom verscheen op haar netvlies. Een wonderlijke kleur rood, veel donkerder dan ze had gedacht. Dikker, ook. De oorsprong van het bloed leek door haar eigen hersenen te zijn afgeschermd. Als een gezicht op televisie dat onherkenbaar was gemaakt. Te veel, te erg. Ze trilde over haar hele lijf. Het kostte moeite om de beelden te plaatsen. Was het net gebeurd? Gisteren? Langer geleden? Haar brein was een kolkende massa waarin niets meer op z'n plek stond.

Als dit een droom was – een nachtmerrie – wanneer mocht ze dan wakker worden?

Ze kneep zichzelf in haar arm. Een kinderlijke reactie, ze had hem niet voor niets lang geleden van haar moeder geleerd. Als je wilt weten of je droomt, moet je knijpen. Nooit had ze in een droom daadwerkelijk zichzelf geknepen. Zulke rationaliteit bestond eigenlijk alleen maar in het echte leven.

Ze kneep harder, en harder. Er gebeurde niets, behalve een scherpe pijn en twee ingedeukte halve maantjes op de plek waar haar nagels zich in haar eigen vlees hadden geboord. Ze kon ze niet zien, maar voelde ze als ze er met haar vinger over streek. De pijn was niet onaangenaam. Hij leidde haar af, een halve seconde, een hele. Toen keerde ze terug in de realiteit. Voetstappen buiten de deur, de schreeuw uit doodsnood die in haar oren weerkaatste. Ze kromp ineen. Was het haar eigen stem geweest? Ze wist het niet meer. Waarschijnlijk wel, zijn handen hadden naar haar gegraaid, zijn vingers hadden langs haar arm gestreken.

De voetstappen kwamen terug. Nijdig bonken op een harde vloer. Het geluid van gereedschap. Ze slikte, maar haar keel leek in brand te staan.

Hij was een beest. Erger dan een beest. Instinct, lijfsbehoud, het opeisen van een eigen plek in de voedselketen: in de natuur werd niet gedood zonder doel. Geen zinloze bloeddorst, geen hebzucht, geen waanzin.

Het waren die donkere krachten die hem dreven. Er was geen ratio en hij was niet te stoppen. Haar enige kans was onzichtbaarheid.

Misschien als ze hier bleef zitten, heel stil, geen beweging, nog niet de zachtste ademtocht... Misschien...

Hoofdstuk 1

'Mama, kijk!' Elin Wouters staarde met open mond naar de meeuwen die vlak langs de reling van de boot scheerden en luid krijsend hun aanwezigheid lieten blijken. 'Ze komen heel dichtbij!' riep ze opgewonden, wat haar moeder Daniëlle van Dijk een glimlach ontlokte. Iets verderop stonden twee meisjes van Elins leeftijd angstig tegen de wand van de boot gedrukt en toen een van de meeuwen zich nog iets dichterbij waagde, ontsnapte er een angstig gepiep aan de lippen van de kinderen. Daniëlle keek naar haar eigen zevenjarige dochter, die zorgeloos grinnikte en probeerde de vogel aan te raken. Elin was zoals gewoonlijk niet bang. Elin was nooit bang.

'Mag ik ze brood geven, mam?' riep ze en Daniëlle opende haar tas om het halve pistoletje dat was overgebleven bij de lunch, aan haar te geven. Meteen schoten de kopjes van de vogels haar kant op en een voor een pikten ze de stukjes brood die Elin omhooghield, uit haar hand.

'Wil jij ook?' vroeg Daniëlle aan Siem, haar zoon, maar hij schudde zijn hoofd. Met zijn vijf jaar was hij twee jaar jonger dan zijn zusje en ook twee koppen kleiner. Siem had haar bouw, Elin die van haar vader, Gijs. Voor hun karakters gold juist precies het tegenovergestelde. Siem was, net als Gijs, rationeel en een tikje terughoudend. Elin was impulsief en emotioneel, net als Daniëlle.

Die mix van karakters binnen een relatie kon hét recept zijn voor legendarische explosies, zo had een goede vriend op hun bruiloft mooi gespeecht. Of het was juist de perfecte aanvulling op elkaar. Voor Gijs en Daniëlle gold dat laatste. Gelukkig maar, had Daniëlle grappend gezegd, anders hadden ze het niet al acht jaar met elkaar volgehouden en waren er allang gewonden gevallen. Maar haar temperament en zijn bedachtzaamheid hielden ze elkaar mooi in evenwicht. Althans, het grootste deel van de tijd.

'O, sorry.' Verontschuldigend glimlachte Daniëlle naar de vrouw naast haar. Ze had haar niet gezien en nu stond ze bijna op haar tenen, gestoken in leren sandalen. De vrouw keek niet terug, maar hield haar blik op de zee gericht. Daniëlle zette een stap naar achter, even weg uit de drukte. Ze keek naar het water naast de boot, waar hekgolven hoog opkrulden. Even ving ze de blik van een man, die juist in tegengestelde richting keek. Zijn ogen waren strak op haar gericht. Daniëlle fronste en keek om, om te zien of er misschien iemand achter haar stond naar wie hij staarde. Een gezin met een peuter en een huilende baby bevond zich op een paar meter afstand. Ze keek terug. De man staarde nog altijd naar haar, het jonge gezin leek hem niet te interesseren. Daniëlle glimlachte wat ongemakkelijk. Ze stak haar hand op, maar hij gaf geen reactie.

'Hij pakte het zo uit mijn hand, mam!' riep Elin verrukt toen de zoveelste meeuw langsscheerde en het stukje brood meegriste. Daniëlle stak haar duim op en toen ze weer omkeek, was de man verdwenen. Ze richtte haar aandacht weer op haar dochter. Ongeveer iedere zomer in haar jeugd had ze zelf zo gestaan, leunend over de reling van de boot, met meeuwen die met hun harde snavels aan het brood tussen haar vingers hadden getrokken en die van dichtbij reusachtig groot waren. Op de achtergrond stonden haar vader en moeder dan te gruwelen, naast haar deed haar oma altijd enthousiast met haar mee.

Ze glimlachte met iets van melancholie in haar gemoed. Het overlijden van haar oma voelde nog altijd onwerkelijk, al was het nu acht maanden geleden en kon je het gezien haar hoge leeftijd onmogelijk onverwacht noemen. Daniëlle was blij dat haar oma tot het eind toe gezond was geweest, en heel goed van geest. Dat vond ze, ondanks het verdriet van het verlies, een enorme zegen. Geen geestelijke aftakeling, geen vervaging van herinneringen, niet de pijn van het niet meer kennen, zoals ze dat een paar jaar eerder wel met de oma van Gijs hadden meegemaakt. Haar eigen oma zei bij wat achteraf hun laatste samenkomst geweest bleek te zijn: 'Mij krijgen ze niet zomaar klein.' Dat ze zich toen al niet helemaal goed meer voelde, had ze een uur daarvoor alleen aan haar vaste thuiszorgverpleegkundige verteld. Die had de huisarts ingeseind, ook al vond oma het niet nodig dat de dokter zijn tijd zou verdoen aan 'niets dan een beetje spierpijn', zoals zij het noemde. Alleen bleek die spierpijn achteraf de bekende pijn op de borst te zijn geweest en toen de huisarts zich later die dag had gemeld, lag oma in bed en was ze al overleden.

Het was nu acht maanden geleden en Daniëlle kon het beeld van haar moeders moeder zo terughalen. Zelfs toen ze overleden was, zag ze er nog sterk uit, met die vastberaden trek om haar mond die zelfs de dood niet had doen verdwijnen. Daniëlle miste haar. De regelmatige telefoontjes om over koetjes en kalfjes te praten, de roddels uit het seniorenbuurtje waar oma woonde die ze altijd maar wat graag met Daniëlle had gedeeld. Dat had vaak hilarische verhalen opgeleverd. Haar vertrouwde stem, haar warmte, haar liefde. Haar rotsvaste vertrouwen in Daniëlle. Het plezier in haar blik wanneer Siem en Elin er waren en ze grapjes met ze uithaalde, omdat ze ergens altijd een kind was gebleven. Andersom waren de kinderen langzaam op een leeftijd gekomen dat ze oma voor de gek probeerden te houden en dan speelde ze natuurlijk grif mee. Met z'n drieën hadden ze dan de grootste lol gehad. Precies dat herinnerde Daniëlle zich ook uit haar eigen jeugd.

Als kind had ze veel tijd doorgebracht bij haar oma, en toen nog haar opa, die op haar twintigste was overleden. Omdat haar ouders een restaurant runden en kinderopvang in die tijd nog amper bestond, was Daniëlle vier of vijf dagen per week vanaf de middag opgevangen door opa en oma, die in de straat achter hen woonden. Voor haar was het de normaalste zaak van de wereld dat haar ouders beiden zoveel werkten, pas later was ze zich gaan realiseren dat het er bij veel vriendjes en vriendinnetjes thuis anders aan toeging. Maar ze had het altijd prima gevonden, ze had veel fijne jeugdherinneringen.

De zomervakanties sprongen er wat dat betreft uit. Ieder jaar ging ze de volle zes weken van de zomervakantie met opa en oma naar Texel, vaak naar hetzelfde vakantiepark. Bijna altijd hadden ze daar hetzelfde huisje gehuurd, helemaal aan de rand van het park, het dichtst bij de strandopgang. Elke dag had ze met haar grootouders in de zee gezwommen, uren had ze gespeeld op het brede strand, kilo's bijzondere schelpen had ze verzameld. Aan het begin van elke vakantie huurde opa fietsen, die ze vrijwel dagelijks gebruikten. Soms alleen om wat boodschappen te doen, soms om het hele eiland te doorkruisen. Elk jaar hadden dezelfde uitjes op het programma gestaan, maar toch was Daniëlle zich niet gaan vervelen. Twee of drie keer per vakantie naar Ecomare, omdat Daniëlle geen genoeg kon krijgen van de zeehonden. Of een tocht met een garnalenkotter, die stond ook altijd op het programma. En later, toen ze groot genoeg was, was ze regelmatig met opa en oma gaan wadlopen. Dat laatste had ze nog gedaan tot oma tweeënzeventig was. Helaas was ze die winter van haar fiets gevallen en had ze haar been gebroken, waarna ze nooit meer helemaal de kracht in haar been terug had gekregen. Wat haar er niet van weerhield nog steeds stevige wandelingen te maken, maar uren lopen over nat zand was te veel van het goede geweest.

Raar eigenlijk hoe haar grootouders veel meer voorkwamen in haar vakantieherinneringen dan haar ouders, die toch ook ieder jaar twee weken naar het eiland waren gekomen. Ook zij hadden dan allerlei uitstapjes met Daniëlle ondernomen, maar het waren vooral de fietstochten met opa en de strandwandelingen met oma die haar nog zo helder voor de geest stonden. Dat kwam misschien ook doordat ze juist de laatste tijd zo met haar grootouders bezig was geweest. Het overlijden van oma had immers betekend dat haar huis leeggehaald moest worden, en samen met haar moeder en haar tante had Daniëlle daar ruim een week aan besteed. Oma had tien jaar in haar seniorenwoning gewoond en was gelukkig goed in weggooien, maar toch hadden ze een flink aantal dozen en kasten moeten doorspitten.

Het huis was al snel verkocht, waar Daniëlle blij om was. Het was niet gemaakt om leeg te staan, er hoorde iemand in te leven. Binnen een maand was het rond.

'We gaan naar de notaris voor het testament', had haar moeder een paar weken later vrij plechtig meegedeeld.

Daniëlle herinnerde zich nog het vreemde gevoel dat die woorden haar hadden bezorgd. Of misschien waren het niet zozeer de woorden zelf geweest, als wel het gezicht waarmee haar moeder ze had uitgesproken. Alsof het een heel bepalend moment zou zijn, hoewel de verdeling van de erfenis Daniëlle een vrij eenvoudige kwestie leek. Er waren twee kinderen – haar moeder en haar tante – dus ging de erfenis door twee. Opa en oma hadden altijd zuinig geleefd en dat betekende dat er naast de verkoopsom van het huis nog een flink bedrag verdeeld kon worden. Daniëlle wist niet precies hoeveel, ze had het met haar oma nooit over geld. Toen ze ging studeren had ze een schenking gekregen waarvan ze haar collegegeld ruimschoots kon betalen en verder had oma het onderwerp 'geld' altijd tijdverspilling gevonden.

Bij de notaris bleek dat ze er toch meer tijd aan had besteed dan ze had doen blijken. Met haar beide dochters had ze een paar jaar eerder overlegd dat ze de erfenis door drie wilde doen, en Daniëlles moeder en tante hadden daar meteen mee ingestemd. Daniëlle was oma's enige kleinkind en ze was voor haar net zo belangrijk als haar eigen kinderen. Het had voor haar daarom logisch gevoeld om ook Daniëlle een deel van haar geld na te laten. Omdat ze daarvoor geen dankbaarheid wilde, had ze het nooit verteld. Bovendien, zo had Daniëlles moeder haar later nog eens glimlachend verteld, had oma gezegd: 'Dan weet ik zeker dat ze langskomt omdat ze het leuk vindt, niet omdat ze denkt dat het moet.'

Typisch oma, dacht Daniëlle nu glimlachend. Die nuchterheid typeerde haar.

In eerste instantie had Daniëlle de notaris met open mond aangekeken. Ze was nog overvallen door de mededeling dat ze iets zou erven en meteen daarna door de volgende boodschap, dat het na aftrek van belasting iets meer dan honderdtienduizend euro betrof. Een enorm bedrag om zomaar even te ontvangen. Op weg naar huis had Daniëlle de auto stilgezet op een parkeerplaats tussen wat bomen, waar ze was uitgestapt en naar de stilte had geluisterd. Daar had ze haar tranen de vrije loop gelaten. Dat waren geen tranen om wat ze kwijt was, maar om wat ze had gehad. Daar, tussen die hoge bomen met precies één streep zonlicht die op haar viel, had ze oma even heel dichtbij gevoeld. En het was ook op die plek dat ze zich had gerealiseerd dat er maar één bestemming voor het geld kon zijn. Een bestemming waarover zij en Gijs al eens voorzichtig hadden gedroomd. Later, als het kan, misschien... Nu kwam die droom binnen handbereik, zeker omdat ze niet zo lang daarvoor ook al een erfenis van Gijs' vader hadden ontvangen. Toen ze thuiskwam en Gijs had verteld wat de notaris had gezegd, was zijn reactie dezelfde geweest als de hare: 'Texel.'

Daniëlle schrok op toen ze een arm om haar middel voelde. 'Hé', zei ze, knipperend omdat ze zo ver weg was geweest met haar gedachten dat het even moeite kostte om terug te keren naar het nu.

Gijs keek haar glimlachend aan. 'Waar zat jij helemaal?'

'O...' Daniëlle keek naar de horizon. 'Niks. Melancholisch gemijmer.'

'Oma', zei hij meteen. Gijs had de gave om van haar gezicht af te lezen hoe ze zich voelde – een combinatie van zijn gevoeligheid en het feit dat zij voor haar dierbaren vaak een open boek was.

'Ja.' Daniëlle haalde diep adem. 'Nu het huisje echt van ons is, moet ik weer vaak aan haar denken. Dat we zoveel aan haar te danken hebben.'

Gijs glimlachte. 'Dat is toch een mooie gedachte. Ik weet zeker dat ze het geweldig zou hebben gevonden.'

'Ja.' Daniëlle legde haar hoofd tegen zijn schouder. 'Dat denk ik ook.'

'En wat heerlijk dat we er zo lang van kunnen genieten', zei Gijs.

Daniëlle knikte. Zelf had ze zoveel vakantiedagen gehad dat ze vijf weken achter elkaar kon opnemen en dan nog dagen overhad voor de rest van het jaar. De laatste week zou ze vanuit Texel alvast opstarten met haar mail en de eerste lopende zaken. Haar leidinggevende had er gelukkig geen probleem van gemaakt dat ze dan nog niet op kantoor zou zijn. De zomer was bij het bedrijf waar ze werkte toch altijd een rustige periode.

Gijs werkte voor zichzelf en zou zo nu en dan wel aan de slag gaan, maar ook voor hem was met de zomer een tijd aangebroken dat het werk enigszins stillag. Veel klanten waren op vakantie en bovendien had hij vlak voor hun vertrek een aantal grote klussen afgerond.

Ze bleven een tijdje staan en staarden naar de horizon, elk in hun eigen gedachten verzonken. Toen trok Siem aan haar hand. 'Zullen we naar boven? Ik wil Texel zien.'

Daniëlle knikte en ze liepen met z'n vieren naar het voordek. De bankjes waren allemaal bezet, maar ze vonden een plek bij de reling.

'Daar! Mam, kijk!'

Siem wees enthousiast naar de haven van Texel, die nu duidelijk in het zicht kwam. 'Zijn we er bijna?'

'Ja, schat', antwoordde Daniëlle. 'Nog een minuut of vijf voor we aanmeren, denk ik.'

'Meren?'

'Dat betekent dat ze de boot vastmaken aan de wal en dat wij eraf kunnen.'

'O.' Siem knikte en keek geboeid naar de zee rondom hen. 'Zijn hier ook zeehonden?'

'Ik denk het niet, lieverd.' Daniëlle streek over zijn zachte, donkerblonde haren. Even daarvoor, op volle zee, hadden ze in de verte zeehonden zien liggen op een zandbank. Siem had van verrukking heen en weer staan springen, zeker toen even later dichter bij de boot de bekende grijze kopjes waren opgedoken. 'Zeehonden, mama!' had hij wel tien keer geroepen. 'Echte zeehonden!'

'Wij gaan deze vakantie naar Ecomare', had Daniëlle lachend tegen Gijs gezegd. 'En misschien wel meer dan één keer.'

Daniëlle keek naar de lucht. Die was strakblauw en zonder zonnebril zou ze niet eens met haar ogen open op het bovendek kunnen staan. Het was de eerste week van juli, maar het voelde alsof het al veel langer zomer was. Ze hadden dit jaar enorm geboft met het weer.

Ze zette een stap naar achteren en overwoog om alvast naar het autodek te lopen voordat iedereen dat zo meteen zou doen. Net toen ze dat tegen Gijs wilde zeggen, zag ze iets vanuit haar ooghoek.

Hij was er weer. Ze voelde de blik al voor ze hem echt zag. Hij stond op een meter of tien van haar en keek weer, al had hij nu een zonnebril opgezet. Langzaam bewoog hij zijn vingers naar zijn gezicht, als in een gebaar dat ze moest snappen maar dat haar niets zei. Geen moment wendde hij zijn gezicht af. Zijn mond bewoog, aan zijn lippen meende ze te zien dat hij haar naam zei.

Moest ze deze vent kennen? Na zoveel vakanties op het eiland kwam ze regelmatig een bekende tegen op de boot. Ze had zowel eilanders als vaste toeristen leren kennen, maar deze man, met zijn brede postuur en zijn zwarte Nike-petje, kwam haar dan weer niet bekend voor. Zijn strakke blik maakte haar steeds ongemakkelijker. Ze glimlachte niet meer. Even keek ze naar Gijs, toen draaide ze zich om en begon in de richting te lopen waar ze de man net had gezien. Ze keek om zich heen. Op de plek waar hij net had gestaan, stond nu een ouder echtpaar. De man was nergens meer te bekennen.

Daniëlle knipperde een paar keer, verbaasd. Kort haalde ze haar schouders op bij haar eigen gedachten die een beetje met haar op de loop waren gegaan. Het zou wel verbeelding zijn geweest.

Ze ging weer bij haar gezin staan. Samen keken ze hoe Texel langzaam dichterbij kwam. Hoewel Daniëlle dol was op het eiland, vond ze altijd dat het er vanaf de boot weinig uitnodigend uitzag. De natuur van Texel die zo mooi was, zag je hier niet. De andere punt van het eiland, waar de vuurtoren was, was prachtig. De haven waar de veerboot aanmeerde was grijs en rommelig en bestond voornamelijk uit hekwerk. Maar daar moest je doorheen kijken, dat wist ze inmiddels wel.

'We zijn er! We zijn er!' riep Siem, terwijl hij uitgelaten heen en weer sprong.

'Bijna', verbeterde Elin hem. 'We zijn nu nog op de boot.'

'Nog maar even en dan zien jullie ons eigen huisje', zei Gijs. Terwijl hij praatte, legde hij zijn arm om Daniëlles middel. 'Wat klinkt dat goed', zei hij zacht tegen haar. 'Ons eigen huisje.'

Daniëlle voelde hoe haar hart sneller begon te slaan. Het klonk inderdaad geweldig. Een eigen huisje op haar favoriete plek in Nederland, waar ze de komende zes weken met haar gezin helemaal kon ontspannen. Ze voelde een kleine steek toen ze bedacht hoe leuk het geweest zou zijn als haar oma dit had kunnen meemaken, om zich tegelijkertijd te realiseren dat het overlijden van haar oma ervoor had gezorgd dat ze nu eigenaar van het huisje waren. Dat voelde dubbel, maar toch overheerste het warme gevoel. Ze wist dat haar oma haar dit gunde en in gedachten bedankte ze haar voor het grote cadeau dat ze had nagelaten. Daniëlle was geen zweverig type en ze zei altijd dat ze niet geloofde in leven na de dood, maar toch had ze het gevoel dat oma van ergens ver boven haar meekeek en genoot van de bestemming die Daniëlle en Gijs voor de erfenis hadden gekozen.

Een luide zoemer haalde haar uit haar gedachten. Nu waren ze toch blijven staan tot iedereen tegelijk naar het autodek ging. 'Kom mee!' riep Gijs, terwijl hij Siems hand stevig vastgreep om te voorkomen dat het jongetje in het gedrang zou vallen. Daniëlle hield Elin vast bij haar arm, terwijl ze voetje voor voetje de trap af schuifelden. Op de verdieping van de restauratie rook het naar tomatensoep en Daniëlle merkte dat ze trek had, ook al hadden ze net een broodje gegeten. Het zou de zeelucht wel zijn, die maakte haar altijd hongerig.

Uiteindelijk bereikten ze hun zwarte Ford Focus en behoedzaam stapten ze in. Op de boot werd geen centimeter ruimte verspild en dus stonden de meer dan driehonderd auto's zo dicht op elkaar dat het portier nog niet eens tot de helft openging. Daniëlle hielp Elin met instappen en ging daarna op de passagiersstoel zitten. Ze deed het raam open en luisterde naar het gebonk waarmee de boot aanmeerde. Er waren wat schokken en toen lag hij stil. Verrassend snel daarna werd de rijplank neergelaten en langzaam kwam de stroom auto's in beweging, geroutineerd gedirigeerd door medewerkers van de rederij. Gijs startte de motor en wachtte geduldig tot een van de mannen gebaarde dat ze mochten wegrijden. In kalm tempo reed hij via de rijplank naar buiten en niet lang daarna verlieten ze de haven met z'n hekken en voelde het voor Daniëlle alsof ze thuiskwam. Ze legde haar hoofd tegen de steun, sloot even haar ogen en toen ze ze weer opende, genoot ze van het weidse uitzicht. De uitgestrekte velden, de duinen in de verte, de boerderijen met hun rode pannendaken – alles klopte. Met elke kilometer die ze aflegde, voelde ze de alledaagse beslommeringen die haar de laatste tijd hadden beziggehouden verder van zich afglijden. Even helemaal niets, alleen maar genieten. Dat zou de komende weken haar doel zijn. En op een plek als deze moest dat lukken.

Hoofdstuk 2

'Zijn we er al?'

Op de achterbank verrekten Siem en Elin bijna hun nek om door de voorruit te kunnen kijken.

'Bijna', zei Daniëlle en ze wees naar een bord langs de weg. 'Daar staat dat het nog één kilometer rijden is.'

'Zo lang nog', riep Elin ongeduldig en Daniëlle glimlachte. Ze waren inmiddels ruim tweeënhalf uur onderweg vanaf hun huis in Rotterdam, maar de laatste kilometer duurde altijd het langst, dat herinnerde ze zich nog wel van vroeger.

'Ik kan echt niet wachten', zei Siem, alsof dat niet al uit zijn lichaamstaal was gebleken.

Daniëlle had al een heleboel foto's laten zien van hun huisje, maar de kinderen waren er nog nooit geweest. Zij en Gijs waren van plan geweest om in de meivakantie voor het eerst te gaan, maar jammer genoeg had het meer tijd gekost om de koop rond te maken. Uiteindelijk waren ze pas eind mei officieel de eigenaar geworden van huisje nummer twaalf op park Strandslag. Daniëlle kon nog steeds niet geloven dat net nu zij er eentje wilden kopen, er ook daadwerkelijk een huisje beschikbaar was geweest op het park waar ze haar vakanties als kind had doorgebracht. Het park was razend populair en met vijftig huisjes aan de kleine kant. De meeste eigenaren hadden hun huisje al jaren in bezit en deden er niet graag afstand van. Maar nadat Gijs en Daniëlle een aankoopmakelaar in de arm hadden genomen die de markt op het eiland goed kende, had zich een buitenkans voorgedaan. Een ouder, Duits echtpaar dat sinds een jaar of tien een huisje had, had besloten het te verkopen. Ze hadden bij hun eigen makelaar kenbaar gemaakt dat hun huisje moest gaan naar mensen die echt van het eiland hielden, niet naar iemand die er door middel van verhuur zoveel mogelijk geld uit wilde trekken. Toen die makelaar bij zijn collega's was nagegaan of er gegadigden waren die daaraan voldeden, had de aankoopmakelaar onmiddellijk Gijs en Daniëlle naar voren geschoven.

Gijs en Daniëlle waren halsoverkop naar Texel gegaan voor de bezichtiging van huisje nummer twaalf, waar ze meteen verliefd op waren geworden. Het was een kleine bungalow met een woonkamer en drie kleine slaapkamers, precies groot genoeg voor hun gezin en één logé. Dat laatste had Daniëlle belangrijk gevonden, omdat ze graag wilde dat haar moeder langs kon komen. Het interieur was wel wat gedateerd en de muren konden een lik verf gebruiken, maar de ligging was geweldig en de tuin relatief groot. Ook waren er nog maar een paar jaar geleden een nieuwe keuken en badkamer geplaatst. Gijs en Daniëlle hadden ter plekke de vraagprijs geboden en nog dezelfde dag was dat bod door de eigenaars geaccepteerd. Ergens vond Daniëlle het wel jammer dat ze het echtpaar nooit hadden ontmoet, maar ze had hen bedankt met een mail en een vriendelijke reactie teruggekregen. Grappig dat deze mensen een Gmail-adres hebben, had ze tegen Gijs gezegd. Haar oma was kennelijk niet de enige bejaarde die iets van nieuwe technologie begreep.

Met het inhuren van een schilder en de aankoop van een nieuwe vloer hadden ze het huisje een opknapbeurt gegeven, waardoor het als nieuw leek. Ze waren de afgelopen tijd met grote regelmaat naar Texel gegaan, maar de kinderen hadden het nog niet gezien. Die hadden dat vreselijk oneerlijk gevonden.

'We zijn er!' riep Gijs, toen hij richting aangaf en linksaf sloeg. De ingang van het park werd gemarkeerd door twee grote houten hekken aan weerszijden van de oprit. Aan een van de twee was een bord bevestigd waarop met zwierige letters *Vakantiepark Strandslag* geschilderd stond, met daaronder wat aanprijzingen van voorzieningen als zwembad, midgetgolf en fietsenverhuur. Ze passeerden de met grind bestrooide parkeerplaats en het lage, houten gebouw waar de receptie en een kleine kampwinkel waren gevestigd. Er stonden flink wat auto's geparkeerd en in de grote speeltuin die zich net achter de receptie bevond, was het aardig druk. 'Gaan we daarheen?' vroeg Siem verlangend.

'Straks', beloofde Daniëlle. 'We gaan eerst even naar ons huisje.'

'Gaan we ook zwemmen?' Dat was Elin, die aan de andere kant van het pad een ander hek had ontdekt. Daar stond met grote letters ZWEMBAD op en dat was toevallig een van Elins favoriete plekken om te verblijven.

'We gaan zeker zwemmen', zei Gijs. 'Het zwembad is net nieuw. Maar we zijn hier zes weken, dus het hoeft niet allemaal vandaag. Bovendien is het prachtig weer om in zee te zwemmen.'

'Ja!' riep Siem enthousiast. 'Dat wil ik doen!'

'Eerst het huisje', zei Daniëlle. 'Jullie mogen zelf je spullen uitpakken op je kamer.'

Dat idee stond de kinderen wel aan en ongeduldig probeerden ze vanaf de achterbank door de voorruit te kijken. Gijs reed verder over het geasfalteerde pad dat zich als een lus door het park slingerde. Overal stonden hoge bomen en het gras aan weerszijden van het pad was groen, duidelijk te danken aan goede beregening, want het was al weken droog weer.

De huisjes lagen of aan de hoofdweg of aan een van de zijpaden, die ook van een laag asfalt waren voorzien. Elk huisje zag er min of meer hetzelfde uit: een kleine houten vlonder voor de voordeur, een dak van zwarte pannen en buitenmuren van een lichte gevelsteen. Sommige huisjes waren onlangs geverfd en boden een smetteloze aanblik met verse, witte verf op de buitenmuren. Rondom elk huisje lag een tuin en Daniëlle had in de algemene voorwaarden gelezen dat het verplicht was om die tuin te onderhouden. Wie dat niet deed, kon van de directie van het park een boete krijgen. Het leek te werken, want overal zag ze mooie bloemperken, pas gemaaid gras en mooi aangelegde schuttingen en terrassen. Daniëlle keek genietend naar de bloeiende bloemen en hoopte dat hun eigen tuin sinds ze er vier weken geleden voor het laatst waren geweest, geen wildernis was geworden. Misschien moesten ze toch maar ingaan op het aanbod van de tuinman die meer huisjes op het park onderhield. Voor een vast bedrag per maand kon hij ervoor zorgen dat de tuin ook tijdens hun afwezigheid werd bijgehouden.

Ze reden helemaal naar het andere einde van het park. Hun huisje lag op een steenworp afstand van het pad dat via de duinen naar het strand leidde. De strandopgang was vanaf het park nog een eindje lopen, maar Daniëlle hield van de wandeling door het duingebied. Het hoorde bij Texel, waar de natuur nog alle ruimte leek te hebben. Een boulevard zoals in Zandvoort of Noordwijk zou hier volledig detoneren. Bij het eiland pasten uitgestrekte duinen, slingerende zandpaden en helmgras dat boog, maar dapper standhield in de wind. Als kind had ze het een leuk spelletje gevonden om vanaf de laatste duintop naar beneden te rennen, het strand op. Als het eb was, moest je nog een flink stuk rennen voor je de zee had bereikt. Dat had als voordeel dat het op het strand nooit zo afgeladen was als op de stranden in de bekende badplaatsen. Op Texel had je de ruimte.

'Daar is het!' wees Gijs, toen ze de laatste bocht hadden genomen en hun huisje in het zicht kwam. 'Nummer twaalf.'

De kinderen joelden en Gijs parkeerde de auto op hun eigen plek naast het huisje. Siem en Elin vielen zowat uit de auto in hun haast om het huisje te bekijken. Met een plechtig gevoel draaide Daniëlle het slot van de voordeur open, al leek ze de enige te zijn die dit een moment vond. Het moment waarop Siem en Elin voor het eerst het huis betraden waar ze de komende jaren zoveel vakanties zouden doorbrengen en zoveel fijne jeugdherinneringen zouden opdoen. Dat was een gegeven dat hun natuurlijk volledig ontging, omdat zij alleen maar naar binnen wilden stormen om de slaapkamers te verdelen.

'Ik wil deze!' riep Elin, ook al waren de kamers exact even groot en exact hetzelfde ingericht.

Dat stelde Siem ook vast en hij stelde zich tevreden met de andere kamer, die hij na een snelle inspectie verliet om de rest van het huisje te verkennen. 'Mam, er zit een konijn in de tuin!' riep hij verrukt uit.

Daniëlle liep glimlachend achter de kinderen aan. In de smalle gang achter de voordeur waren links de slaapkamers die Siem en Elin net hadden verdeeld en rechts de ouderslaapkamer en de badkamer. Ze liep die deuren voorbij en kwam in de woonkamer, die gek genoeg ruimer leek dan ze zich herinnerde van de laatste aanblik, vier weken geleden. De grijze stoffen hoekbank die bijna de halve muur van de woonkamer vulde, hadden ze overgenomen van de eigenaar van een ander huisje. De eettafel met de vier stoffen stoelen hadden ze gekocht bij Ikea en zelf met een aanhanger naar het eiland gebracht. Dat gold ook voor het tweepersoonsbed op hun eigen kamer en voor de twee eenpersoonsbedden in de andere slaapkamers. Gijs en zij waren een heel weekend zoet geweest met de inrichting, maar nu was dan ook alles af. Gijs wilde tijdens deze vakantie alleen de schutting verstevigen en een stuk gras opnieuw inzaaien. Daniëlle wilde een project maken van het vullen van de bloembakken.

'Eerst uitpakken', zei Gijs, terwijl hij twee zware sporttassen tegelijk naar binnen sjouwde. Daniëlle knikte. Zelf had ze er geen moeite mee, maar ze wist dat Gijs pas rust had als de spullen waren uitgepakt en de koelkast gevuld.

'Ik doe dit wel', zei ze. 'Ga jij maar naar de kampwinkel.'

'Weet je het zeker?' Hij keek met een bedenkelijk gezicht achterom, waar de auto met alle portieren en de achterklep openstond. De achterbak was tot de nok toe gevuld met spullen. Een voetbal was eruit gerold en stuiterde nu over het pad.

'Ga maar', zei Daniëlle met een geruststellende glimlach. 'Als jij zorgt dat je wijn meeneemt, komt alles goed.'

Gijs pakte een boodschappentas en vertrok lopend naar de winkel bij de ingang van het park. Daniëlle pakte de voetbal en schopte die hun eigen tuin in. Ze stak even haar hand op naar een man die bezig was een reparatie te doen aan de schutting van de buren. Hij richtte zich op en keek naar haar. Het duurde een paar seconden voor hij terugzwaaide.

Daniëlle bracht de kinderen elk hun eigen tas en sommeerde hen om hun kleren in de kast te leggen, met de belofte dat ze daarna een ijsje mochten halen. Dat werkte en Siem en Elin gingen razendsnel aan de slag. Daniëlle opende intussen de sporttassen op haar eigen kamer en ruimde de kasten in. Dat ze Gijs naar de supermarkt had gestuurd was niet alleen omdat ze wist dat hij niet van uitpakken hield, het kwam ook doordat ze het gewoon liever zelf deed. Gijs zou gewoon een hele stapel in de kast schuiven en daarna de volgende stapel pakken, terwijl zij haar eigen systeem wilde maken. Ze glimlachte in zichzelf. Grappig hoe je na zoveel jaar samen elkaars eigenaardigheden door en door kende.

Tien minuten later legde ze het laatste paar slippers onder in de kast en liep naar de kinderkamers. Siem had, net als Gijs zou doen, alles in zijn kast gepropt en zat op zijn bed met zijn Nintendo Switch te spelen. Elin had haar kleding gesorteerd op soort, en op haar bed lagen de drie setjes die ze de komende dagen wilde aantrekken. 'Mogen we nu een ijsje?' vroeg ze en Daniëlle knikte. Ze wees hoe ze moesten lopen en gaf ze geld mee en daarna was het ineens stil in het huisje.

Daniëlle opende de losstaande berging en legde er alles in wat met het strand te maken had. Ze hadden een bolderkar bij zich voor de spullen, twee bodyboards voor de kinderen, een parasol, inklapbare strandstoelen en een hele tas speelgoed. Gijs had goedmoedig staan mopperen toen die laatste niet meer in de auto paste, maar Daniëlle had net zo lang gepast en gemeten tot het kon, omdat ze wist dat vooral Siem zich er uren mee zou vermaken. Ze kende maar weinig kinderen die zo geconcentreerd aan een enorm zandkasteel konden bouwen als hij en ze had

Gijs voorgehouden dat dat betekende dat zij intussen een boek konden lezen. Dat laatste argument had hem duidelijk overtuigd, want toen Siem met een vergeten schep aan was komen zetten, had Gijs zonder morren de achterklep weer geopend. Met een glimlach dacht ze aan de deels gespeelde wanhoop waarmee hij naar de bagage had gekeken. Natuurlijk zouden ze Siems schep nog meenemen. En het gietertje dat hij daarna nog in de schuur had gevonden. Gijs had sowieso moeite de kinderen iets te weigeren als ze smekend keken. Wat dat betreft was het maar goed dat zijzelf wat strenger was, anders zouden ze ongetwijfeld twee verwende nesten kweken.

Ze sloot de berging af en liep naar de voordeur van het huisje. Voor ze naar binnen ging, draaide ze zich om. De voortuin, het pad met de oude bomen aan weerszijden ervan, het zachte geluid van stemmen – het leek wel alsof er in al die jaren niets was veranderd in het park. Ze kon meteen het gevoel van vroeger terughalen. Van hoe ze hier als klein meisje zorgeloos had rondgefietst, hoe ze altijd een hele groep vriendjes en vriendinnetjes had om mee te spelen en dus geen broer of zus had gemist, hoe ze eindeloos veel tijd op het strand had doorgebracht en uren achter elkaar met haar bodyboard in de golven had gespeeld. Hier, op deze plek, voelde ze het geluk uit haar jeugd tot in haar tenen.

En tegelijkertijd was daardoor ook het verdriet sterker. Het gemis van haar oma, een pijn die nog vers was en daardoor het dichtst aan de oppervlakte lag. Maar ook het overlijden van haar vader, zeven jaar geleden. Elin was nog maar vier maanden oud geweest en Daniëlle had het hun allebei zo gegund dat ze langer van elkaar hadden kunnen genieten. Haar vader was zo trots geweest dat hij opa was geworden en genoot intens als hij zijn kleinkind op schoot had. Dat hij na twee maanden ziek was geworden en nog eens twee maanden later overleed, was een wrede speling van het lot die Daniëlle lange tijd niet had kunnen accepteren. Ze was vooral woedend geweest, een emotie die makkelijker was dan verdriet omdat die niet dwong tot nadenken. Inmiddels wist ze dat je kon vechten tegen de dingen die gebeuren, maar dat dat niets anders dan een uitputtingsslag met jezelf opleverde. Invloed op wat er gebeurde had je toch niet. Invloed op hoe je daarmee omging wel. En toen ze eenmaal dat laatste inzicht had gekregen, had ze er alles aan gedaan om de herinnering aan opa voor Elin, en later voor Siem, levend te houden.

Ze vroeg zich af wat haar vader zou hebben gezegd als hij had geweten dat ze nu een vakantiehuisje hadden gekocht. Hij zou het vast geweldig hebben gevonden. Texel had niet alleen een speciale plaats in haar hart, maar ook in dat van haar ouders. Zij hadden elkaar immers tijdens een vakantie op het eiland ontmoet. En toen bleken ze minder dan een kilometer bij elkaar vandaan te wonen in Rotterdam. Vanaf die eerste zomer waren ze onafscheidelijk geweest, allebei waren ze net achttien geworden.

'Kijk uit, hoor', had haar vader vaak voor de grap tegen haar gezegd. 'Je weet wat er met je moeder en mij is gebeurd toen we gingen stappen op het eiland. Voor je het weet ontmoet je iemand van wie je nooit meer afkomt.'

Daniëlle haalde diep adem en draaide zich weer om. Ze ging naar binnen en begon met het opmaken van de bedden. De woorden van haar vader bleven in haar hoofd zitten. Het had zomaar gekund dat de geschiedenis zich inderdaad had herhaald, al had ze hem nooit al te gedetailleerd op de hoogte gehouden van haar vakantieliefdes. Maar dit was voor haar het eiland van de eerste keren – de eerste keer dat ze had gezoend, de eerste keer dat ze seks had gehad. Dat laatste was een weinig memorabele ervaring in een krappe caravan geweest, met een jongen aan wie ze uiteindelijk met tussenpozen veel te lang was blijven plakken. Hij zei dat het voor hem ook de eerste keer was, maar Daniëlle wist vrij zeker dat dat de eerste van zijn vele leugens was geweest.

'Mama!' Siem en Elin doken weer op, gevolgd door Gijs die twee zware tassen droeg. Siems gezicht was rood en plakkerig van het ijsje dat hij kennelijk met smaak had verorberd. Daniëlle rechtte haar rug en zette de gedachten die haar toch al niet vrolijk stemden, van zich af.

Ze kon maar net voorkomen dat Siem zijn gezicht aan haar lichtblauwe zomerjurk afveegde. 'Ga jij je snuit eens boenen onder de kraan', zei ze lachend, waarna ze hem met zachte hand richting de badkamer duwde.

'Zal ik wat lekkere dingen klaarmaken?' vroeg Gijs, die in de keuken bezig was de boodschappen uit te pakken. 'Ik heb stokbrood gekocht en tapenade.'

'Graag', knikte Daniëlle. Ze keek op de klok. 'Zullen we een wijntje nemen? Het is al vijf uur.'

Gijs stemde in en Daniëlle schonk twee glazen in van

de witte wijn, die Gijs gelukkig gekoeld had gekocht. Voor de kinderen pakte ze appelsap en even later stond de tuintafel vol met de glazen, een mandje brood, tapenade en kruidenboter. Hongerig vielen de kinderen aan op het eten, terwijl Daniëlle eerst haar glas pakte. Ze draaide het rond aan de steel tot Gijs zover was en tikte er toen mee tegen dat van hem. Eerst deed ze haar mond open om iets te zeggen, maar uiteindelijk sloot ze hem weer. Hun blijdschap, trots en het vooruitzicht van een heerlijke vakantie lagen al besloten in de blik die ze uitwisselden en heel lang vasthielden.

Hoofdstuk 3

'WAT EEN LEUKE DAG, MAM', ZEI ELIN MET EEN ZUCHT, toen ze zich in bed liet glijden. Daniëlle ging op de rand zitten en trok het laken op tot aan de kin van haar dochter. Buiten was het nog steeds warm, binnen zoemde de airconditioning zacht.

'Ik vond het ook een heerlijke dag', zei Daniëlle. Ze streek een losgeraakte haarlok achter haar oor. Haar haar was nog vochtig van de douche die ze net samen met de kinderen had genomen en waarbij ongeveer een kilo zand van hun huid en uit hun haar in het putje was verdwenen. Daniëlle voelde haar huid trekken van een dag in de zon, de lucht in de kamer had zich gevuld met de geur van de aftersun waarmee ze zichzelf en de kinderen ruim had ingesmeerd. Elin had rode blossen op haar wangen en ze was in de twee dagen dat ze hier nu waren, al behoorlijk bruin geworden. Wat dat betreft had ze duidelijk de huid van haar vader. Hij zag er ook altijd binnen de kortste keren uit alsof hij een paar maanden aan een Spaanse costa had doorgebracht.

'Het vliegeren was echt gaaf', zei Elin. 'En ook de golven. Zag je hoe hard ik ging op mijn board?'

'Ik zag het.' Daniëlle glimlachte en streek over de vochtige haren van haar dochter. 'Morgen gaan we weer naar het strand.' En overmorgen, en de dag daarna, dacht ze erachteraan. Voor de komende week was alleen maar stralend weer voorspeld en het zeewater was lang niet zo koud als Daniëlle had gedacht. Zelf had ze ook de halve dag in het water doorgebracht en urenlang gespeeld met de kinderen. Ze kon zich niet herinneren wanneer ze dat voor het laatst had gedaan. Misschien was het feit dat ze daar nu weer tijd voor had, nog wel de grootste luxe van deze vakantie.

'Weet je, mam...' Elin richtte zich op op haar ellebogen en keek haar moeder serieus aan. 'Ik vind het uiteindelijk toch niet erg dat wij niet naar het buitenland gaan.'

Daniëlle fronste. 'Vond je dat eerst wel erg dan?'

'Ja.' Elin knikte om haar antwoord extra nadruk te geven. 'Mila en Faye gaan naar Spanje en Lieke gaat naar Griekenland.'

'Ja', zei Daniëlle. 'Dus?'

'En wij blijven maar in Nederland.'

Daniëlle kneep haar ogen samen. Ze wist helemaal niet

dat haar dochter er zo tegen aankeek. 'Ik bleef vroeger elke zomer in Nederland', zei ze. 'En niemand heeft daar ooit iets van gezegd. Ik vond het juist heerlijk, we hoefden helemaal niet lang te rijden.'

'Vroeger was alles saai, mam', zei Elin, op een toon alsof ze die periode persoonlijk had doorleefd.

Daniëlle schoot in de lach. 'Nou, gelukkig valt het je dan toch mee, die saaie vakantie in Nederland.'

Elin draaide zich op haar zij. 'Was dit huisje vroeger van omi?' vroeg ze. 'Jullie zeiden dat jullie het huisje hadden gekocht waar jij vroeger op vakantie ging.'

Daniëlle knikte. 'Ik ging altijd naar dit park, maar niet altijd naar hetzelfde huisje. Omi en opi huurden er altijd eentje.'

Omi was de naam die de kinderen gebruikten voor Daniëlles oma, omdat de naam oma was voorbehouden aan de moeders van Gijs en Daniëlle. Daniëlles opa hadden ze nooit gekend, maar automatisch waren ze opi gaan zeggen als het over hem ging.

'Maar het is wel dankzij omi dat we dit huisje konden kopen', zei Daniëlle. 'Daarom voelt het voor mij alsof ze er een beetje bij is.'

'Hm', zei Elin, maar haar ogen begonnen al dicht te vallen. Daniëlle streek over het haar van haar dochter, gaf haar een kus en zei: 'Welterusten.'

'Welterusten, mam', antwoordde Elin slaperig.

Daniëlle liep de gang op en bleef staan voor de deur van de andere kinderslaapkamer.

'Siem?' vroeg ze, maar het bleef stil. Ze keek om het

hoekje van de deur om vast te stellen dat haar zoon al in slaap was gevallen. Even bleef ze staan en keek vertederd naar zijn bruine haar, dat zijn gezicht omlijstte. Als hij sliep leek hij jonger dan zijn vijf jaar, dan lagen de trekken die hij als peuter had gehad weer op zijn gezicht. En altijd lag er een glimlach rond zijn mond. Een glimlach die vandaag groter leek te zijn dan anders. Daniëlle dacht genietend aan zijn uitgelaten gejoel in zee vandaag en het enorme fort van zand waar hij met Gijs ijverig aan had gebouwd.

De laatste tijd had ze zich vaak schuldig gevoeld dat de tijd voor de kinderen en de echte aandacht – zonder afleiding, zonder telefoons, zonder computers – er soms bij in was geschoten. En ze moest ook eerlijk toegeven dat ze minder geduld had gehad. Haar lontje was korter dan anders, iets waar ze zich schuldig over voelde en tegelijkertijd was ze niet bij machte geweest er iets aan te doen. Soms keek ze van een afstandje naar zichzelf en vroeg ze zich af wat er was gebeurd met de moeder die ze zo graag had willen worden. De geduldige, beheerste moeder voor wie niets ooit te gek was en bij wie de voordeur altijd openstond voor vriendjes en vriendinnetjes, zelfs als het er tien tegelijk waren. Het was eigenlijk raar dat ze zo'n ideaalbeeld voor zichzelf had geschetst, aangezien ze eigenschappen van zichzelf verlangde waar ze niet in uitblonk: geduld en beheerstheid. Dat vond ze soms moeilijk, dan stelde ze zichzelf teleur.

Daniëlle stapte de buitenlucht in, die nu zwoel en zoet was. In het schijnsel van de tuinverlichting zag ze muggen dansen. Gijs zat al buiten. Hij had het restje wijn verdeeld over hun glazen en keek op toen Daniëlle tegenover hem ging zitten. Snel legde hij zijn telefoon op tafel.

'Slapen ze?'

Ze knikte en glimlachte. 'Siem slaapt al, Elin bijna. Ze zei dat ze het toch wel heel leuk vond hier, ook al is het niet het buitenland.'

Gijs fronste. 'Het buitenland?'

'Kennelijk hield het haar bezig dat haar vriendinnen wel naar het buitenland gaan en zij niet.'

'O.' Gijs dacht even na. 'Daar heb ik niets van gemerkt.'

'Nee.' Daniëlle schudde haar hoofd. 'Maar de laatste tijd heb ik sowieso niet vaak de moeite genomen om echt met aandacht met de kinderen te praten. Misschien had ik het wel geweten als ik naar haar had geluisterd.'

Gijs keek haar aan. 'Je verwijt jezelf dat echt, hè?'

Daniëlle ging zitten. 'Ja', zei ze toen. 'Ik kan het maar moeilijk van me afzetten. Zeker als ik zie hoe ze ervan genieten als we tijd voor elkaar hebben. Vandaag was wat dat betreft echt een heerlijke dag.' Ze dacht even na. 'Dan denk ik vaak: ik had de laatste tijd een leukere moeder moeten zijn, met meer aandacht en meer geduld. Dat verdienen de kinderen, maar ik schiet tekort.'

Gijs keek haar aan. 'Waarom leg je zoveel nadruk op wat je in jouw ogen niet goed doet?' vroeg hij, zoals vaker wanneer zij zich bij hem beklaagde over haar eigen gedrag en tekortkomingen. 'Ik zou me richten op wat je wel doet.'

Dat was natuurlijk waar, maar het was altijd makkelijker om dergelijke clichés op te lepelen dan om ernaar te leven.

'Wat ik wel heb, is een te kort lontje en een overdaad aan irritatie', zei ze, een tikje cynisch.

Gijs keek haar aan met een glimlach om zijn mond en lichte spot in zijn blik, hij had niet veel met zelfmedelijden.

'En massa's gekke ideeën, grappen en grollen waarmee je de kinderen altijd aan het lachen maakt', vulde hij onverstoorbaar aan. 'Plus interesse in wat ze doen, tot het punt dat ze met hun ogen gaan rollen omdat ze gek worden van je vragen. En vergeet ook niet de verhalen die je verzint, waardoor ze aan je lippen hangen.' Hij keek haar aan. 'Maar inderdaad, je hebt gelijk, wat een nare moeder ben je toch.'

Daniëlle legde haar voeten in zijn schoot. Ze voelde zich beter door Gijs' woorden. 'Oké', zei ze met een schuldbewust lachje. 'Je hebt een punt. Genoeg geweeklaagd.'

'Je mag altijd bij me aankloppen om te zwelgen in zelfmedelijden', zei Gijs, half grappend, half serieus. 'En ik zal je altijd laten zien dat dat geen zin heeft. Natuurlijk waren de omstandigheden de laatste tijd niet ideaal, maar dat kan gebeuren. Niemand is perfect, ook wij niet. En er bestaat geen gezin waar alles altijd van een leien dakje loopt. Ik vind het niet erg als de kinderen dat zien. Het maakt duidelijk dat het leven de ene keer makkelijker is dan de andere keer en dat hun ouders ook maar mensen zijn.' Hij keek Daniëlle aan. 'Waar het om gaat, is dat het niet te lang duurt. En dat je laat zien dat je het soms zwaar kunt hebben, maar dat je daar ook weer uit komt als je je schouders eronder zet.'

Daniëlle glimlachte en nam een slok van haar wijn.

'Dank je wel', zei ze. 'Dat je me altijd weer weet op te beuren.'

Gijs knikte en glimlachte met een kort pufje en daarna lichtte het scherm van zijn telefoon op en werd zijn aandacht afgeleid. Daniëlle keek een tijdje voor zich uit. 'Ik heb zin om morgen iets leuks te gaan doen', zei ze, maar Gijs reageerde niet.

'Luister je?' vroeg ze na meer dan een minuut stilte.

'Hm?' was Gijs' antwoord, maar hij keek niet op.

Na een paar seconden tikte Daniëlle met haar voet tegen zijn knie. 'Wat is er zo interessant?'

Ze kon niet voorkomen dat er meteen iets van irritatie in haar stem sloop. De afgelopen maanden had Gijs zo veel op zijn telefoon gezeten dat Daniëlle er op een bepaald moment echt niet meer tegen kon. Dan had ze weer eens een heel verhaal verteld, waarvan hij nog geen woord had onthouden. Op een bepaald moment was ze maar opgehouden dingen te vertellen.

Gijs keek haar schuldbewust aan en draaide zijn telefoon om, zodat die met het scherm omlaag op de tafel kwam te liggen. 'Je zei iets over leuke dingen doen?'

'Ja.' Daniëlle knikte en dwong zichzelf om haar boosheid te laten varen. Het had geen zin en het laatste wat ze wilde, was de goede sfeer tenietdoen.

'Laten we gaan paardrijden', zei ze. Als kind had ze jarenlang gereden en nog steeds hield ze ervan om buitenritten te maken. Gijs en Siem hadden geen ervaring en het zou dus een rit in stap worden, maar dat maakte niet uit. Het gevoel van paardrijden op het strand was hoe dan ook nergens mee te vergelijken. 'Als we in stap blijven, kunnen we met z'n vieren op het strand rijden.'

'Vind je dat leuk dan?' vroeg Gijs. 'Je zegt vaak dat in galop over het strand het heerlijkste is wat er bestaat.'

'Dat is waar', zei Daniëlle. 'Maar ik kan moeilijk van jou en de kinderen verwachten dat jullie meedoen. Hoewel Elin vast vindt dat ze het kan.'

Ze grinnikten allebei. Hun dochter was een paar maanden eerder na lang bedelen met paardrijlessen begonnen en beschouwde zichzelf als een geboren cowgirl. Daniëlle vond het altijd leuk om bij de lessen te kijken en te zien hoe Elin zonder angst in galop ging, maar Gijs stierf duizend doden bij die aanblik. Hij hield heus wel van paarden, maar zag zijn dochter liever op een shetlandertje rijden.

'Waarom ga jij niet lekker een strandrit maken?' stelde Gijs voor. 'Dan ga ik intussen met de kinderen iets anders doen. Keihard in galop over het strand en je hoofd leegmaken, hoe klinkt dat?'

Daniëlle wilde eigenlijk protesteren, maar toen begon ze langzaam te knikken. 'Dat klinkt goed', zei ze. 'Maar vind je dat niet ongezellig?'

Gijs keek haar aan. 'We zijn hier zes weken met z'n vieren. Als je niet een paar uur wat voor jezelf kan doen, gaat er iets mis. Ik weet zeker dat je ervan zult genieten en dat gun ik je.' Hij schoof dichter naar haar toe. 'De afgelopen maanden zijn druk geweest, Daan. Ik realiseer me dat ik niet de gezelligste ben geweest en dat ik ook niet altijd evenveel rekening met jou heb gehouden.'

Daniëlle keek hem aan. Ze merkte dat zijn woorden haar

raakten, meer dan ze zelf kon verklaren. Alsof ze ergens een zeurend wondje had, dat nu werd behandeld met iets koels. Het ging te ver om te zeggen dat ze een knauw had gekregen door de maanden die achter haar lagen, maar misschien had het er toch dieper in gehakt dan ze aan zichzelf wilde toegeven. Doorgaan, kop omhoog, schouders eronder – dat had ze van huis uit meegekregen en het zat inmiddels verankerd in haar karakter. Niet lullen maar poetsen, naar de Rotterdamse mentaliteit. Ze was er trots op dat dit ook haar mentaliteit was en dat die haar sterk maakte, maar het gevaar school erin dat je te makkelijk voorbijging aan gevoelens en gebeurtenissen die minder leuk waren. Die mochten er ook zijn en verdienden ook de tijd om verwerkt te worden.

'Lief dat je dat zegt.' Ze merkte dat haar stem trilde. 'Ik had soms de indruk dat je het zelf niet eens merkte.'

'Natuurlijk wel', zei Gijs, nadenkend nu. 'En ik vond het niet altijd leuk, maar het was alsof ik de grip kwijt was. Dat is voor een controlfreak als ik het ergst denkbare.' Dat laatste zei hij met een scheef glimlachje, dat hem iets ontwapenends gaf.

Daniëlle dacht na over zijn woorden. Ze vond Gijs eigenlijk geen controlfreak en in acht jaar tijd had ze hem nog nooit zo meegemaakt. Tijdens het turbulente begin van hun relatie was hij juist de rust zelve gebleven, iets wat Daniëlle alleen maar meer bevestigde in haar overtuiging dat ze de juiste man had gekozen. Precies tien weken en twee dagen na hun eerste zoen hadden ze met een positieve zwangerschapstest in hun handen gestaan. Daniëlle herinnerde zich nog exact de mix van verbijstering, wanhoop en tegelijkertijd geluk die als een tsunami door haar heen was getrokken. Ze had gegild, gelachen en gehuild, terwijl Gijs juist kalm was gebleven. Daniëlle had meteen geweten dat dit kind er zou komen. Ondanks alles was dat besef rotsvast boven water komen te staan. Maar ze wist ook dat ze daar niet in haar eentje over kon beslissen. In elk geval niet zonder de consequenties van een eventuele afwijzing van Gijs voor lief te nemen.

'Hoe bedoel je?' had hij gereageerd toen ze voorzichtig de vraag had gesteld. 'Of we het zullen houden?'

'Ja.' Daniëlle had het woord 'abortus' niet willen uitspreken, dus had ze eromheen gepraat. 'Of je het wil houden. Ik bedoel: ik weet wel wat ik wil, maar we moeten samen...' Ze had haar zin niet afgemaakt.

Zelfs na al die jaren herinnerde ze zich nog zijn reactie, elke seconde ervan. Eerst was hij vlak voor haar komen staan, toen had hij langzaam zijn hand rond haar middel gelegd en haar tegen zich aan getrokken. Een tijdje was het stil geweest, tot hij uiteindelijk zacht in haar haar had gezegd: 'Ik wil niets liever dan met jou dit kind krijgen.'

Iets minder dan acht maanden later had Daniëlle tranen met tuiten gehuild van ontroering toen ze hem voor het eerst met zijn dochter in zijn armen zag staan. Ze hadden het toch maar mooi gered samen, had ze vol trots gedacht. Zoals zoveel jonge ouders hadden ze zich niet gerealiseerd dat de relatietest toen eigenlijk pas begon. Na nachten van slechts drie uur slaap leerde je elkaar immers kennen op een manier als nooit tevoren.

Maar ook dat hadden ze overleefd en Gijs bleek beter tegen slaapgebrek te kunnen dan ze allebei hadden verwacht, ook al stond hij eerder bekend om de nachten van tien, elf uur die hij graag maakte. 'Je hebt jarenlang reserves opgebouwd', grapte Daniëlle graag. Zijzelf had zich met grote regelmaat een uitgewrongen dweil gevoeld, maar als ze dan naar Elin keek, besefte ze dat het het allemaal waard was. Al was het onder andere het slaapgebrek geweest dat hen er later van had weerhouden om voor een derde kind te gaan.

'Waar denk je aan?' vroeg Gijs, en toen realiseerde Daniëlle zich dat ze al een tijdje in gedachten verzonken voor zich uit had zitten staren. Ze ontmoette zijn blik, die onderzoekend was.

'Niks', zei ze schouderophalend. 'Aan ons. De eerste tijd met Elin.'

Gijs' blik kreeg iets zachts. 'Ik vond het echt geweldig, zo'n kleine baby, maar eerlijk gezegd ben ik blij dat de kinderen nu wat groter zijn. Dat we samen in de golven kunnen springen in plaats van dat je de hele tijd bang moet zijn dat ze het halve strand in hun mond stoppen.'

'Dat ben ik wel met je eens.' Daniëlle grinnikte. 'Dus ik kan je niet overhalen voor nog een baby?'

Gijs keek haar afwijzend aan, tot hij haar blik zag en er in zijn eigen ogen een twinkeling verscheen. 'Nou ja, het kan natuurlijk geen kwaad als we de techniek blijven oefenen. Je weet immers nooit hoe het loopt.'

Daniëlle nam de laatste slok van haar wijn en stond op. 'Techniek oefenen, ja, zo zou je het ook kunnen noemen', zei ze grijnzend. Ze stak haar hand uit en trok Gijs overeind. 'Kom mee dan, met je techniek.'

Voor hem uit liep ze naar binnen. Zodra ze de deur achter zich sloot, voelde ze Gijs' armen rond haar taille en zijn lippen in haar nek.

Hoofdstuk 4

'EN DIT IS SILVAN.'

De jonge vrouw die zich had voorgesteld als Laura, opende de deur van een van de boxen. Ze stapte naar binnen en legde haar hand op de neus van een groot, vrijwel zwart paard dat zijn oren continu naar voren en naar achteren draaide. 'Op stal is hij niet zo gezellig, maar eenmaal buiten heb je een goeie aan hem', zei Laura. 'Wacht maar, ik neem hem wel mee.'

Daniëlle deed een stap achteruit en keek toe hoe Laura een halster om het hoofd van het paard schoof. Dat kostte enige moeite, omdat Silvan zijn neus in de lucht gooide en gezien zijn grootte kon niemand er dan nog bij.

Uiteindelijk maakte Laura de sluiting vast en pakte het

halstertouw. Silvan leek zich te realiseren dat hij aan het kortste eind trok en liep gewillig met haar mee de stal uit. Nu hij meer in het licht stond, zag Daniëlle pas goed hoe groot hij was. Zijn schoft zat op dezelfde hoogte als haar neus. Ze glimlachte. Niet lang daarvoor, bij aankomst bij de stal, had ze de vertrouwde kriebel in haar buik gevoeld die ze als kind al had gekregen bij het ruiken van de stal, de paarden en het leer van de zadels. Nu wilde ze niets liever dan opstijgen en gaan.

Ze pakte de borstels aan van Laura en poetste het paard zorgvuldig tot zijn vacht glansde. Daarbij praatte ze zacht tegen hem. Hij draaide zijn ogen voortdurend in haar richting en Daniëlle haalde haar hand over zijn hals en gaf hem klopjes. 'Kom mee, Silvan', zei ze, toen ze klaar was met borstelen en het zadel op zijn rug legde. 'Wij gaan samen over het strand racen.'

Ze had een krukje nodig om op te stijgen en toen ze eenmaal zat, drentelde Silvan ongedurig heen en weer. Hij was het er duidelijk niet mee eens dat hij moest wachten tot een stalhulp Daniëlles stijgbeugels op maat had gemaakt. Laura steeg intussen op een kleiner paard met grote zwarte en witte vlekken. Het dier had zulke lange manen dat ze zijn hele hals bedekten. 'Kom', wenkte Laura, toen ze eenmaal in het zadel zat. 'We nemen het pad achter de stal langs, dan zijn we het snelst in de duinen.'

Toen hij eenmaal mocht lopen, werd Silvan al snel minder ongedurig. Zijn passen werden kalmer en hij liet zijn neus zakken. Een paar keer brieste hij.

'Ben je hier op vakantie?' vroeg Laura.

Daniëlle knikte en vertelde over haar liefde voor Texel en het vakantiehuisje dat ze hadden gekocht. Laura knikte toen ze de naam noemde. 'Ik ken dat park wel. Mijn ouders gaan daar ook altijd naartoe.'

'En jij?' vroeg Daniëlle. 'Woon je hier zelf ook?'

'Van mei tot september. Dan woon ik in het gastenverblijf van de eigenaars van de manege en begeleid ik buitenritten.'

'Wat een heerlijke manier om de zomer door te brengen.'

Laura knikte en wees naar een pad niet ver bij hen vandaan. 'We gaan zo meteen hier links en dan zijn we al bijna op het strand. De opgang is vrij steil. Je kan het beste achteroverleunen en je paard zelf zijn weg laten zoeken.'

Daniëlle knikte en ze staarde naar de zee die in de verte al zichtbaar was. Voor zover ze kon zien, was er niemand op het strand.

Een paar minuten later bleek dat dat klopte. Silvan had wat hobbelig zijn weg naar beneden gezocht en Daniëlle was een beetje scheefgezakt in het zadel, maar gelukkig had ze zich op tijd weten te herstellen. Laura had grinnikend omgekeken. 'Omdat hij zo groot is, kan hij wat lomp zijn', had ze vergoelijkend gezegd en Daniëlle had het paard op zijn hals geklopt, omdat hij er niets aan kon doen dat zij na al die jaren wat minder goed in balans was op een paardenrug. Ze was allang blij dat ze haar rijbroek had meegenomen en niet in een schurende spijkerbroek in het zadel hoefde te zitten. Dan zou ze de komende dagen door de binnenkant van haar dijen bij elke stap aan dit avontuur worden herinnerd.

Ze keek uit over het weidse strand. 'Die ruimte, dat vind ik een van de meest geweldige dingen aan Texel', zei ze. 'In Zandvoort sta je nu drie uur in de rij voor een parkeerplek en daarna kun je nog geen vrije vierkante meter zand vinden voor je handdoek. Terwijl je hier zover als je kunt kijken, geen mens ziet.'

Laura humde instemmend. Daarna was het stil tussen hen. Het enige geluid kwam van de paardenhoeven die zacht ploften op het zand, en het kraken van de zadels. Daniëlle keek om zich heen en voor de zoveelste keer bedacht ze dat er maar weinig dingen waren waarvan ze zo genoot als paardrijden. 'Neem dan weer les', had Gijs zo vaak gezegd. 'En we kunnen toch ook kijken naar de mogelijkheid om een paard te kopen. Als we het op andere vlakken rustig aan doen, moet dat financieel gezien kunnen.'

Hoe lief Daniëlle het ook vond dat hij haar dat gunde, het was geen goed idee. Het ontbrak haar simpelweg aan de tijd. Het was de laatste maanden al ingewikkeld geweest om tijd voor elkaar te maken, en voor de kinderen. Gijs had een eigen accountantskantoor, waar het belachelijk druk was geweest. Hij had een paar grote nieuwe klanten aangenomen, die veel meer werk met zich mee hadden gebracht dan hij had voorzien. Dat was financieel gezien prettig, maar het betekende lange dagen en werken in het weekend. Gijs was niet iemand die daarover klaagde, maar de werkstress had ook niet bepaald bijgedragen aan zijn humeur. Als hij thuis was, was hij er met zijn gedachten toch vaak niet bij. Of hij zat voortdurend aan zijn telefoon vastgeplakt. Daniëlle wist wel dat hij zijn klanten niet in de steek wilde laten en dat zij hem waardeerden om zijn betrokkenheid, maar andersom vond ze het niet altijd eerlijk dat dat ten koste ging van de aandacht voor zijn gezin. Voor de kinderen deed hij zijn best om vrolijk te blijven, maar als zij in bed lagen, was hij tegen Daniëlle soms juist kortaf omdat er iets op zijn werk was wat niet lekker liep. En het was haar opgevallen dat hij weliswaar naar de kinderen leek te luisteren ze iets vertelden, maar er in gedachten dan toch niet bij was.

Dat was niet de vader die hij wilde zijn, wist Daniëlle. Zijn eigen vader was in zijn jeugd ook vaak afwezig geweest. Het was een aardige man, maar wel een vader van de oude stempel. Eentje die voornamelijk werkte en de zorg voor de kinderen overliet aan hun moeder. Dat had Gijs' moeder altijd vol overgave en liefde gedaan en hij had een prima jeugd gehad, maar toch vond hij het jammer dat hij altijd een bepaalde afstand had gevoeld tot zijn vader. Dat kwam misschien ook doordat zijn vader wat ouder was dan de vaders van vriendjes. Toen Gijs werd geboren was zijn vader al veertig, Gijs' moeder was zijn tweede vrouw. Over zijn eerste huwelijk had hij nooit veel losgelaten, maar op de begrafenis van Gijs' vader was tot Daniëlles verbazing wel zijn eerste vrouw opgedoken. Ook tot Gijs' verbazing: hij had haar tot dan toe maar één keer gezien en hij zou haar niet hebben herkend als zijn tante niets had gezegd. Aan het einde van de plechtigheid verdween ze net zo stilletjes als ze gekomen was, zonder iemand te spreken.

'Misschien gaf ze toch nog om hem', had Daniëlle later gespeculeerd.

'Misschien kwam ze controleren of hij wel echt dood was', was Gijs' antwoord geweest. 'Ik weet er niet veel van, maar mijn moeder heeft zich weleens laten ontvallen dat het niet bepaald een harmonieuze scheiding was. Zij is daarna nooit meer hertrouwd.'

Daniëlle had Gijs' vader altijd gezien als een vriendelijke man, die weliswaar wat afstandelijk was, maar het zeker waardeerde als ze op bezoek kwamen. Toen Siem en Elin er waren, had hij het altijd leuk gevonden om ze te zien, maar hij was geen opa die spelletjes deed en met hen over de grond rolde. Maar hij was altijd een goede vader geweest, zei Gijs, en op zijn begrafenis had hij hem daarom geprezen. Het was ook mede aan Gijs' vader te danken dat ze het vakantiehuisje hadden kunnen kopen. Ze hadden negentigduizend euro van zijn erfenis gebruikt. De overige dertigduizend euro hadden ze op een spaarrekening gezet, maar niet voordat ze op de spaarrekeningen van de kinderen elk vijfduizend euro hadden gestort. 'Spaar voor een studie', was altijd het advies van Gijs' vader geweest en Gijs vond het een mooi idee dat de erfenis daaraan bijdroeg.

'Zullen we een stukje draven?' vroeg Laura en haar stem haalde Daniëlle uit haar gedachten. Ze knikte en spoorde Silvan aan. Door zijn grote passen werd ze vrij hoog uit het zadel geduwd, maar na een paar stappen vond ze het ritme. De paardenhoeven klotsten door een geul en het zeewater spatte op tot aan haar armen. Koude speldenprikjes op haar warme huid. Silvan brieste.

De wind nam toe. De zoute bries klapperde nu in haar gezicht. Ze hield van dat gevoel. Het hoorde bij het ongerepte dat Texel voor haar nog steeds had, al was het nu in het hoogseizoen druk op het eiland. Er waren altijd kilometers natuurgebied te vinden waar lege paden zich nog voor je uitstrekten. Waar je alleen was met de elementen. Nu was het mooi weer, maar bij een flinke storm vond Daniëlle het bijna net zo lekker om een stuk door de duinen of over het strand te lopen. Overgeleverd worden aan de wind was een heilzame manier om je nietig te voelen, had ze ontdekt. En dat was soms best verfrissend.

Maar ook zonder storm werkte de natuur enorm relativerend. Een wandeling in het bos hielp haar altijd om tot rust te komen, dat had ze de laatste tijd maar weer gemerkt. Regelmatig was ze 's avonds naar het Kralingse Bos gegaan om na te denken. Twee maanden geleden had het bedrijf waarvoor ze werkte een reorganisatie aangekondigd, die flink wat banen had gekost. Daniëlle had zelfs een paar weken lang niet geweten of haar functie van marketingmanager zou blijven bestaan en toen ze eenmaal de verlossende mededeling had gekregen dat ze mocht blijven, was haar vreugde meteen tenietgedaan door de boodschap dat twee van haar leukste collega's werden ontslagen. Daniëlle was oprecht verdrietig geweest, misschien nog wel meer dan wanneer ze zelf haar baan was kwijtgeraakt. En hoewel ze er niets aan kon doen, had Daniëlle zich op een bepaalde manier schuldig gevoeld dat zij mocht blijven. Bovendien was de tijd van de reorganisatie sowieso stressvol geweest. De sfeer was gespannen, regelmatig liepen er mensen huilend weg en de directie wist zich eigenlijk geen raad. Het had weken geduurd voordat de rust wat was weergekeerd.

'Zullen we een stukje in galop?' riep Laura, haar woorden deels weggeblazen door de wind. 'Volgens mij heeft Silvan daar ook wel zin in.'

Daniëlle knikte gretig. 'Graag. Kan ik hem houden, denk je?' Aan de manier waarop Silvan onrustig om meer teugel vroeg, had ze al gemerkt dat haar paard graag sneller wilde.

Laura knikte. 'Jawel, dat zal wel lukken. Wij leren onze paarden dat ze niet in rengalop mogen op het strand, omdat ze dan nog maar voor een klein deel van de ruiters geschikt zijn.' Laura grinnikte. 'Maar ze zijn natuurlijk wel dol op het strand, dus het zal hard gaan.'

'Prima', grijnsde Daniëlle. 'Ik ben er klaar voor.'

Silvan had maar weinig aansporing nodig. Zodra Daniëlle met haar tong klakte en haar been een beetje tegen zijn buik drukte, schoten zijn oren naar voren en verlengde hij zijn passen. 'Toe maar!' riep ze en meteen ging hij over in stevige galop. Iets voor haar verhoogde het paard van Laura het tempo nog wat, Silvan volgde meteen. Daniëlle kon niet blijven zitten en ging staan in het zadel en leunde wat naar voren. De wind suisde langs haar cap en het paard onder haar zette al zijn spierkracht in. Zijn manen wapperden in de wind. 'Goed zo, jongen!' riep Daniëlle en even draaide hij zijn oren naar achter, om ze daarna meteen weer recht vooruit te richten. Daniëlle keek naar de waterlijn, meters verderop, waar golven met grote kracht op het land spoelden. Het geroffel van de paardenhoeven op het harde zand vermengde zich met het geluid van de wind. Niet eerder had ze zo het gevoel gehad één te zijn met de natuur.

Silvan leek onvermoeibaar en verhoogde het tempo nog wat. Hij brieste en vroeg meer teugel, die Daniëlle hem gaf.

Pas na een hele tijd stak Laura haar hand in de lucht en nam Daniëlle de teugel weer wat steviger in haar hand om vaart te minderen. Silvan verlaagde het tempo en ging uiteindelijk over in draf en toen in stap. Daniëlles ogen waren gaan tranen van de wind. Ze veegde over haar wangen en voelde zand en zout. 'Dat was geweldig', zei ze gelukzalig.

'Gaaf hè?' zei Laura. 'Dit vind ik ook nog steeds magisch, vooral op een leeg strand.'

Daniëlle knikte en streelde de hals van haar paard. 'Magisch, ja', zei ze zacht. Dat was het enige juiste woord. Haar wangen waren warm en haar hoofd leger dan het in tijden was geweest.

'Ik ben geloof ik niet meer zo soepel als vroeger', zei Daniëlle met een pijnlijke grimas, toen ze zich op de loungebank liet zakken. 'Ik denk dan ook niet dat het me nog gaat lukken om op te staan.'

'Ik til je wel', zei Gijs grinnikend. 'Bejaarde.'

'Niet normaal wat paardrijden doet met je spieren. Dat was ik vergeten.'

'Hoezo?' Gijs fronste. 'Het zou veel logischer zijn als het paard spierpijn had.'

Lachend ontweek hij de borrelnoot die Daniëlle naar zijn hoofd gooide. 'Ik spreek jou nog wel als je zelf een stuk bent gaan rijden', zei ze.

Even luisterden ze samen naar de geluiden van de avond. Zachte muziek die vanuit een paar huisjes verderop hun kant op dreef, stemmen uit allerlei tuinen en in de verte het ruisen van de golven. De lucht rook naar barbecue.

'Wat een heerlijke dag was dit', zei Daniëlle genietend. 'Goed idee van jou om bij het restaurant van het park te gaan eten.'

Toen ze na het paardrijden thuis was gekomen, had ze Gijs aangetroffen met een boor en schroeven. Vlak voor ze van huis vertrokken, hadden ze nog snel een naambordje laten maken en dat wilde Gijs ophangen, maar zoals gewoonlijk was het klusproject al snel veranderd in een frustrerende aangelegenheid waarbij – voor zover Daniëlle het had begrepen – het juiste gereedschap ontbrak en bovendien de kwaliteit van de schroeven twijfelachtig was. Gijs had een heleboel liefhebberijen, maar doe-het-zelven hoorde daar helaas niet bij, hoewel hij, als hij wilde, best uit de voeten kon met gereedschap. Toen het uiteindelijk was gelukt om het bordje op te hangen – een project waarbij Daniëlles hulp onontbeerlijk was geweest – was het al halfzeven geweest en hadden ze geen van beiden zin gehad om te koken. Gijs had voorgesteld om voor het dagmenu in het parkrestaurant te gaan. Een voorstel dat door de kinderen met gejuich was begroet, omdat het terras naast de speeltuin lag en ze heel graag verder wilden spelen met de nieuwe vriendjes en vriendinnetjes die ze hadden gemaakt. Op een paar snelle happen na had Daniëlle de kinderen tijdens het eten amper gezien.

Na het eten hadden zij en Gijs een hele tijd zitten praten, terwijl ze samen het restje wijn dronken. Toen Daniëlle de kinderen uiteindelijk uit de speeltuin had opgehaald, hadden ze luidruchtig geprotesteerd. Het was al halftien geweest toen ze eindelijk in bed lagen.

'Dit was de leukste dag ooit', had Siem wel tien keer verzucht, geheel in lijn met zijn neiging om altijd in superlatieven te praten. Het was gisteren immers ook al de leukste dag ooit geweest. Daniëlle had door zijn weerbarstige bruine haar gekroeld en gezegd hoe fijn het was om hem te zien genieten. Siem was daar gevoelig voor. Hij wilde graag blij maken, tot een punt dat Daniëlle zich weleens afvroeg of het niet tegen hem zou gaan werken. Natuurlijk was het goed om rekening te houden met anderen, maar niet ten koste van jezelf. Als Siem met vriendjes speelde, was hij vrijwel altijd degene die toegaf bij onenigheid. Of het nu ging om wie de bal mocht of om het bepalen van de winnaar van een potje verstoppertje, zodra er een conflict dreigde, suste Siem het door zelf de minst populaire positie in te nemen. Een eigenschap die Daniëlle niet van zichzelf herkende, maar tot op zekere hoogte wel van Gijs. Haar man was geen doetje, maar hij ging wel ver om de lieve vrede te bewaren. Een van zijn zussen – degene met wie ze maar matig contact hadden – had weleens geroepen dat Daniëlle volledig over hem heen liep. Grappig genoeg was dat juist een moment geweest dat Gijs zich van zijn andere kant had laten zien. De kant waarmee hij iemand wel degelijk de waarheid kon zeggen.

'Wil je?' vroeg Gijs en zonder haar antwoord af te wachten schonk hij de wijn al in.

Met haar glas tikte ze tegen dat van Gijs. Daniëlle sloot haar ogen en genoot van het geluid van de zee en van de zwoele warmte van de avond.

Op dat moment veranderde er iets in de atmosfeer. Die leek zwaarder te worden, een andere omschrijving had ze er niet voor. Ze opende haar ogen en keek verwonderd om zich heen, op zoek naar een verklaring voor dit plotselinge gevoel. Er was niets te zien en ze schudde haar hoofd. Toen deed ze haar mond open om iets te zeggen, maar sloot hem weer toen ze Gijs aankeek. Haar man staarde naar een punt links van haar met een mengeling van waakzaamheid en nieuwsgierigheid op zijn gezicht. Daniëlle draaide haar hoofd.

'Hai', zei Gijs. 'Kan ik je helpen?'

Daniëlle voelde haar hartslag even stokken. In de hoek van het terras stond een man. Hij was lang, enigszins breed en had een kaal hoofd. Zijn donkere spijkerbroek en zwarte T-shirt gaven haar op een of andere manier niet de indruk dat het om een mede-vakantievierder ging. De man zette een stap naar voren, waardoor hij precies werd gevangen in het licht van een van de tuinlampen. Op zijn bovenarm zag Daniëlle een forse tatoeage die doorliep onder de mouw van zijn T-shirt. Die mouw spande om zijn bovenarm, zag ze nu. Ze vroeg zich af of de omvang daarvan werd veroorzaakt door vet of spieren. Vermoedelijk het laatste.

Daniëlle keek vluchtig naar Gijs, hij hield zijn blik strak op de bezoeker gericht. Dit was geen buurman die een flesje aanmaakvloeistof kwam lenen. Voor iemand die iets kwam lenen, zei hij sowieso vrij weinig. Hij stond daar maar en nam hen met een kalme blik op. Hoe langer de zwijgzaamheid duurde, hoe meer Daniëlle voelde dat haar spieren zich aanspanden.

'Hai', zei Gijs opnieuw, nadrukkelijker nu. 'Wat kan ik voor je doen?'

De man sloeg zijn armen over elkaar en keek hen om de beurt aan. Het was alsof hij degene was die hier al had gezeten terwijl Gijs en Daniëlle plotseling waren komen binnenvallen. Vanuit haar buik begon een onrustig gevoel zich door Daniëlles lichaam te verspreiden. 'Sorry', zei ze zonder zich daadwerkelijk ergens voor te verontschuldigen. 'Ik weet niet...'

'Ik kom het halen', zei de man toen en hij keek Gijs en Daniëlle met gefronste wenkbrauwen aan.

Automatisch trok Daniëlle ook haar wenkbrauwen op. 'Hoe bedoel je?'

'Ik kom het halen.'

'Wat kom je halen?'

De man trok zijn wenkbrauwen nu juist naar beneden toen hij zijn ogen samenkneep. 'Dat weet je wel', zei hij met iets van minachting in zijn stem.

'Sorry', zei Gijs en hij zette een stap naar voren. 'Ik denk dat je ons verwart met iemand anders. Volgens mij hebben wij elkaar niet eerder ontmoet. Mijn vrouw en ik zijn hier pas een paar dagen geleden aangekomen.'

De man staarde onbewogen terug, alsof de woorden op zijn buitenkant waren afgeketst en hem niet hadden bereikt. 'Ik kom... het halen', zei hij, met een stilte in het midden van die zin, als om de betekenis ervan extra goed te laten doordringen.

'Wat dan?' vroeg Daniëlle. Ze kon niet voorkomen dat de irritatie die ze in zichzelf voelde toenemen, doorklonk in haar stem. 'Je zult echt duidelijker moeten zijn.'

Wat vreemd was, was dat de man zich geen moment door hun onwetendheid uit het veld liet slaan. Sterker nog, hij leek deze reactie verwacht te hebben en zijn onbuigzaamheid haperde geen moment.

'Luister, wij kennen elkaar niet', zei Gijs, die er ook wel genoeg van leek te krijgen. 'Als je ergens naar op zoek bent, moet je aankloppen bij degene die het heeft en dat zijn wij niet. Ik denk dat er sprake is van een misverstand.'

'Een misverstand', herhaalde de man toonloos.

De nacht werd gevuld door het geluid van krekels. Niemand zei meer iets. Daniëlle stond op en bemerkte een minieme verandering bij de man. Het was niet meer dan een spier die zich spande, niet eens goed zichtbaar in het donker. Maar het was er en het deed haar hartslag toenemen.

'Wij zijn nieuw hier', herhaalde ze wat Gijs al had gezegd. 'Als je duidelijker bent over wat je komt halen, kunnen we je misschien helpen.' Haar stem klonk vriendelijker dan haar stemming richting de man momenteel was.

Ze hoopte dat ze daarmee meer bereikte. 'Maar op deze manier begrijp ik niet wat je bedoelt.'

De man richtte zijn aandacht nu in het bijzonder op haar. Hij liet zijn blik op haar rusten, keurend en met iets van nieuwsgierigheid erin. Als een filmscène die langzaam overging in de volgende scène, veranderde die nieuwsgierigheid in iets hards dat Daniëlle niet helemaal kon duiden. Ze voelde hoe haar nekharen overeind gingen staan.

'Daniëlle, toch?'

Ze kneep haar ogen samen en probeerde niet te laten merken dat ze schrok. Ze slikte moeizaam en staarde terug, terwijl ze probeerde niet met haar ogen te knipperen.

Het moment ging voorbij, de man liet zijn blik door de tuin gaan. De stilte zoemde nu hard in Daniëlles oren en pulseerde op het ritme van haar bonkende hart.

'We kunnen je verder niet helpen', zei Gijs. Zijn stem klonk afrondend. 'We kennen je niet en we weten ook niet waar je misschien wel terechtkunt met je vraag.'

'Je moet eens op zoek gaan naar informatie over de rechtmatige eigenaar', zei de man en er leek iets spottends in zijn blik te liggen.

Daniëlle keek hem geringschattend aan en negeerde wat hij net had gezegd. 'Zoals we al zeiden: volgens mij heb je niet degenen voor je die je zoekt.'

'Volgens mij wel.'

'Wil je weggaan?' vroeg Gijs. Nu lag er iets hards en dwingends in zijn stem dat Daniëlle niet vaak bij hem had gehoord. 'Je bent op ons terrein en je hebt hier niets te zoeken.'

De glimlach die op het gezicht van de man verscheen, was de minst oprechte die Daniëlle ooit had gezien. 'Werkelijk?' vroeg hij.

Gijs liet zich niet intimideren. 'Ja', antwoordde hij kalm. 'Ik heb geen zin om de politie te bellen en jij hebt vast geen zin in problemen, dus laten we dit niet ingewikkelder maken dan het is.'

De man leek die woorden in overweging te nemen. Uiteindelijk deed hij zijn mond open. Zijn stem was nog even toonloos als eerst. 'De volgende keer dat ik hier ben, kun je maar beter wel hebben waar ik recht op heb.'

Zijn blik boorde zich nog eenmaal in die van Daniëlle en daarna in die van Gijs. Het volgende moment draaide hij zich met een ruk om en beende weg. Het geluid van zijn schoenen klonk klossend, het grind van het tuinpad spatte op onder zijn zware passen. Daniëlle had het gevoel alsof plotseling alle kracht uit haar was gezogen. Haar benen knapten als luciferhoutjes en ze zakte neer op haar tuinstoel.

'Wat was dat?' vroeg ze met een bevende stem.

Gijs was ook weer gaan zitten. Zijn gezicht was strak en leek ineens smaller te zijn geworden. 'Geen idee', zei hij met een stem waaruit de hardheid nog niet was verdwenen.

'Hij wist mijn naam.' Daniëlle keek haar man aan. 'Ik heb echt geen idee waar hij het over had, maar ik weet niet zo zeker of het niet voor ons was bedoeld.'

Gijs knipperde een paar keer en schudde toen kort zijn hoofd. 'We hebben een naambordje, dus dat zegt niets.'

Daniëlle voelde een lichte opluchting door zich heen

gaan. 'Dat verklaart het wel. Maar als hij op het bordje heeft gezien hoe we heten, wist hij toch ook dat hij ons niet moest hebben?'

Gijs haalde diep adem. 'Ja, daar heb je gelijk in. En als je met zo'n boodschap voor iemand komt, weet je toch wel of je de juiste persoon voor je hebt?'

Daniëlle herinnerde zich ineens iets vreemds. 'Wat zei hij nu over de rechtmatige eigenaar?'

'Dat we informatie moesten zoeken', zei Gijs langzaam. 'Dat alleen al, dat is toch vreemd? Ik denk toch dat hij bij het verkeerde huisje heeft aangeklopt.'

'Wij zijn de rechtmatige eigenaars', zei Daniëlle nadenkend. 'Maar misschien weet hij dat nog niet. Misschien heeft het te maken met de vorige eigenaars.'

'Dat Duitse echtpaar?' Gijs keek bedenkelijk. 'Lijkt mij sterk.'

'Ja', zei Daniëlle. 'Mij eigenlijk ook.'

'Misschien is het huisje wel een tijd verhuurd geweest.' Gijs kneep zijn ogen samen, wat hij vaak deed als hij nadacht. 'Het zou kunnen dat die man voor een huurder kwam, van wie hij niet wist dat die al was vertrokken. Je hoort weleens vreemde verhalen over huisjesparken en mensen die een tijdje op de vlucht zijn. En de vorige eigenaars zijn hier sinds vorig voorjaar niet geweest, zei de makelaar.'

Daniëlle haalde diep adem. Gijs' woorden bezorgden haar een vreemd gevoel. 'We kunnen bij de receptie navragen of het huisje verhuurd is geweest', zei ze. 'Ik zal dat morgen wel even doen.'

'Goed idee', zei Gijs, terwijl hij zijn telefoon pakte.

'Wat ga je doen?'

'Noteren hoe hij eruitzag.'

Daniëlle fronste, maar zei niets, terwijl Gijs begon te typen. Ze staarde in de richting waarin de man was verdwenen. In haar hoofd klonk nog zijn stem, onvriendelijk en met iets scherps erin. Ze was blij dat ze niet degene was die hij zocht, want kennelijk had die een serieus probleem.

'Bruine of blauwe ogen?' vroeg Gijs.

Daniëlle keek vragend. 'Daar heb ik niet echt op gelet. In het donker kon je het ook bijna niet zien.'

'Nee.' Gijs typte weer iets. 'Dat is waar. Ik schrijf *bruin* op met een vraagteken erbij.'

'Wat wil je met die beschrijving?'

'Als er vannacht iets gebeurt, kunnen we de politie in elk geval goed informeren.'

Daniëlle huiverde even. 'Dat zal toch wel loslopen? Volgens mij kijk je te veel enge films.' Ze probeerde een lachje, maar het klonk geforceerd, wat het ook was. Haar stem trilde een beetje. 'Zullen we er nu over ophouden? Ik krijg er een raar gevoel van en het was juist zo'n fijne avond.'

Gijs knikte kort. Hij liet zijn ogen over de regels op zijn telefoonscherm gaan en legde zijn mobiel toen naast zich op de bank neer. 'Rare vent', mompelde hij nog, en hij schudde zijn hoofd.

'Het gaat morgen hard waaien', veranderde Daniëlle resoluut van onderwerp. 'Dan kunnen we wel weer gaan vliegeren. Wil jij dat ook?'

'Zijn accent was niet van hier', zei Gijs, haar opmerking

negerend. Hij pakte zijn telefoon weer en begon druk met zijn duimen te bewegen over het scherm.

'Dat is toch geen antwoord op mijn vraag?'

'Ja. Sorry.' Hij keek haar vluchtig aan. 'Ik vind het gewoon een raar verhaal.'

'Ik ook, maar kunnen we er nu over ophouden?' Daniëlle kon niet voorkomen dat haar irritatie doorklonk in haar stem. 'Ik probeer leuke plannen te maken voor morgen, maar je luistert niet eens.'

'Hm', zei Gijs, die duidelijk geen woord had opgeslagen van wat ze had gezegd.

Daniëlle staarde zwijgend voor zich uit. Toen Gijs uiteindelijk zijn telefoon liet zakken, klonk zijn stem vreemd opgefokt.

'Ik kan het niet loslaten', zei hij. 'Het is toch gewoon hartstikke vreemd? De meest logische verklaring is ook niet logisch.'

'Hoe bedoel je?'

'Hoe zou jij reageren als je naar iemand toe gaat om iets op te halen en diegene zegt dat het een misverstand is? Dan zeg je toch: o sorry, fijne avond verder?'

Daniëlle knipperde een paar keer en speelde de film van wat er was gebeurd opnieuw af in haar hoofd. 'Hij leek ergens wel te verwachten dat we zoiets zouden zeggen', zei ze nadenkend. 'Het verbaasde hem niet.'

'Precies.' Gijs begon weer verwoed te typen op zijn telefoon. 'Ik heb hem echt nooit eerder gezien', zei hij, meer tegen zichzelf dan tegen Daniëlle.

Zij schudde haar hoofd. De man kwam haar ook niet

bekend voor. Vluchtig gleden haar gedachten naar de figuur op de boot, die haar was bijgebleven omdat hij haar zo vreemd had aangekeken. Misschien, qua postuur... Ze schudde haar hoofd. Nu geen spoken gaan zien.

Gijs' duimen schoten nog steeds heen en weer over het scherm van zijn mobiel.

'Doe je telefoon nu eens weg', zei Daniëlle.

Ze moest haar verzoek drie keer doen voor Gijs er daadwerkelijk gehoor aan gaf.

'Morgen vraag ik bij de receptie hoe het zit met de verhuur van het huisje', zei ze. 'Ik kan ook meteen informeren of er misschien meer mensen zijn die een vreemd bezoekje hebben gehad.' Ze keek Gijs aan. 'Maar nu wil ik er echt over ophouden.'

Gijs legde zijn telefoon op tafel en gaf er een duwtje tegen, zodat hij in haar richting schoof. 'Oké, we gaan het over iets anders hebben.' Hij trok een gezicht. 'Beloofd.'

Daniëlle begon weer over de vlieger en Gijs knikte, maar ergens zag ze dat hij er niet helemaal bij was. Zijn blik gleed naar het pad naast het huisje dat de man bij zijn vertrek had gebruikt. Daniëlle keek diezelfde kant op. Het was er donker en ze zag niemand meer, wat haar niet meer maar juist minder geruststelde.

'Zullen we naar binnen gaan?' stelde ze uiteindelijk voor en toen ze de deur achter zich dichttrok, draaide ze de sleutel twee keer om.

Hoofdstuk 5

'Een kale man?' Het meisje van de receptie keek Daniëlle aan. Daarna schudde ze langzaam haar hoofd, ze leek wat van haar stuk gebracht. 'Nee, sorry, daar heb ik niets over gehoord.'

'O.' Daniëlle slikte. 'Oké. Het is gewoon...'

'Momentje.' Het meisje draaide zich om naar een dame die minstens twee keer zo oud leek als zij, en die op de achtergrond iets aan het doen was met meerdere multomappen. 'Anja, weet jij iets over een kale man die mensen heeft lastiggevallen?'

Daniëlle trok haar wenkbrauwen samen. 'Nou ja, ik bedoel niet...'

Maar beide receptionistes luisterden niet. De jongste

– Daniëlle schatte haar hooguit vijfentwintig – stond met haar rug naar haar toe, terwijl haar collega dichterbij kwam. Ze keek Daniëlle aan met een mengeling van nieuwsgierigheid en iets afwerends.

'Nee, ik weet niet...' Ze trok haar mondhoeken naar beneden. Er lag iets onderzoekends in haar blik. 'Misschien kunt u iets specifieker zijn? U zei dat hij u heeft lastiggevallen? Bedoelt u... lichamelijk?'

'Nee', zei Daniëlle en ze schudde snel haar hoofd. Ietwat gegeneerd keek ze om zich heen, maar de andere gasten bij de receptie leken gelukkig niet mee te luisteren. 'Laat maar. Het is waarschijnlijk een misverstand.'

De vrouw wijdde zich weer aan haar eigen werk en de jonge receptioniste die Daniëlle in eerste instantie had geholpen, keek haar vragend aan. 'Kan ik u verder nog ergens mee helpen?'

Daniëlle slikte even. Ze wist niet meer waarom het een goed idee had geleken om bij de receptie te informeren of er meer mensen bezoek hadden gehad van de man. Uiteindelijk was haar vraag er vreemd en ongemakkelijk uit gekomen. 'Er stond ineens iemand op mijn terras', had ze gezegd. 'Een kale man, die iets van me wilde. Hebben meer mensen dat gehad?' Het meisje achter de receptie had duidelijk niet geweten wat ze ermee aan moest, en dat begreep Daniëlle ook wel. Misschien had ze beter kunnen vragen of er meldingen waren binnengekomen van verdachte personen op het park. Op diverse plekken hingen bordjes met de oproep om daarvan melding te maken bij de parkdirectie of de politie. Ze vroeg zich ineens af wat de achtergrond daarvan was. Voorzorg, of waren die bordjes het gevolg van incidenten? Ze knipperde even, maar besloot er niet naar te vragen.

'Mevrouw?' zei het meisje van de receptie en Daniëlle knikte kort.

'Ja', zei ze. 'Je kunt me ergens mee helpen.'

Ze legde uit dat ze onlangs eigenaar was geworden van hun huisje en dat ze graag wilde weten door wie het eerder was gehuurd. 'Zijn er bijvoorbeeld mensen geweest die er wekenlang verbleven hebben?'

De vingers van het meisje tikten tegen de toetsen. Ze had uitzonderlijk lange nagels, gelakt in een feloranje kleur die Daniëlle deed denken aan Koningsdag. De nagels vertoonden geen enkel barstje of krasje. Daniëlle vroeg zich altijd af hoe mensen dat voor elkaar kregen.

'Nee', zei het meisje. Ze schudde haar hoofd, wat een tingelend geluid van haar oorbellen veroorzaakte. 'Het is niet langlopend verhuurd. Dit seizoen sowieso niet, en vorig jaar is het bijna de hele zomer verhuurd geweest, maar niet langer dan twee weken aan één huurder.'

'Oké', zei Daniëlle knikkend, terwijl ze eigenlijk niet goed wist wat ze hieruit moest opmaken. 'Heb je ook een lijst van de huurders?'

Het meisje keek een tikje verward. 'Hun namen, bedoelt u?'

'Ja.'

De verwarring op haar gezicht maakte plaats voor spijt. 'Ik ben bang dat ik die niet zomaar kan geven. Privacy...' Ze leek het oprecht vervelend te vinden. 'Ik kan voor u wel een overzicht uitdraaien van de weken waarin het was verhuurd?'

Daniëlle schudde haar hoofd. 'Nee, doe geen moeite. Ik weet voldoende.'

Ze bedankte het meisje en wilde al weglopen, toen haar nog iets te binnen schoot. 'Weet jij misschien hoe het zit met de vereniging van eigenaren van de huisjes? Wij zijn daar bij de aankoop automatisch lid van geworden, maar we hebben er niet zoveel meer over gehoord. Er is toch eens in de zoveel tijd een algemene vergadering?'

Het meisje fronste licht. 'Daar heb ik eerlijk gezegd geen verstand van', zei ze. 'Ik kan het navragen bij mijn collega?'

Ze had kennelijk de gewoonte om gewone zinnen als vraag te stellen. Daniëlle knikte en het meisje liep weg, om even later terug te keren met een folder, die Daniëlle herkende omdat hij in de map met de verkoopovereenkomst en informatie voor eigenaren had gezeten.

'Dank je wel', zei ze toen het meisje hem overhandigde, hoewel ze hem al had.

'Mijn collega zegt dat hier alles in staat. En ik heb het telefoonnummer van de voorzitter voor u.' Ze toverde een roze post-it tevoorschijn, die ze voor op de folder plakte. 'Hij kan u vast vertellen wanneer de vergadering is.'

Daniëlle knikte. 'Super, dank je wel.' Ze draaide zich om en wilde voor de tweede keer weglopen, toen het meisje zei: 'Eh... mevrouw?'

Daniëlle keek om. 'Ja?'

'Als u graag de andere eigenaren wilt ontmoeten, vindt u het misschien leuk om morgen naar de zomerborrel te gaan? Die organiseren we altijd aan het begin van de zomervakantie.' Ze haalde een flyer tevoorschijn. 'Huurders en eigenaren komen er samen en er is een barbecue.'

Daniëlle knikte. 'Dat lijkt me erg leuk', zei ze en even later verliet ze de receptie met vier polsbandjes en het gevoel dat ze eindelijk iets verder was gekomen.

'Wauw, mam!' Siem verrekte bijna zijn nek om het allemaal goed te kunnen zien. De blik waarmee hij Daniëlle aankeek, was er een van verrukking. 'Zag je dat?'

Daniëlle knikte. 'Ja, schat. Mooi, hè?'

Siem luisterde niet naar haar antwoord. In plaats daarvan staarde hij naar het bassin voor hem, waar twee jonge zeehonden een zeehondenvariant van tikkertje leken te spelen. De dieren stoorden zich in het geheel niet aan hun publiek van voornamelijk jonge kinderen en hun ouders. Af en toe wierp een van de zeehonden een nieuwsgierige blik in de richting van de toeschouwers, maar verder vermaakten ze zich optimaal met elkaar. Tot er een verzorger opdook met een emmer vis en de dieren er een hele show van maakten om hun middagmaal naar binnen te werken. Daniëlle keek vertederd toe. Siem had al vanaf het begin van de vakantie gevraagd wanneer ze eindelijk zeehonden gingen kijken in Ecomare en nu ze daar eenmaal waren, vond ze het zelf eigenlijk ook ontzettend leuk.

'Zullen we verder lopen?' vroeg Gijs na een tijdje. 'In het museum is van alles te zien over zeedieren, dat is leuk om even te kijken.'

Het kostte wat moeite om Siem los te rukken van

de aanblik van de zeehondjes, maar eenmaal in het museum wist hij niet waar hij moest beginnen. Er was veel moeite gedaan om informatie over de zee en de zeedieren zo interessant mogelijk te brengen, en dat was gelukt. Siem en Elin keken hun ogen uit bij video's over allerlei vreemde zeebewoners en in de walviszaal wisten ze al helemaal niet wat hun overkwam. Overal zagen ze skeletten van walvissen en dolfijnen die in de buurt van Texel waren aangespoeld. Daniëlle keek met open mond in het rond. De skeletten waren veel groter dan ze had verwacht.

'O, sorry.' Ze was zo met haar blik bij de dieren geweest, dat ze niet had gezien dat er iemand pal voor haar stond. Ze was bijna tegen hem op gebotst. Een man in een korte spijkerbroek en een mouwloos hemd. Ze rook een lichte zweetlucht. Zijn voeten waren gestoken in badslippers. Daniëlle zette vlug een stap opzij, hij stond veel te dichtbij. Toen pas hief ze haar gezicht en keek hem recht aan.

Haar mond werd droog. Haar hart sprong zo'n eind omhoog dat het pijn deed en ze voelde zich een paar seconden duizelig omdat ze geen adem kreeg. Toen zoog ze juist met een piepend geluid lucht naar binnen. Ze voelde zweetdruppels ontstaan op haar rug, ook al was het dankzij de airconditioning koel in de ruimte. Toen het zweet zich aaneenreeg tot straaltjes, voelde het alsof er ijsklontjes over haar rug naar beneden gleden.

Ook al had ze hem alleen maar in het halfdonker gezien, ze wist zeker dat het hem was. Hij droeg nu een petje en keek haar uitdrukkingloos aan. Daniëlle wendde haar blik af en draaide zich met een ruk om. Toen ze wegliep, voelde ze die van hem in haar rug.

'We gaan', zei ze tegen Gijs, die net een bordje over vinvissen stond voor te lezen aan Siem.

Verwonderd keek hij haar aan. 'Maar we hebben nog...'

'We gaan.'

Gijs richtte zich op en pakte haar arm. Met zachte dwang nam hij haar mee naar een plek buiten gehoorafstand van hun zoon, die sowieso zo gefascineerd naar de foto's van de zeedieren stond te kijken dat hij zijn moeder niet had gehoord.

'Wat is er?' vroeg Gijs.

'Ik wil weg. Nu.'

'Maar waarom? We hebben nog lang niet alles gezien. De kinderen vinden het juist zo leuk.'

'Hij is hier.'

'Wie?'

'Die man. Die kale. Ik botste bijna tegen hem op.'

'Welke kale... O.' Gijs keek haar ongelovig aan. 'Weet je het zeker? Er zijn wel meer kale mannen en...'

'Kijk dan zelf', zei Daniëlle zacht. 'Hij staat links achter je.'

Ze probeerde onopvallend langs Gijs te kijken, maar ving precies de blik van de man. Ze haalde haar hand door haar haar, maar haar poging om ontspannen over te komen, mislukte. Haar hand was klam en kwam vast te zitten in haar haar en toen Gijs omkeek, trok de man heel langzaam één wenkbrauw omhoog.

'Het is hem, ik weet het zeker', zei Daniëlle nog een keer en Gijs knikte. 'Is hij hier alleen?' vroeg hij.

Daniëlle liet haar blik door de ruimte gaan. Het was druk en ze kon niet goed zien wie bij wie hoorde. De man leek echter niet geïnteresseerd in de mensen om hem heen.

'Ik denk het wel', zei ze zacht. 'Ik zie hem niet naar anderen kijken.'

Gijs kneep zijn ogen samen. Hij beet op zijn onderlip. 'Ik begrijp het niet', zei hij zacht. 'Zei hij iets tegen je?'

'Nee, hij keek alleen maar.'

'Ik kan me niet voorstellen dat hij voor ons komt.'

Daniëlle rilde. 'Hij staat anders wel de hele tijd naar ons te kijken.'

'Ja, maar kom op...' Gijs wreef over zijn kaak. 'We hebben toch al gezegd dat hij aan het verkeerde adres is?'

'Dat lijkt niet erg veel indruk te maken', zei Daniëlle. 'Ik wil hier weg, Gijs. Die man bezorgt me een hartaanval.'

'Je hebt gelijk.' Gijs keek om zich heen en beende toen naar de kinderen. 'Jongens, we gaan.'

Siem en Elin reageerden niet. In plaats daarvan liepen ze juist verder bij hen vandaan, in de richting van een grote wand waarop je een spel kon spelen op een virtuele oceaanbodem.

'Hij staat naar ze te kijken', siste Daniëlle tegen Gijs. 'Ik wil nu weg. Dit bevalt me helemaal niet.' Ze keek naar de man. Hij stond daar maar, roerloos, zijn armen over elkaar. 'Ik wil niet dat hij Siem en Elin...'

'Wie gaat er mee een ijsje eten?' onderbrak Gijs haar en de plotselinge doofheid bij de kinderen verdween zo snel als die gekomen was. Daniëlle pakte Siem bij zijn hand en sleurde hem zo ongeveer het museum uit.

'Auw,' klaagde hij, 'je doet me pijn.'

'In de auto', zei ze, toen ze het portier opende en hem op zijn stoelverhoger zette, hoewel hij prima in staat was om zelf in de auto te klimmen. Vlug klikte ze zijn gordel vast, terwijl Gijs hetzelfde deed bij Elin.

'Wat is er?' vroeg hun dochter. 'Waarom hebben we haast?'

'Ik heb gewoon zin in ijs', zei Gijs, en hij sloeg het portier dicht. Even bleef Daniëlle naast de auto staan om diep adem te halen. De man was nergens meer te bekennen. Ze probeerde rustig te worden voor ze instapte, maar haar hart liet zich niet zo makkelijk kalmeren.

'Oké', zei ze met een gemaakt vrolijke stem toen ze op haar stoel zat. 'Ik neem chocolade-ijs, jullie?'

Het was een klein stukje rijden naar De Koog, waar ze een hele tijd in de rij moesten staan bij de ijssalon. De kinderen deden intussen een zelfbedacht spelletje dat het midden hield tussen tikkertje en verstoppertje, tot ze genoeg kregen van het wachten en hartgrondig ruzie begonnen te maken. Gijs kwam tussenbeide en gelukkig waren ze toen net aan de beurt. Daniëlle keek bedenkelijk toen Gijs de kinderen de vrije hand gaf bij het uitzoeken van hun ijsje en ze allebei met een hoorntje met drie bolletjes wegliepen. Nog voor Siem aan zijn ijsje had gelikt, zat er al een blauwe vlek smurfenijs op zijn shirt.

'Nu zit zijn hele shirt eronder', zei Daniëlle geërgerd. 'Je ziet toch dat...'

'We hebben een wasmachine', zei Gijs. 'Doe even normaal, alsjeblieft.'

'Hoezo, doe even normaal?'

‘Omdat je verschrikkelijk opgefokt bent. De kinderen merken het ook.’

Ze beet even op haar lip. Hij had gelijk en het was ook eigenlijk niet belangrijk dat er een vlek op het shirt van Siem zat, maar nu elke spier in haar lijf onder spanning leek te staan, kon ze niet meer normaal nadenken.

‘Sorry’, zei ze. Ze likte aan haar eigen ijsje, maar het smaakte haar niet. ‘Ik ben me gewoon een ongeluk geschrokken. En ik kan het niet loslaten.’

‘Ik had een foto moeten maken’, zei Gijs nadenkend. ‘Als dit aanhoudt, moeten we naar de politie gaan.’

Daniëlle knikte, al had ze haar twijfels. ‘Maar wat moeten we dan zeggen? Deze man wil iets van ons hebben en we weten niet wat? En daarna zien we hem op een van de meest toeristische plekken van het eiland?’

Gijs gaf geen antwoord. Naast elkaar slenterden ze door de hoofdstraat van het plaatsje, Siem en Elin liepen een eind voor hen. Daniëlle hield haar blik op de kinderen gericht, bang om ze ook maar een moment uit het oog te verliezen. Tegelijkertijd liet ze haar ogen zo nu en dan van links naar rechts schieten, maar de man dook niet meer op.

‘Misschien maken we ons te druk’, zei Gijs na een tijdje. ‘Uiteindelijk ís Ecomare ook een van de drukst bezochte plekken van Texel. Het is niet zo vreemd dat je daar iemand tegenkomt die je eerder hebt gezien. Siem zag ook een jongetje dat hij gisteren in de speeltuin heeft ontmoet.’

Daniëlle wilde zich graag gerust laten stellen, maar toch schudde ze zacht met haar hoofd. ‘Ik weet het niet. Hij leek daar niet met een gezin te zijn.’

'Hij is op zoek naar iemand, misschien hoopte hij diegene daar te vinden?'

'Ja.' Daniëlle keek Gijs aan. 'Misschien.'

Ze hield zijn blik even vast en keek toen weer voor zich, naar de kinderen. Gijs wilde net zo graag als zij dat het allemaal niets te betekenen had. Maar ze hoorde het in zijn stem en ze zag het in zijn ogen. Ook hij had moeite het echt te geloven.

Hoofdstuk 6

'Hai, welkom. En jullie naam is?' De vrouw bij de picknicktafel liet haar pen rusten bij de bovenste naam op een lijst.

'Familie Wouters', zei Gijs, ook al had Daniëlle haar eigen achternaam gehouden. 'We zijn sinds kort eigenaar van een huisje.'

'Ja, hier staan jullie', zei de vrouw en ze kraste hun naam door op de lijst. Daarna wees ze naar een rij tafels en een bar die verderop op het grasveld stonden. 'Het werkt heel eenvoudig: met jullie polsbandjes kunnen jullie onbeperkt eten en drinken halen, en straks komt er nog een ijscoman langs voor de kinderen.' Ze wees even naar de bandjes om hun pols. 'Huiseigenaren hebben blauwe bandjes, huurders rode. Dat leek ons handig voor het leggen van de contacten.'

Ze knikten en liepen verder. De borrel was een kwartier eerder begonnen en het was al behoorlijk druk. Het grasveld achter het receptiegebouw was ervoor gebruikt en omdat dat normaal gesproken dienstdeed als voetbalveld, stonden er aan weerszijden doelen. Bij een ervan was een groepje jongens bezig een balletje te trappen. Siem keek er verlangend naar.

'Mag ik gaan?' vroeg hij.

'Ja, natuurlijk', knikte Daniëlle, verwonderd dat haar zoon die normaal gesproken graag de kat uit de boom keek, nu onmiddellijk op onbekende kinderen af wilde. 'Maar wil je niet eerst even wat drinken?'

'Nee', riep hij en holde weg.

'Hé, Siem!' hoorde Daniëlle een van de jongens roepen en ze glimlachte. Zo onbekend waren deze kinderen dus niet.

Ook Elin had haar vakantievriendinnetjes alweer gevonden. Het groepje meisjes was bij een van de bomen die het veld omzoomden bezig om hun handstand te perfectioneren. 'Tot straks!' riep haar dochter en Daniëlle keek haar na.

'Drankje?' vroeg Gijs, en hij zette koers naar de bar. Daniëlle bleef staan en keek om zich heen. De meeste mensen leken elkaar te kennen en ze voelde zich een tikje verloren, maar gelukkig kwam Gijs al snel terug met de drankjes. Hij overhandigde haar een plastic glas met koele witte wijn, waar ze een te grote slok van nam.

'Voorzichtig', zei Gijs, toen ze begon te hoesten.

'Hé, jullie zijn nieuw, volgens mij.'

De man die Daniëlle herkende van de foto in de folder, was naast hen komen staan. In zijn kakikleurige korte broek en teenslippers zag hij er een stuk minder formeel uit. Zijn neus was roodverbrand en om zijn ogen zaten de witte kringen van een zonnebril.

'Ik ben Ernst', stelde hij zich met een ferme handdruk voor. 'De voorzitter van de eigenarenvereniging.' Hij grijnsde erbij. 'Wat veel interessanter klinkt dan het is.'

'Daniëlle', zei ze en Gijs stelde zich ook voor.

'Welkom op het park', zei Ernst. 'Jullie hebben nummer twaalf gekocht, toch?'

Daniëlle knikte. 'En we zijn er ontzettend blij mee. Echt een geweldige kans die we hebben gekregen.'

'Ja.' Ernst knikte eerst en fronste toen. 'Jullie hebben veel geluk gehad, geloof ik. De eigenaars hadden een nogal specifieke voorkeur aan wie ze het wilden verkopen.'

'Tja.' Daniëlle haalde haar schouders op. 'Ik weet ook niet precies hoe het is gegaan, maar ik begreep dat de eigenaars het huisje wilden overdoen aan mensen die veel van het eiland houden. En zo kwamen wij in aanmerking.'

Ernst knikte. Zijn dunne haar wipte mee met de beweging van zijn hoofd. 'Nou, hoe dan ook, welkom op Strandslag.'

'Kende je de eigenaars?' vroeg Gijs nu. Het klonk nonchalant, maar ergens hoorde Daniëlle iets scherps in zijn stem. De woorden van de kale man kwamen terug in haar hoofd.

Ernst knikte kort. 'Ja, ik heb ze een aantal keer ontmoet. Maar zij kwamen veelal buiten de schoolvakanties, terwijl ikzelf er juist in de vakanties veel ben. Aardige mensen, een beetje op zichzelf. Hebben jullie ze ontmoet?'

'Nee', zei Daniëlle. 'De overdracht werd door de makelaar geregeld.'

'Is het huisje de laatste jaren verhuurd?' vroeg Gijs.

Ernst knikte. 'Zo nu en dan. Ze hadden een tussenpersoon die dat allemaal regelde. Tot ze besloten om het te verkopen.'

'We hebben ze nog een mailtje gestuurd om ze te bedanken', zei Daniëlle. 'Ze reageerden heel vriendelijk.'

Ernst knikte even en er viel een stilte, die hij opvulde door te informeren naar hun plannen met het huisje en naar de vakantie. 'Als jullie het leuk vinden, kunnen jullie ook meedoen aan activiteiten van de vereniging', zei hij toen. 'Dat is niet alleen voor eigenaren, maar ook voor huurders. Zo gaan we morgen bijvoorbeeld wadlopen.'

'Leuk', zei Gijs en hij keek even vragend naar Daniëlle. 'Goed idee, toch? Wadlopen staat op mijn lijstje van dingen die ik deze vakantie wil doen.'

'Is dat ook voor kinderen?'

Ernst schudde zijn hoofd. 'Zulke tochten organiseren we ook, maar morgen is een behoorlijk stevige tocht. Ik vind dat zelf altijd het leukste, maar voor kinderen is het te zwaar.'

'Dan gaat het over', zei Gijs, maar Daniëlle keek hem aan. 'Waarom ga jij niet mee? Dan blijf ik hier met de kinderen.'

Gijs keek bedenkelijk. 'Vind je dat niet...'

'Ongezellig? Weet je nog wat je tegen mij zei over het paardrijden?'

Hij aarzelde even. 'Ach ja, je hebt ook gelijk. Het lijkt me heel leuk.' Hij keek Ernst aan. 'Ik wil me graag aanmelden.'

'Super', knikte de man. 'Achteraf barbecueën we met de groep op het strand. Loop anders even mee, dan schrijf ik je meteen in. De map ligt daar.'

Gijs knikte en liep achter Ernst aan naar een van de tafels. Daniëlle keek naar haar plastic wijnglas en stelde enigszins tot haar verbazing vast dat het al leeg was. Bij de bar was inmiddels een behoorlijke rij ontstaan. In de hoop dat het zo meteen rustiger zou zijn, liep ze eerst even naar Siem en Elin.

'Gaat het goed?' vroeg ze aan haar zoon, maar hij had amper oog voor haar. Hij maakte onderdeel uit van een spel waar iedereen volgens een ingewikkeld systeem voortdurend wisselde tussen spits en keeper zijn, en stak alleen even zijn hand op toen hij haar zag. Elin was met haar vriendinnen neergestreken onder de boom en maakte een lange vlecht van madeliefjes.

'Hai mam', zei ze, om daarna onmiddellijk de interesse voor haar moeder weer te verliezen.

Daniëlle liep toch maar naar de bar.

Ze had de man helemaal niet zien aankomen, tot hij ineens naast haar stond. 'Hallo', zei hij, en Daniëlle keek op, verwonderd.

'Hai.'

Hij bleef staan, haar aankijkend. Ze had het idee dat ze

hem moest kennen. 'Sorry, ik wilde niet voordringen', zei ze, hoewel het begin van de rij nog een meter of tien verderop was.

'Ik stond niet in de rij.'

'O.' Ze glimlachte. 'Oké, dan ga ik even...'

'Wacht even.' Hij kneep zijn ogen samen. 'Volgens mij kennen wij elkaar.'

Daniëlle gaf geen antwoord, ze zei ook niet dat ze hetzelfde gevoel had. In plaats daarvan groef ze in haar geheugen. Het moest van ver komen, alsof ze iets uit de lucht wilde plukken maar er telkens net niet bij kon.

'Lang geleden', zei de man en zijn blik had iets geamuseerds, alsof hij het geestig vond dat zij duidelijk haar hersenen moest pijnigen. En toen, langzaam: 'Heel lang geleden.'

Ze wist niet of het door de toon in zijn stem kwam, maar vanuit ergens diep in haar kwam een gevoel naar boven. Een gevoel dat haar hart even deed overslaan. En dat was het moment dat de man begon te grijnzen. Hij had de klik op haar gezicht gezien, het spreekwoordelijke kwartje zien vallen.

Zijn haar. Dat was de reden dat ze hem niet eerder had herkend. Vroeger was het gemillimeterd geweest, nu had hij krullen. Meestal was het verloop van haar juist andersom.

'Jeetje', zei ze met een halve grijns. 'Mitchell. Dat is inderdaad lang geleden.'

Waarschijnlijk was haar verbazing van haar gezicht af te lezen. Ze wist helemaal niet dat hij nog op Texel kwam.

Hij op zijn beurt leek helemaal niet verbaasd te zijn dat hij haar hier zag. 'Daniëlle', zei hij alleen maar en er verscheen een glimlachje rond zijn mond dat zich moeilijk liet duiden.

'Geen spat veranderd', hoorde je mensen vaak zeggen, maar dat was op hem niet van toepassing. Niet alleen was zijn korte kapsel van toen vervangen door bruin haar dat in zijn nek krulde, ook was hij duidelijk ouder geworden. En zijn gezicht smaller. Toch stond het hem niet slecht.

Zijn stem had iets slepends. 'Grappig dat je je mij nog herinnert.'

'Natuurlijk.' Ze lachte, hoewel het een tikje ongemakkelijk was. 'Ik had je hier alleen niet verwacht.'

'Nee?' Hij hield zijn hoofd schuin en streek even met zijn hand door zijn haar. Om zijn pols zat geen bandje. 'We hebben elkaar anders op dit eiland ontmoet.'

'Dat klopt', zei Daniëlle. 'Maar ik dacht dat je weg was gegaan. Je woont hier toch niet.'

Hij maakte een beweging met zijn hoofd die van alles kon betekenen. 'Jij tegenwoordig wel, begreep ik.'

'Wonen is een groot woord. Mijn man en ik hebben hier een vakantiehuisje.'

Het klonk ineens potsierlijk, dat 'mijn man'. Alsof ze daarmee wilde onderstrepen dat ze in een andere fase van haar leven was beland. Mitchells blik kreeg onmiddellijk weer iets geamuseerds.

'Je man.'

'Ja. Gijs.' Daniëlle keek zoekend om zich heen. 'Hij was hier net nog.'

'Ik zag jullie net al samen.'

'Hoe is het met je?' vroeg Daniëlle.

Hij knikte. 'Goed. Met jou?'

'Ja.' Ook zij knikte. 'Prima.'

Het was even zoeken naar een gespreksonderwerp, ook al was het jaren geleden dat ze Mitchell voor het laatst had gesproken en lag er voldoende gesprekstof in het gat in de tijd. Maar het enige wat haar nu te binnen schoot, was dat hij niet lang na hun laatste ontmoeting was veroordeeld, en dat leek haar geen onderwerp om nu aan te snijden.

'Ben je hier op vakantie?' vroeg ze.

Zijn blik dwaalde even af en bleef toen op haar rusten. 'Zoiets, ja.'

'Alleen?'

Hij liet een pufje horen, als een lach die niet helemaal doorkwam. Een antwoord bleef uit.

Daniëlle verplaatste haar gewicht van haar ene naar haar andere voet. Ze bracht haar glas naar haar mond, maar dat was natuurlijk leeg. 'Wil je er nog eentje?' vroeg hij, maar ze schudde haar hoofd.

'Even rustig aan doen', zei ze met een lachje, hoewel ze juist op weg was geweest om nog een drankje te halen. 'Het is nog vroeg.'

Hij knikte. 'En jij hebt kinderen en alles, zie ik.'

Daniëlle moest even omschakelen bij de wisseling van onderwerp. 'Ja.' Achter haar zonnebril kneep ze haar ogen samen tegen het licht toen ze naar Mitchell opkeek. Ze was vergeten hoeveel ze in lengte verschilden. 'Ik lijk wel volwassen.'

Hij grinnikte, zij ook. Drie jaar voor drugshandel, als ze het zich goed herinnerde. Dat was het laatste wat ze over hem had gehoord. Met aftrek van voorarrest en strafvermindering voor goed gedrag zou hij in een kleine twee jaar weer op straat staan. Ze was verbaasd geweest. De Mitchell die zij had gekend, was juist vol van de studie die hij volgde en de flitsende carrière in het bedrijfsleven die hij voor zichzelf had bedacht. Snel geld, dat was misschien de overeenkomst. Hij had altijd een dure smaak gehad.

Zeventien was ze geweest toen ze hem ontmoette op het eiland. Hij met zijn vrienden op een jongerencamping, zij met haar grootouders in het vakantiehuisje.

'Ik woon hier trouwens tegenwoordig wel', zei Mitchell. 'De grote stad was toch niets voor mij.'

'O', zei Daniëlle met een knikje. 'Het is een mooie plek.' Ze keek naar zijn pols en wilde vragen waarom hij geen bandje had en of hij huurder was, maar ze deed het niet.

Mitchell streek met zijn vinger over zijn lippen. Daarna hield hij zijn hoofd schuin en keek haar aan. Zijn blik bracht herinneringen terug waarvan ze niet wist dat ze nog in haar hoofd lagen opgeslagen. Ze had al jaren niet meer aan hem gedacht, maar nu zag ze hem kraakhelder voor zich zoals hij er toen uit had gezien. Broeierige blik, begeerte in zijn hele lijf, strak shirt dat spande om zijn borst.

Mitchell keek om zich heen. Kennelijk gingen ook zijn gedachten terug naar die tijd. 'Grappig om elkaar weer tegen te komen op de plek waar het allemaal begon', zei hij, maar de melancholie die je bij zo'n mededeling zou verwachten, ontbrak in zijn stem.

Daniëlle volgde zijn blik. 'Ja', zei ze, en verder wist ze niet goed hoe ze moest reageren. Het was hier niet alleen begonnen, maar ook geëindigd en hoewel ze daar tienertranen over had gehuild, was het achteraf gezien natuurlijk veel beter dat zij en Mitchell niet bij elkaar waren gebleven. De dolle verliefdheid zou een mooie herinnering blijven, maar hoe zijn leven daarna was gelopen, paste helemaal niet bij haar. Bovendien kon je geen toekomst bouwen op verliefdheid. Daar was meer voor nodig, iets wat ze met Gijs wel had en met Mitchell nooit bereikt zou hebben.

'Ik heb nog vaak aan je gedacht', zei Mitchell nu.

Daniëlle gaf geen antwoord. Ze vroeg zich af of ze gewoon weg kon lopen. Mitchell stond te dichtbij en ze snakte naar een glas water.

Het was trouwens niet waar wat hij zei. Het was tussen hen niet begonnen op deze plek, maar op een strandfeest zo'n vijf kilometer verderop. Hij was de knapste jongen op het feest en ze herinnerde zich dat er voortdurend meisjes om hem heen zwermden. Maar hij ging voor haar. Hij had moeite voor haar gedaan, omdat zij *hard-to-get* speelde. Die moeite had haar trots gemaakt. Mitchell was spannend, Mitchell was iets wat ze niet kende. Door haar tienerbril bezien was hij werelds geweest, waar zij zich soms klein en beperkt had gevoeld. Ze wilde bij hem horen. Misschien had ze nog het meest gehouden van het gevoel dat ze over zichzelf had gehad in zijn gezelschap. Die hele vakantie had ze amper een hap gegeten, zo verliefd was ze geweest. Mitchell kwam haar halen met zijn scooter, Mitchell nam haar mee naar feesten maar ook naar wandelingen door de duinen. Ze gingen uit eten, ze ontmoette zijn vrienden. Hij kwam uit Alkmaar, maar kende zo veel mensen op het eiland dat hij net zo goed een *local* kon zijn. Ze was op Texel toen hij werd opgepakt en had gegoogeld op zijn naam. Ze had berichten gelezen over arrestaties van leden van een drugsnetwerk en had de conclusie getrokken dat hij daarbij betrokken moest zijn. Later had ze nog meer berichten gelezen, alles stond tegenwoordig online. Mitchell werd bestempeld als de leider, al had zijn advocaat dat later in de rechtszaal allemaal afgezwakt. De straf was nog relatief laag uitgevallen. Er was een rijtje aantijgingen die veel heftiger waren, maar waarvoor hij niet was veroordeeld. Fraude. Geweld. Dood. Ze herinnerde zich nu een artikel dat ze een keer op een nieuwssite had gelezen. Ze was blij geweest dat hij niet voor die zaken was veroordeeld, omdat ze op een of andere manier het gevoel had gehad dat het op haar afstraalde. Hij was niet meer dan een vakantieliefde, maar toch vond ze het prettig dat ze zich niet had ingelaten met iemand die de dood van een ander op zijn geweten had.

'Leuk huisje hebben jullie trouwens', verbrak Mitchell opnieuw de stilte, die maar ongemakkelijk tussen hen bleef opduiken. Daniëlle vroeg zich af hoe ze het gesprek zou kunnen afsluiten. Ze wilde terug naar Gijs, die Ernst als gesprekspartner had ingeruild voor een andere man.

'Ja', zei ze. 'Dank je. We zijn er heel blij mee.'

'Je komt er niet zomaar tussen hier.'

'Nee. Ik eh...' Daniëlle gebaarde in de richting van de bar en het buffet. 'Ik ga zo maar weer eens...'

Mitchell keek haar aan. 'Hoe was het paardrijden?'

Daniëlle voelde iets in zich opvlammen. 'Hoe weet je dat?'

Hij grijnsde. 'Het eiland is niet zo groot.'

Daniëlle voelde zich ineens misselijk. Mitchell liet zijn blik op haar rusten, geringschattend.

Uiteindelijk antwoordde ze met een stem die kalmer klonk dan ze zich voelde. 'Het was leuk. Je moet het ook eens proberen.'

Mitchell reageerde niet. In plaats daarvan staarde hij naar haar met een blik die dwars door haar heen leek te gaan. Het brandde op de plaats waar zijn ogen zich aan haar vastgeklonken leken te hebben, net boven haar eigen ogen. Zwijgend staarde ze terug. Er zaten grijze spikkeltjes in zijn blauwe irissen, zag ze. Hij had geen mooie ogen als hij zo keek. Er leek iets hards in te zitten.

Ze spoelde het gesprek terug in haar hoofd, maar het lukte haar niet om te bepalen waarom zijn blik en zijn stem ineens waren veranderd. Kwam het door de herinneringen die ze ophaalden? Zij was degene die hun verkering had beëindigd. Of eigenlijk had ze dat niet echt gedaan. Met het einde van de zomer was het einde van de verkering gekomen, zo ging dat gewoon. Daar had Daniëlle weliswaar tranen over geplengd, maar het bezworen contact dat ze zouden houden, was al snel ingestort. Het jaar erop was hetzelfde gebeurd, minus de tranen, want na twee zomers met Mitchell wist ze dat ze geen toekomst met hem voor zich zag. Daar had hij anders over gedacht en met grote regelmaat had hij nog contact opgenomen. Uiteindelijk had ze gewoon haar telefoon niet meer opgenomen. En ze had niet meer aan hem gedacht tot ze vijf jaar geleden over die veroordeling had gehoord.

'Misschien doe ik dat wel', zei hij uiteindelijk, hoewel hij in elk geval vroeger nooit interesse voor paarden had gehad. 'We zouden samen kunnen gaan.'

Daniëlle kneep haar lippen samen. 'Dat lijkt me niet zo'n goed idee.'

'Nee?' Zijn verbazing had iets gespeelds. '*For old times' sake*.'

'Mitchell, ik...'

'Misschien willen je kinderen wel mee.' Zijn blik richtte zich naar links. Daniëlle wist wat daar links van haar te zien was en ze wilde niet dat hij ernaar keek. Haar maag kromp een beetje samen.

'Ik spreek je wel weer', zei ze met een schorre stem, hoewel haar woorden bepaald niet haar wens reflecteerden. Ze draaide zich om en liep weg zonder doel, terwijl ze zijn blik nog altijd in haar rug voelde. Bij een picknicktafel bleef ze staan. Haar knieën trilden. Voorzichtig ging ze op het bankje zitten.

'Hé.' Ze wist niet hoeveel tijd er was verstreken tot Gijs naast haar opdook. Niet veel, waarschijnlijk, want Mitchell stond een meter of twintig verderop en veinsde interesse voor de flyers van de eigenarenvereniging, waarvan er een aantal op tafel lagen uitgespreid. Gijs' aanraking leek haar arm in brand te zetten en met een ruk trok ze hem terug.

Gijs keek haar aan, eerst verwonderd, toen bezorgd. 'Is er iets met je?'

'Nee', zei ze, en ze haalde diep adem. 'Ik voelde me gewoon even niet lekker. Misschien viel de wijn verkeerd.'

'Ken je die man?' vroeg Gijs, die Mitchell met zijn blik volgde toen hij tussen de mensen door liep.

Daniëlles gedachten flitsten razendsnel heen en weer tussen twee opties. 'Ja', zei ze uiteindelijk naar waarheid. 'Van vroeger.'

Gijs keek haar onderzoekend aan. 'Een vakantievriendje?' Er speelde een lachje om zijn mond.

Daniëlle staarde naar de grond. 'Dat klopt.' Ze lachte ook, al was het geforceerd. 'Het was hier vroeger net *Temptation Island*.'

'Dan zal ik je nu maar goed in de gaten houden.' Hij meende het niet, dat hoorde ze aan de lach in zijn stem. Het was ook niets voor Gijs om jaloers of wantrouwend te zijn. Ze schudde kort met haar hoofd. Het idee dat er iets was waarop hij jaloers zou kunnen zijn, was ook bizar. Haar verkering met Mitchell was bijna twintig jaar geleden. Als je jaloers moest zijn op iedere kortstondige bevlieging uit het verleden van je partner, bleef je aan de gang.

Gijs stond op. 'Wil je wat water?' vroeg hij en zonder het antwoord af te wachten liep hij naar de bar. Ze keek naar hem en liet haar blik daarna over het grasveld dwalen. De kinderen waren nog aan het spelen. De groep van de borrel had zich inmiddels flink uitgebreid. Ze kneep haar ogen samen en speurde de omgeving af, maar Mitchell was nergens meer te bekennen. Op een vreemde manier maakte haar dat rustiger en onrustiger tegelijk.

Hoofdstuk 7

ZE WIST NIET PRECIES WAT HAAR HAD GEWEKT. IN HET zweefgebied tussen slaap en wakker zijn had Daniëlle het gevoel dat er iets aan de hand was, maar ze kon er niet op komen wat dat moest zijn. Ze opende haar ogen en wist in eerste instantie niet waar ze was. Het bed was kleiner dan thuis, ze lag onder een rood dekbedovertrek dat ze niet kende en de slaapkamer was aan de krappe kant en helemaal wit, met aan de muur een versiering van steigerhout en schelpen. Een paar keer knipperde ze en toen voelde ze de sluier van de slaap langzaam wegtrekken uit haar hoofd. Natuurlijk, ze was op Texel. En dit was hun huisje. En er drukte een vreemd gevoel op haar, terwijl ze op vakantie was.

Het klokje van haar telefoon vertelde haar dat het nog maar halfzeven in de ochtend was. Dit gebeurde haar wel vaker als ze vakantie had: dan werd ze nog vroeger wakker dan het tijdstip waarop ze normaal gesproken moest opstaan.

Zachtjes, om Gijs niet wakker te maken, liet ze zich uit bed glijden. Op de tast haalde ze haar joggingbroek en sportschoenen uit de kast en ze greep lukraak een shirt. Zo stil mogelijk verliet ze de slaapkamer en in de badkamer kleedde ze zich aan, poetste haar tanden en bond haar haar in een staart. Daarna sloop ze over de gang naar de voordeur, die ze bijna onhoorbaar open- en dichttrok.

Ondanks het vroege tijdstip hing er al een warmte in de lucht, die de belofte van weer een mooie dag met zich meebracht. De voorspelling voor de komende week zag er ook veelbelovend uit en Daniëlle dacht vluchtig aan al die mensen die zeiden dat het Nederlandse weer onvoorspelbaar en meestal teleurstellend was. De Wadden werden wat dat betreft vaak gespaard, omdat het er weliswaar een of twee graden kouder was dan op het vasteland, maar ook minder vaak regende. Nu gold de gunstige weersvoorspelling echter voor het hele land.

Ze sloeg rechtsaf en koos toen het pad dat vanuit het park door de duinen naar zee leidde. Ze passeerde een bord waarop stond dat ze het vakantiepark verliet en dat de strandslag waarnaar het park was vernoemd, zo'n vijftien minuten lopen was.

'Eigenlijk zeggen we hier altijd "paal"', had de makelaar gezegd toen Gijs had gevraagd waar de naam van het park vandaan kwam. 'Paal vier, paal elf, dan weet een echte Texelaar precies welke strandopgang wordt bedoeld. Maar "strandslag" is ook een bekend woord voor een strandopgang.'

Gijs, die was opgegroeid in Gelderland, had hem bevreemd aangekeken. Hij wist niet beter dan dat 'strandopgang' het woord was voor de plek waar je het duin kon oversteken naar het strand. 'Het is een woord dat in Noord-Holland veel wordt gebruikt', had de makelaar verduidelijkt. 'Vooral in de kop van Noord-Holland. Maar dit park heet al sinds de oprichting zo en inmiddels is de naam helemaal ingeburgerd.'

'Ik dacht dat het iets met golfslag te maken had', had Gijs later grinnikend aan Daniëlle opgebiecht. 'Misschien die kleine heuveltjes die je weleens ziet in nat zand. Maar goed dat ik dat niet tegen de makelaar zei, dan zou hij vast niet hebben geloofd dat we allebei zo verknocht zijn aan Texel. Ik bedoel: als je de lokale termen niet eens kent...'

'Dat zal toch wel meevallen?' had Daniëlle grinnikend gezegd. 'Volgens mij is die makelaar uiteindelijk vooral blij met het bod dat we hebben gedaan.'

Dat leek haar ook wel terecht, aangezien ze de vraagprijs hadden geboden en niet hadden onderhandeld. Misschien hadden ze daardoor te veel betaald, maar Daniëlle wilde er absoluut zeker van zijn dat ze het huisje kregen. Ze was wel een beetje verbaasd geweest dat Gijs – over het algemeen verstandig en gematigd met geld – haar niet had tegengesproken.

Daniëlles aandacht werd getrokken door duinkonijntjes

die zonder angst een paar meter bij haar vandaan voorbijhipten. Het waren jonkies die bleven zitten en haar nieuwsgierig aankeken. Ze liep verder, gadegeslagen door vijf paar fluweelbruine oogjes.

Stevig stapte ze door. Het pad liep omlaag en weer omhoog en Daniëlle keek om zich heen. Ver achter haar zag ze nog een wandelaar. Even bleef ze staan, geschrokken. Het zou toch niet... Maar toen ze beter keek zag ze dat het een oudere man was met een hond die dol van enthousiasme heen en weer rende. Voor zo'n beest moest dit de hemel zijn.

Ze had al vaak aan Gijs voorgesteld om een hond te nemen. Ze was dol op dieren en een lange duin- of strandwandeling werd nog leuker met een rondrennende labrador, het ras waarop ze haar oog had laten vallen. Gijs stond open voor het idee om een hond te nemen, maar ze moesten nog een goede oplossing verzinnen voor de dagen dat ze allebei werkten.

Bovendien moesten ze ook realistisch zijn: een hond kostte, zeker in het begin, veel tijd en daar ontbrak het hun aan. Misschien na de vakantie, als ze erin slaagden hun goede voornemens in de praktijk te brengen en meer tijd vrij te maken voor elkaar en hun gezin.

Haar voetstappen klonken als zachte ploffen in het zand toen ze weer afdaalde van de duintop, op weg naar de volgende. Hier en daar zaten kuilen en ze moest goed kijken waar ze haar voeten neerzette. Aan weerszijden van het pad wemelde het van de gaten, waarschijnlijk konijnenholen. Daaromheen bloeide blauwe duindistel met z'n paarse bloemetjes en het zachte lila van de zeeraket.

Daniëlle bleef even staan om de planten te bewonderen. Het was haar opa geweest die haar alle namen had geleerd toen ze vroeger samen door de duinen wandelden. Daniëlle deed dan haar best om alles te onthouden en als ze de volgende dag weer gingen en ze de namen kon opnoemen, genoot ze van de trotse blik in opa's ogen.

Ze liep verder en voelde de wind toenemen naarmate ze de zee naderde. Er zat iets warms in, de belofte van een nieuwe dag met mooi weer. Hoog boven haar in de lichtblauwe lucht krijsten de meeuwen, verderop zag ze een roofvogel. Daniëlle keek weer om. De man met de hond was niet meer te zien.

Uiteindelijk bereikte ze het strand. Haar staart wapperde in de wind en zand werd in haar gezicht geblazen. Ze had een zonnebril mee moeten nemen, bedacht ze toen ze haar ogen half dicht moest knijpen. Ze liep stevig door en bereikte de waterlijn, waarna ze evenwijdig aan het water begon te lopen, haar rug naar de wind gekeerd.

Automatisch gleden haar gedachten terug naar gisteren, zoals vannacht ook al de hele tijd was gebeurd. De ontmoeting met Mitchell had herinneringen teruggebracht. Herinneringen aan na die tijd, toen de verkering al uit was. Na zoveel jaar was haar eigen beleving van die periode wat weggezakt, maar vannacht – toen haar brein niet door andere gedachten werd gestoord – kwam er weer van alles terug. Hoe hij haar nog had ge-sms't. Hoe hij had gedacht dat zij meer was dan een vakantieliefde, ook al had ze hem duidelijk verteld dat het voor haar voorbij was. Uiteindelijk had het geholpen om hem gewoon te negeren.

Maanden later had ze hem nog eens opgezocht op Hyves en toen had hij allang een ander meisje aan zijn arm.

Misschien waren zijn woorden gisteren anders op haar overgekomen dan hij ze had bedoeld. Die vraag over het paardrijden had haar zo'n raar gevoel bezorgd, maar uiteindelijk was het toch geen rare vraag. Ze was ook gaan paardrijden. Je zou kunnen zeggen dat Mitchell gewoon interesse toonde. Het was misschien zijn toon geweest of de hele sfeer van het gesprek, maar het was net zo goed mogelijk dat dat alleen in haar hoofd zat.

Ze stapte door, terwijl haar gedachten in cirkels rondgingen. Ongemerkt had ze al een heel eind gelopen. Bij de volgende strandopgang liep ze de duinen weer in. De weg terug leek sneller te gaan dan de heenweg en eerder dan ze had verwacht, bereikte ze het fietspad dat haar terugvoerde naar het huisjespark. Ze haalde een paar keer diep adem en zette de gedachte aan Mitchell van zich af. Ze wist nog steeds niet wat hij op die borrel had gedaan, maar hij was in elk geval geen huurder of eigenaar. Misschien zou ze hem niet eens meer tegenkomen. Dat zou prettig zijn.

Daniëlle bereikte de ingang van het park. Ze wilde naar hun eigen bungalow lopen, maar bedacht zich en zette in plaats daarvan koers naar de kampwinkel. Elke ochtend kwam de bakker vers brood en verse croissants brengen. Ze sloot achteraan in de rij en liet haar blik in het rond dwalen. Vroeger, toen ze hier als kind kwam, was er een kampwinkeltje geweest dat qua grootte nog niet eens de helft haalde van de huidige winkel. Maar de bakker was hetzelfde gebleven, stelde ze met een glimlach vast toen ze het logo op de zakjes zag. Grappig hoe er tegelijkertijd veel en juist heel weinig kon veranderen.

Toen ze aan de beurt was bestelde ze vier croissants en, omdat ze er zo lekker uitzagen, ook vier pains au chocolat. Ook nam ze een grote fles jus d'orange mee. Het meisje achter de toonbank deed alles in een zakje en Daniëlle liep de winkel weer uit. De zon had inmiddels in kracht toegenomen en ze had het warm met haar vest aan. Terwijl ze koers zette richting het huisje, dacht ze aan wat ze vandaag konden gaan doen.

Het was een beweging in haar ooghoek die haar aandacht trok. Ze knipperde en fronste even en onmiddellijk schoot haar hartslag omhoog. Het was alsof ze geen filter meer had. Ieder zintuig stond wagenwijd open en bij een geluid of beweging schoot ze in de stress. Ze liet haar blik van links naar rechts gaan. Iets verderop was een auto gestopt. Een man stapte uit. Hij had bruin, krullend haar en nu wist ze waarom haar onderbewuste aansloeg. Maar hij was veel jonger dan Mitchell en bovendien minder lang. Even ontmoette haar blik die van hem en ze zag de verwondering toen ze hem bleef aanstaren. Ze moest ook een vreemde aanblik bieden, stokstijf, het tasje in haar hand en haar mond open. Snel draaide ze haar hoofd weg. Ze begon in de richting van hun huisje te lopen. Haar voeten voelden zwaar en voortdurend keek ze op, maar ze kwam niemand meer tegen.

'Tot vanavond!' Gijs zette een pet op zijn hoofd en wreef de dot zonnebrandcrème die hij in zijn nek had gesmeerd nog wat meer uit. Desondanks bleef er een dik, wit filter achter op zijn huid.

'Kom eens hier', zei Daniëlle grinnikend en ze smeerde de crème uit tot de witte laag was verdwenen.

'Ik heb factor vijftig gebruikt', zei Gijs.

'Lijkt me geen overbodige luxe. Hoelang duurt die tocht eigenlijk?'

'Drie uur en daarna is er dus die barbecue op het strand.'

'Leuk', zei Daniëlle, terwijl ze met Gijs meeliep naar de auto. 'Veel plezier.'

Ze keek toe hoe hij instapte en wegreed en draaide zich toen om.

'Laten we naar het zwembad gaan', zei Daniëlle en de kinderen knikten enthousiast. Daniëlle liet hen hun zwemkleding aantrekken en daarna liep ze heen en weer om alle spullen te pakken. Siem kwam aanlopen met een rugtas die niet meer dichtging omdat hij zo ongeveer al zijn speelgoed erin had gestopt, en Daniëlle kon hem slechts met moeite overhalen om minstens de helft thuis te laten. Maar uiteindelijk hadden ze dan alles en gingen ze op weg naar het buitenzwembad.

De kinderen liepen vooruit, Daniëlle volgde met de tassen. Het pad liep als een kronkelende lus over het terrein en het was onvermijdelijk dat Siem en Elin elke keer even uit beeld verdwenen als zij al een bocht hadden genomen. Daniëlle riep hen terug.

'Loop dan even door, mam', zei Elin. 'We hebben het gewoon bloedheet.'

Ze bereikten de ingang van het zwembad. Snel keek Daniëlle om zich heen, maar ze zag hem nergens. In gedachten sprak ze zichzelf streng toe. Ze moest zich niet zo laten opfokken door een man die ze in geen jaren had gesproken en met wie ze een gesprek van slechts een paar minuten had gevoerd. Een gesprek dat in haar hoofd steeds meer een eigen leven ging leiden. Zelfs als hij hier was, dan kon ze gewoon normaal tegen hem doen.

'Mam, kom je?' Elins stem haalde haar uit haar gedachten. Ze knikte en hield het pasje dat ze bij aankomst hadden gekregen voor de lezer, waardoor het hek van het zwembad openging. Het was druk, maar ze vonden een vrije plek op het grasveld, waar ze de handdoeken uitspreidden. Elin en Siem vertrokken onmiddellijk naar het water, die laatste met zwembandjes om. Hij zat sinds een halfjaar op zwemles, maar verder dan de 'eerste kikker' was hij nog niet gekomen. Een prestatie die hij had gevierd alsof hij zijn A- en B-diploma tegelijk had gehaald.

Daniëlle had een boek meegenomen, maar ze bleef rechtop op de handdoek zitten om te zien of Siem geen capriolen uithaalde in het diepe bad. Zo voorzichtig als hij met andere dingen kon zijn, zo veel durfde hij in het zwembad. Gelukkig stond er een badmeester bij de trap naar de duikplank, om te voorkomen dat te kleine kinderen te grote sprongen maakten.

Ze keek naar de andere badgasten. Even bleef haar blik hangen. Een meter of twintig verderop zat een man alleen op een handdoek, geen kinderen of speelgoed om hem heen. Ze slikte en kneep haar ogen samen. De zon weerkaatste op zijn kale hoofd. Hij draaide zijn gezicht haar kant op. Ze haalde diep adem. Het was hem niet.

De kale man had ze sinds het voorval bij Ecomare sowieso niet meer gezien. Misschien was de door Gijs zo hoopvol uitgesproken mogelijkheid dat zijn aanwezigheid daar toeval was, toch de waarheid.

Een paar keer knipperde ze met haar ogen. Het slechte slapen van vannacht begon haar op te breken. Ze zette haar zonnebril af en wreef in haar ogen, maar de vermoeidheid verdween niet. 'Mam!' riep Elin van een afstandje, terwijl ze druipend haar kant op kwam. 'Mogen we een ijsje?'

Daniëlle gaf geld mee en keek toe hoe haar kinderen naar de kleine snackbar naast het zwembad liepen. Geduldig wachtten ze in de rij tot ze aan de beurt waren en even later doken ze allebei op met een Magnum in hun hand. 'Hier', zei Elin en ze gaf haar moeder het wisselgeld. Allebei ploften ze neer op hun handdoek om het ijsje te eten, maar zodra het op was, waren ze weer verdwenen. Daniëlle staarde voor zich uit. Ze probeerde haar gedachten te ordenen, maar het was alsof haar hersenen als trampoline fungeerden. Gedachten of flarden daarvan schoten alle kanten op en lieten zich niet vangen of aaneenrijgen tot iets wat logisch was.

Ze had het idee dat er nog geen uur was verstreken, maar toen ze op haar horloge keek, zag ze dat het al halfzes was. Siem meldde zich. 'Wat eten we?' vroeg hij, gevolgd door Elin die riep dat ze honger had.

Daniëlle ging na wat er nog in de koelkast lag. Misschien

genoeg om een maaltijd voor drie personen van te bereiden, maar eigenlijk had ze geen zin om te koken.

'Zullen we wat halen bij de snackbar?' stelde ze voor en gejoel van de kinderen vormde het antwoord. Met een kroket in het vooruitzicht bleken ze zich wel razendsnel te kunnen klaarmaken en binnen een paar minuten hadden ze allebei een T-shirt aan en waren de spullen ingepakt. 'Ik wil wel twee kroketten', zei Siem en bij de snackbar aan de achterkant van het restaurant bestelde Daniëlle alles wat ze opnoemden. Zelf koos ze voor een kaassoufflé, al had ze niet echt trek.

'Mogen we nog even naar de speeltuin?' vroeg Siem, toen ze na het eten in de tuin van hun huisje zaten. 'Dean en Leon gaan voetballen en ik wil meedoen.'

Daniëlle aarzelde. Ze wilde hem eigenlijk niet alleen laten gaan. 'Morgen weer', zei ze. 'Als je nu gaat douchen, mag je zo nog even in de tuin spelen.'

Het kostte moeite om hem te overtuigen, maar uiteindelijk vertrok hij dan richting de badkamer. Elin liet zich makkelijker overtuigen en een halfuurtje later zaten beide kinderen in hun pyjama op de loungebank. Van het spelen kwam niet veel terecht, omdat Siem al zat te knikkebollen. 'Kom', zei Daniëlle, terwijl ze hem optilde. 'Ik stop je in bed.'

Zodra zijn hoofd het kussen raakte, was Siem vertrokken. 'Mag ik nog even lezen?' vroeg Elin en Daniëlle knikte. 'Maar over tien minuten het licht uit, oké?'

Op vakantie hechtte ze niet echt aan bedtijden, maar ze merkte dat de kinderen na een paar dagen laat naar bed, behoefte hadden aan een nacht goed slapen. En zij had er behoefte aan om alleen te zijn met haar gedachten.

In de keuken maakte ze thee voor zichzelf. Ze had zin in wijn, maar ze wilde niet drinken in haar eentje. Bovendien was het geen oplossing voor het trillerige gevoel dat ze had. Zoiets oplossen met alcohol was geen goed idee. Ze pakte het boek waar ze bij het zwembad niet aan toe was gekomen en nestelde zich op de loungebank in de tuin. Nu Siem en Elin er niet waren was het, ondanks de gebruikelijke geluiden, merkwaardig stil. Kaal, zelfs. Ze hoopte dat de barbecue niet al te lang zou duren. Ze keek op haar telefoon, maar Gijs had niets van zich laten horen.

Resoluut sloeg ze het boek open. Het was een thriller van een van haar favoriete schrijvers en ze had er erg naar uitgekeken om die te gaan lezen. Het boek was al weken geleden verschenen, maar niet eerder was ze eraan toegekomen. Ze nam een slokje thee en hoopte dat ze zich rustiger zou voelen, maar dat gebeurde niet. Drie keer las ze de eerste alinea, zonder een woord op te slaan. Opnieuw keek ze op haar telefoon. Vijf minuten waren verstreken. Geen bericht van Gijs. Om zichzelf iets te doen te geven, scrolde ze door haar foto's. Plaatjes van de veerboot, Elin die de meeuwen voerde, hun aankomst op Texel, de eerste dag op het strand. Siem die met zijn lange, pezige lijfje door de golven sprong. Elin die een kuil had gegraven en zichzelf onder het zand had verstopt, met alleen haar hoofd en handen eruit. Ze hadden er zo'n lol om gehad, Daniëlle had wel tien foto's gemaakt. Het leek allemaal zo lang geleden, maar het was pas een paar dagen terug. Ze kon het gevoel van dat moment zo terughalen. Zorgeloosheid. Het kwam haar nu voor als een luxe.

Ze scrolde met nietsziende ogen verder door haar foto's. Na een tijdje legde ze haar telefoon aan de kant en pakte haar boek weer. Haar moeder belde. Ze praatten een tijdje. Heel even speelde Daniëlle met de gedachte om haar te vertellen wie ze tegen het lijf was gelopen, maar ze deed het niet.

Haar moeder kende Mitchell en was altijd erg over hem te spreken geweest. Zo'n knappe jongen, zoveel plannen voor de toekomst. Haar oma had hem altijd 'die knappe met die blauwe ogen' genoemd. Ze waren allebei in shock geweest toen Daniëlle later had verteld dat hij was veroordeeld. Maar goed dat je niet met hem verder bent gegaan, had haar moeder gezegd. Daniëlle wist niet goed waarom ze niet over de ontmoeting vertelde. Misschien had ze gewoon geen zin in de vragen die haar moeder zou stellen.

'De kinderen genieten zich suf', zei ze. 'En ik heb een heerlijke strandrit gemaakt.'

'Klinkt fijn, lieverd. Ik kijk heel erg uit naar mijn vakantie over drie weken. Dan kan ik het allemaal zelf meemaken.'

'Ga je mee paardrijden?' vroeg Daniëlle grappend.

'Hou op', gruwelde haar moeder. 'Ik ga gewoon lekker een strandwandeling maken.'

Daniëlle grinnikte toen ze ophing. Ze keek naar de lucht, die snel donkerder was geworden. Het liep tegen tienen. Blijkbaar was het gezellig op de barbecue, want Gijs was nog altijd niet thuis.

Ze wilde net opstaan om binnen meer thee te gaan maken, toen een geluid haar nekharen overeind deed schieten. Haar adem stokte en haar blik ging van links naar rechts. Meer dan het bewegen van een tak was het niet geweest, maar dat viel op, op een windstille avond. Ze spitste haar oren en keek waakzaam naar het pad dat langs het huisje naar voren liep. Twee seconden, drie, vier. Langzaam liet ze haar adem ontsnappen.

Meteen daarna ademde ze weer in, scherp en zo hard dat het pijn deed. Het was geen verbeelding geweest.

Hij droeg zijn petje en een kleurrijke blouse die hem niet stond. Zijn korte spijkerbroek kwam tot net boven zijn knieën, zijn slippers deden vermoeden dat hij net van het strand kwam.

'Daniëlle', zei hij alleen maar.

Haar hart vloog alle kanten op. Ze week achteruit, met als enige effect dat ze zichzelf tegen de leuning van de bank duwde. 'Ga weg', zei ze gesmoord. 'Ga weg of ik bel de politie.'

De man keek terug. Hij trok één wenkbrauw op en dat gebaar zei alles. Dat doe je toch niet. Ze tastte naar haar telefoon.

'Heb je het al?' vroeg de man.

Daniëlle keek terug, haar blik vertroebeld door duizelingen. Haar suizende bloed dreunde in haar oren op het ritme van haar bonkende hart.

'Wat?'

Geen reactie.

'Luister.' Daniëlle boog iets naar voren. Ze legde alle

kracht in haar stem die ze uit zichzelf kon halen. 'Je kan hier twee keer, drie keer of tien keer komen vragen of ik het al heb, maar als je niet zegt wat je bedoelt, ga je ook geen antwoord krijgen.' Ze leunde met haar ellebogen op haar knieën. 'Dus wees duidelijk of ga weg.'

De man keek terug. Zijn zwijgen moest ze niet verwarren met nadenken, hij keek totaal uitdrukkingloos. Ze had net zo goed niets kunnen zeggen.

'Mijn man komt zo thuis', zei ze. 'Hij kan er elk moment zijn.'

De man keek terug, met nu wel een zweem van een lachje om zijn mond. 'Nee hoor.'

Het was alsof een slang zich langzaam om haar keel wikkelde. Steeds meer drukte hij haar luchtpijp dicht. Haar ademhaling ging eerst moeizaam, daarna piepend, tot het punt dat ze het gevoel had helemaal te stikken.

'Waar is Gijs?' vroeg ze met het laatste restje lucht. 'Wat hebben jullie met hem gedaan?'

'Wij?' De man keek om zich heen met slecht geacteerde verwondering.

'Jij en...' Daniëlle viel stil. Ze wist het niet zeker, maar ergens had ze het gevoel dat het met elkaar te maken moest hebben. De verschijning van deze man en het feit dat Mitchell plotseling was opgedoken. Ze wist alleen niet hoe het in elkaar paste.

'Hij is gaan wadlopen, maar...'

'Leuk', zei de man, zonder een spoor van emotie op zijn gezicht. 'Wadlopen.'

'Ja, wadlopen.'

'En daarna lekker barbecueën.'

Daniëlle beet hard op haar onderlip. Ze probeerde de paniek die zich vanuit haar buik verspreidde, niet de overhand te laten nemen. Er was niets met Gijs, daarin moest ze geloven. Ze zouden gebeld hebben. Of iemand naar hun huisje hebben gestuurd. Ze hadden toch het huisnummer? Die Ernst, of iemand anders van de organisatie. Even informeren waarom Gijs niet was komen opdagen. Hij had zich immers ingeschreven met veel enthousiasme.

Maar er was niemand gekomen. Oké, ze was naar het zwembad geweest, maar dan hadden ze daarna kunnen komen. Ze schudde haar hoofd, zo zacht dat de man het niet kon zien. Trillend haalde ze adem. De slang leek een klein beetje mee te geven. Gijs was gewoon waar hij hoorde te zijn.

'Jij en wie het ook is die jou heeft gestuurd', maakte ze uiteindelijk haar eerdere zin alsnog af. 'Ik geloof niet dat je alleen handelt.'

'Misschien', zei de man schouderophalend. 'Waar het om gaat, is dat jij moet leveren.'

Hij zei niet wat ze moest leveren en Daniëlle vroeg het niet. In plaats daarvan staarde ze terug. De slang liet zijn greep verder verslappen als ze haar blik niet afwendde. De man keek naar haar, onbewogen. Uiteindelijk kneep hij heel even zijn ogen samen.

'Ik kom terug', zei hij, zijn stem hard, maar het volume zacht. 'Sneller dan je denkt.'

Hoofdstuk 8

DE PLOTSELINGE STILTE ZOEMDE IN HAAR OREN. Daniëlle staarde naar het paadje naast het huis, waar de gestalte in het donker was verdwenen. Ze hoorde nog het zachte ploffen van zijn voetstappen, elke keer een tikje als de slipper de hiel raakte. Geen enkele haast om weg te komen. Stokstijf zat ze te luisteren. Geen auto, geen scooter, geen enkel geluid meer.

Nu pas merkte ze dat ze haar adem had ingehouden. Haar longen begonnen te branden. Ze liet de lucht ontsnappen. De zwoele avond voelde plotseling verstikkend benauwd. Piepend zoog ze zuurstof naar binnen, maar het was niet genoeg. Ze had het gevoel dat er een blok beton op haar was geland, dat haar belette om voldoende lucht binnen te krijgen. Ze wilde een slok thee nemen, maar die was op. Toen ze het glas terugzette, miste ze de tafel. Met een doffe pats viel het glas uiteen in talloze scherven.

Daniëlle liet haar hoofd in haar handen zakken. Haar hart bleef pijnlijk hameren en angst had zich via haar bloedvaten nu door haar hele lijf verspreid, waar het zich vermengde met iets anders. Niet alleen verwarring, maar ook boosheid. In gedachten speelde ze het gesprek opnieuw af, en toen nog een keer. Leveren, maar wat dan?

Ze pakte haar telefoon en belde Gijs. Haar hand trilde zo dat ze er bijna niet in slaagde zijn naam aan te tikken op het scherm. De toon die aangaf dat de telefoon overging, klonk akelig hard in haar oor. 'Neem op, neem op', prevelde ze, maar er klonk een onverbiddelijk klikje en de telefoon ging over op de voicemail.

Met een ruk stond Daniëlle op. Ze negeerde het glas en liep met snelle passen naar binnen. Haar hand beefde nog steeds toen ze de sleutel twee keer omdraaide.

Binnen bleef ze besluiteloos staan. Eerst liep ze naar Elins kamer, daarna naar die van Siem. De aanblik van de slapende kinderen maakte haar iets kalmer. In de woonkamer beende ze heen en weer, tot ze uiteindelijk met een zucht op de bank ging zitten. Ze pakte haar telefoon en belde Gijs opnieuw, maar hij nam weer niet op. Op WhatsApp zag ze dat hij twee uur geleden voor het laatst online was geweest.

'Wadlopen', hoorde ze de stem van de man weer in haar hoofd. Ze twijfelde er niet aan dat hij precies had geweten waar Gijs was en dat het tijdstip van zijn bezoek geen toeval was. Ze voelde een vage onrust in zich over het gegeven dat Gijs zijn telefoon niet opnam, maar kon zich toch niet voorstellen dat er iets met hem was gebeurd. Hij was met een groep van twintig personen. Het was onmogelijk dat hem iets zou overkomen en dat niemand het zou merken. Haar onrust werd meer veroorzaakt door het gegeven dat de kale man altijd scheen te weten waar ze waren en wat ze deden.

Ze pakte haar telefoon weer en opende haar mailbox. Ze zocht naar de naam van de notaris die de overdracht van het huisje in orde had gemaakt en vond het concept van het koopcontract, dat ze opende. Daar stond de naam. Elisabeth Kirchner. Een geboortedatum in 1935, een geboorteplaats die Daniëlle niet kende. De naam van de man stond niet op het koopcontract. Daar had ze eigenlijk niet eerder aandacht aan besteed, maar nu herinnerde ze zich weer dat de makelaar er iets over had gezegd. Het huisje stond op naam van de vrouw, omdat dat gunstiger was voor de belasting, of iets in die richting. Ze had het niet precies onthouden, omdat het niet belangrijk had geleken.

Ze opende de internetbrowser en voerde de naam in. Er rolde een flink aantal zoekresultaten uit, het was kennelijk een naam die veel voorkwam. Daniëlle bekeek een aantal Facebookprofielen, maar die hoorden toe aan vrouwen die een stuk jonger waren. Op LinkedIn kwam ze ook niet veel verder, wat ook wel logisch was voor een vrouw van in de tachtig.

Ze paste haar zoekopdracht aan. De geboorteplaats erbij, de woonplaats erbij. De ene link na de andere klikte ze aan, maar het leverde niets op. Ze liet haar telefoon door haar handen gaan, terwijl ze haar hersenen pijnigde met de vraag wat deze oer-Hollandse man te maken kon hebben met twee Duitse mensen op leeftijd, die niet op internet te vinden waren. De vrouw althans, de naam van de man had ze niet, omdat die niet in het koopcontract stond.

Na een paar seconden schoot haar iets te binnen. Het enige contact dat ze met de oude eigenaars had gehad, was per mail verlopen. Ze herinnerde zich dat ze een antwoord vanuit het mailaccount van hen allebei had gekregen. Ze opende haar telefoon weer en voerde de naam van de vrouw als zoekopdracht in in haar eigen mailbox. Haar hart maakte een klein sprongetje. Daar stond het. Elisabeth en Wernd Kirchner.

Wernd Kirchner. Opnieuw opende ze de browser en typte de naam in in Google. Ook nu kwamen de geijkte Facebookprofielen en LinkedIn-resultaten omhoog, maar die hoorden toe aan jongere mannen. Ze vond een website van een meubelmaker, die qua leeftijd kon voldoen aan de man die ze zocht. Er stonden foto's op, de oude meubelmaker trots naast enkele pronkstukken. Er stond ook een vrouw bij. Elisabeth? Ze zoomde in en scrolde verder en net toen ze de site wilde wegklikken, viel haar oog op een fotobijschrift. Daar stonden ze, de twee namen naast elkaar. Ze ging naar de contactpagina. De woonplaats klopte ook. Er stond een telefoonnummer bij.

Ze aarzelde even. Het was bijna halftien in de avond. Kon ze oude mensen hiervoor op dit tijdstip storen? En wat moest ze zeggen? Haar Duits was een beetje weggezakt. Misschien kon ze beter tot morgen wachten en zich eerst voorbereiden.

Ze scrolde wat heen en weer over de site. De pagina was al een tijd niet geüpdatet. De meest recente foto dateerde van iets meer dan tien maanden geleden. Dat was op zich niet vreemd, een tachtigjarige met een hobby wist waarschijnlijk wel leukere dingen te bedenken dan zijn energie te besteden aan zijn internetpagina.

Ze schrok toen de telefoon in haar hand ineens een melodie begon te spelen. Het geluid klonk vreemd hard door de stille kamer. Op het scherm zag ze tot haar opluchting dat het Gijs was.

'Hé', zei hij toen hij opnam. Het woord klonk vragend. 'Je had gebeld?'

'Ja.' Daniëlle likte aan haar droge lippen. 'Waar ben je?'

'Onderweg naar huis. Ik ben er over vijf minuten. Wat was er?'

Daniëlle haalde diep adem. 'Niks', zei ze, omdat ze hem niet aan de telefoon wilde laten schrikken. 'Komt zo wel.'

Gijs vroeg niet verder. Daniëlle hing op. Ze legde haar telefoon op tafel met het scherm naar beneden en wachtte tot ze voetstappen bij de achterdeur hoorde. De klink werd naar beneden geduwd. Snel stond ze op.

'Hé', zei Gijs, opnieuw met dat vragende in zijn stem. 'Waarom zit je binnen? Het is nog heerlijk buiten.'

'Hoe was het?' vroeg Daniëlle, zijn vraag negerend.

Gijs liep naar binnen. 'Geweldig', zei hij. 'Je moet echt een keer meegaan. Als je moeder er is om op te passen, wil ik graag samen met jou zo'n tocht maken. De vrijheid, de weidsheid...' Hij keek voor zich uit, genietend van de herinnering in zijn hoofd. 'Leuke groep ook, trouwens. We hebben heel gezellig gebarbecued op het strand.'

'Leuk', zei Daniëlle en ze probeerde vrolijkheid in haar stem te leggen. Een poging die kennelijk mislukte, want Gijs keek haar verwonderd aan.

'Zullen we nog even buiten zitten?' vroeg Daniëlle. 'Heb je zin in thee?'

Zonder zijn antwoord af te wachten liep ze naar de waterkoker en vulde die. Daarna pakte ze twee zakjes en glazen en schonk het water in toen het kookte. Met alles op een dienblad liep ze naar buiten, de donkere avond in. Vanuit de tuin van een paar huisjes verderop klonk zachte muziek, de buren naast hen hadden mensen over de vloer. Af en toe steeg een gedempt lachsalvo op.

Er klonk geknerp. 'Auw', zei Gijs en vloekte zacht.

'Sorry', zei Daniëlle. 'Er ligt daar glas.'

Ze liep weg om een stoffer en blik te pakken en een pleister voor de snee in Gijs' voet. Die laatste gaf ze aan hem en daarna bukte ze zich om de scherven bij elkaar te vegen.

'Oké', zei Gijs, toen ze uiteindelijk ging zitten. 'Ga je me nog vertellen wat er aan de hand is?'

'Hij was hier weer', zei Daniëlle, terwijl ze de zakjes in de thee hing.

Ze hoefde niet uit te leggen wie ze bedoelde. 'Shit', zei Gijs zacht. 'Ik had ook niet weg moeten gaan.'

Daniëlle keek op. 'Dat kon jij toch niet weten? Ik had binnen moeten gaan zitten.'

'Wat wilde hij?'

'Hetzelfde als de vorige keer: dat ik iets zou leveren aan hem. Of wij. Maar hij zei er nog steeds niet bij wat dat dan is.'

Gijs schudde zijn hoofd. 'Ik ben hier eigenlijk wel klaar mee. Morgen gaan we aangifte doen. Laat die man maar aan de politie uitleggen wat hij nu eigenlijk wil.' Hij nam een slok van zijn thee en staarde voor zich uit. 'Het is toch niet normaal dat zo'n type hier tot twee keer toe opduikt met een of ander vaag verhaal. En dan valt hij ons ook nog lastig als we iets leuks doen met de kinderen. Ik hoop dat de betrokkenheid van de politie hem zal afschrikken.'

Daniëlle knikte langzaam. In gedachten zette ze alvast op een rijtje hoe ze de man tegenover de politie zou beschrijven. Gek genoeg kwam ze niet verder dan de algemeenheden die ze eerder al hadden genoteerd: kaal, groot, licht overgewicht. Al had ze hem een paar keer gezien, er scheen niet iets specifieks aan hem te zijn. Iets wat hem tekende. Aan zijn beschrijving voldeden waarschijnlijk honderden mensen op het eiland.

'Hij lijkt niet erg bang om herkend te worden', zei ze toen. 'Hij doet niet zijn best om niet op te vallen of om zijn gezicht af te schermen.'

'Des te beter voor ons', zei Gijs. 'Misschien denkt hij dat hij niets te vrezen heeft, omdat hij niets heeft gedaan. Maar volgens mij is huisvredebreuk ook strafbaar.'

Huisvredebreuk. Daniëlle liet dat woord rondgaan in haar gedachten. Het was vast strafbaar, maar ze betwijfelde of het opduiken van de man in hun tuin hieronder viel. Hij had geen geweld gebruikt, niet tegen hen en ook niet om binnen te komen.

‘Of misschien is het eerder bedreiging’, zei Gijs, die blijkbaar met dezelfde gedachten zat. ‘Stalking. Ik weet het ook niet. In elk geval hoop ik dat hij een stapje terug doet als hij weet dat de politie meekijkt. Ik heb zomaar het idee dat hij niet graag de aandacht op zich zal willen vestigen.’

Daniëlle knikte, maar zei niets meer. Natuurlijk zouden ze aangifte doen, de bezoekjes van de man werden nu behoorlijk vervelend. Maar ze had niet de illusie dat hij onmiddellijk afstand zou doen van datgene wat hij kennelijk van hen wilde en waarvan ze nog altijd geen idee had wat het was.

‘Ik heb ook op internet gezocht naar de vorige eigenaars’, zei ze toen. ‘Omdat hij daar de vorige keer iets over zei.’

‘Dat heb ik ook gedaan, maar ik vond alleen maar socialmedia-profielen van mensen met dezelfde naam.’

‘Ik denk dat ik ze heb gevonden. Er is een site van een meubelmaker en volgens mij is dat die man.’

‘O, echt?’ Gijs pakte haar telefoon aan en bekeek de website. ‘Er staat een telefoonnummer bij’, zei hij en Daniëlle knikte.

‘Maar op dit tijdstip bellen…’

‘Waarom niet’, zei Gijs en hij toetste het nummer al in en bracht de telefoon naar zijn oor. Vrijwel meteen liet hij hem weer zakken. ‘Het nummer is afgesloten.’

Daniëlle keek hem aan. ‘De site is ook al in geen maanden geüpdatet.’

‘Hm.’ Gijs trok met zijn mond. ‘Ik sprak Ernst er vandaag nog even over. Hij vertelde dat die mensen een klusjesman hadden die het huis en de tuin voor hen onderhield als ze er niet waren. Hij regelde ook zaken voor de huurders.'

'Heb je zijn gegevens?'

'Nee.' Gijs schudde zijn hoofd. 'Die heb ik niet gevraagd. Stom van me.'

'Ik vraag het morgen wel bij de receptie.'

Gijs knikte. Er viel een stilte waarin ze allebei van hun thee nipten. Gedachten dwarrelden als snippers door Daniëlles hoofd. Ze keek naar het huisje en probeerde weer de blijdschap te voelen die de aanblik haar eerder bood, maar vanavond bleef die uit.

Gijs was ver weg. Continu liet hij zijn telefoon heen en weer gaan tussen zijn handen. Dat deed hij wel vaker als hij nadacht. Een hele tijd zaten ze zwijgend naast elkaar.

'Zullen we gaan slapen?' vroeg Gijs uiteindelijk en achter hem aan liep Daniëlle naar binnen. Ze voelde zich opeens ontzettend moe, maar ze wist al dat ze moeite zou hebben de slaap te vatten.

De deur klemde. Even dacht Daniëlle dat het bureau misschien gesloten was, de parkeerplaats was immers ook verlaten. Maar toen gaf ze een ferme duw en schoot de deur alsnog open.

'Goedemorgen', zei een jonge agent die achter de balie zat. 'Kan ik jullie helpen?'

Daniëlle keek even naar Gijs, die zich op zijn beurt met de kinderen bezighield. Van de bravoure die Siem net in de auto nog had laten zien, was weinig over. Onder de indruk stond hij naast zijn vader en keek naar de man in het uniform. Daniëlle schraapte haar keel. 'We willen graag aangifte doen', zei ze, zo zacht dat de kinderen het hopelijk niet zouden horen. 'Ik had vanochtend gebeld.'

'Ah ja, natuurlijk.' De man kwam achter de balie vandaan en nam hen mee naar een kamertje, waar de airconditioning zo hard loeide dat het er ijskoud was. 'Sorry', zei hij, met een verontschuldigende blik op het ding. 'Er komt een monteur om hem tot bedaren te brengen.'

Daniëlle maakte een gebaar met haar hoofd dat van alles kon betekenen. Gijs installeerde de kinderen in de wachtruimte van het bureau, allebei met hun eigen iPad. Daarna ging hij naast Daniëlle zitten, de deur van de kamer bleef open. Een vrouwelijke agent kwam binnen. Zij stelde zich voor als Marcia van Boven en wilde de deur dichtdoen.

'We willen graag een oog op de kinderen houden', zei Daniëlle. 'We wilden ze eigenlijk liever niet meenemen, maar we hebben geen oppas.'

'Ik vind het geen probleem, hoor', zei de vrouw opgeruimd en met een tikje tegen de muis wekte ze de computer tot leven. Daniëlle had gehoopt dat er iemand naar hen toe kon komen om de aangifte op te nemen, maar dan was het politiebureau meteen zo goed als onbemand, had de man aan de telefoon vanochtend gezegd. Texel beschikte nu niet bepaald over een groot korps.

'Wat is er dan?' hadden Siem en Elin wel tien keer gevraagd in de auto. Uiteindelijk had Gijs verteld dat er iets uit hun tuin was gestolen en toen, omdat ze bleven doorvragen, had hij gezegd dat het de grasmaaier was. Daniëlle was erop tegen om te liegen tegen de kinderen, maar deze keer had ze hem meteen bijval gegeven.

'Hadden wij een grasmaaier?' had Siem verbaasd gevraagd, maar uiteindelijk geloofde hij het verhaal. En al snel daarna werd hij afgeleid door de aanblik van de ambulancepost die naast het politiebureau lag. Er reed toevallig net een ziekenwagen weg, met zwaailichten.

De agente begon met het opnemen van een aantal gegevens en toen alles goed in de computer was ingevoerd, keek ze hen om beurten aan. 'Waarvan willen jullie aangifte doen?'

'Huisvredebreuk', zei Gijs, op hetzelfde moment dat Daniëlle zei: 'Iemand valt ons lastig.'

De agente knikte en typte iets in. 'Weten jullie wie het is?'

Daniëlle vertelde wat er was gebeurd, Gijs vulde haar verhaal aan. De agente liet haar vingers over het toetsenbord gaan en stelde af en toe een vraag. Hoe langer ze bezig waren, hoe meer Daniëlle het idee kreeg dat ze voor niets waren gekomen. De agente was uiterst vriendelijk, maar hoe meer ze vorderden in het verhaal, hoe minder er eigenlijk van overbleef.

Uiteindelijk vouwde de vrouw haar vingers als een dakje onder haar kin en liet haar hoofd erop steunen. 'Dus deze man meldt zich bij jullie met de mededeling dat hij iets komt halen', zei ze, samenvattend.

'Ja', knikte Daniëlle. 'Hij is heel dwingend. Wij moeten iets leveren, dat zegt hij de hele tijd.'

'En jullie weten niet wat dat is?'

'Nee.'

'En hij wil het niet zeggen.'

Daniëlle schudde haar hoofd. 'Hij zegt dat wij het moeten weten, maar we hebben geen idee.'

'Hij komt op ons gewoon erg bedreigend over', zei Gijs.

'Ja.' De agente knikte. 'Dat heb ik erbij gezet. Maar hij heeft geen spullen bij zich die als bedreigend ervaren kunnen worden, toch?'

'Een wapen?'

'Als hij een vuurwapen bij zich heeft, wordt het sowieso een heel ander verhaal. Ik dacht meer aan iets als een knuppel.'

'Ik heb geen van beide gezien', zei Daniëlle.

'Dus de dreiging komt vooral van wat hij zegt en zijn hele houding.'

Daniëlle haalde diep adem. 'Ja. Eigenlijk wel.' Ze hoorde hoe de kracht uit haar eigen stem was verdwenen. 'Ik realiseer me dat het misschien overkomt alsof er niets aan de hand is, maar voor ons was het echt heel vervelend.'

'Dat begrijp ik', zei de vrouw met een warme glimlach. 'Het is goed dat jullie zijn gekomen.'

Ze keek hen weer aan, eerst Gijs, daarna Daniëlle. 'Ik heb jullie verhaal nu in de computer gezet als een melding. Aangifte is eigenlijk pas mogelijk als er sprake is van een strafbaar feit of een vermoeden daarvan, dus bijvoorbeeld bij concrete bedreiging of als deze man zich met geweld toegang tot jullie huis of tuin verschaft.'

Daniëlle knikte. 'Dat begrijp ik.'

'Ik stel voor dat we het even hierbij laten en dat jullie

meteen bellen als deze man weer opduikt. Door de melding in het systeem kunnen mijn collega's en ik zien dat er al eerder iets aan de hand is geweest en dan zullen we meteen jullie kant op komen.'

De zon had flink aan kracht gewonnen toen ze het bureau verlieten. Ze stapten in de auto. Terwijl Daniëlle Siem met zijn gordel hielp, trok Gijs zijn portier met een veel te harde klap dicht. Ze liep om de auto heen en stapte in. Het was bloedheet binnen.

'Wat is er?' vroeg Daniëlle voorzichtig. Er lag een geïrriteerde trok om Gijs' mond.

'We gaan naar de bouwmarkt', zei hij. 'Ik ga vanmiddag nog een poort plaatsen, met een slot.'

'Waarom, papa?' vroeg Elin vanaf de achterbank.

'Zodat ze niet nog eens onze grasmaaier kunnen stelen', antwoordde Gijs snel. 'Willen jullie nog even op de iPad?'

Die kans lieten de kinderen zich niet ontgaan. Normaal gesproken mochten ze alleen tijdens lange ritten filmpjes kijken.

'Die vrouw dacht volgens mij dat we gek waren', zei Gijs terwijl hij het parkeerterrein af reed. 'Blijkbaar kan je pas aangifte doen als je in elkaar bent geslagen of als je hele huis is leeggeroofd.'

'De volgende keer hebben we in elk geval een reden om de politie te bellen', zei Daniëlle. 'Als we vandaag niet langs waren gegaan, zouden ze bij een telefoontje ook niets doen.'

'Dat is waar', zei Gijs. 'Ik had alleen op meer gehoopt. Ik wil gewoon van dit hele gedoe af.'

Bij de bouwmarkt kochten ze in twintig minuten een tuinpoort en twee sloten en daarna brachten ze de spullen met een geleende aanhanger naar het huisje. 'Ik heb honger', verkondigde Siem toen alles was uitgeladen.

'Ik haal even broodjes', zei Daniëlle. Siem en Elin hadden de tuinslang aangezet en maakten een waterballet. Gijs luisterde niet, hij had zijn gereedschapskist tevoorschijn gehaald en was druk in de weer met een rolmaat. Daniëlle keek wat verwonderd toe. Dezelfde man die zo met het naambordje had geworsteld, leek nu te weten hoe hij een tuinpoort moest maken. Blijkbaar gaf zijn ergernis hem nieuwe energie.

Daniëlle pakte haar tas en zette koers in de richting van de supermarkt. Haast automatisch kwam het gesprek bij de politie weer terug in haar hoofd. De blik van de agente, die echt haar best had gedaan om hun melding serieus te nemen, maar die – terecht, ook wel – had doorgevraagd over wat er nu precies was gebeurd. Vrij weinig, dat moest Daniëlle ook wel toegeven. De man had hen met geen vinger aangeraakt en je kon ook moeilijk zeggen dat hij zichzelf met geweld toegang had verschaft tot hun tuin. Het waren meer zijn toon en de dreiging die zijn woorden in zich hadden, die Daniëlle angst hadden aangejaagd. Maar dat was lastig over te brengen aan de politie. Ze hadden wel verteld dat hij de vorige eigenaars had genoemd en dat had de vrouw ook in de computer gezet.

De uitkomst van het gesprek voelde onbevredigend. Ze had het gevoel dat ze concreter moesten zijn naar de politie, dat ze met iets moesten komen wat op z'n minst het onderzoeken waard was. Maar dat was er eigenlijk niet.

Het was druk in de kampwinkel en het duurde een tijdje voordat Daniëlle aan de beurt was bij het brood. Ze bestelde pistoletjes en zachte bollen en liep daarna de winkel weer uit. Het was uitzonderlijk warm vandaag.

Op de parkeerplaats stopte net een busje van een klussenbedrijf. Twee mannen stapten uit, gekleed in een lange broek met verfvlekken en verwassen T-shirts. Daniëlle bleef staan en staarde naar het logo op hun bus, terwijl het tweetal een trapje en emmers uitlaadde. Daarna draaide ze zich om en liep naar de receptie.

Er waren geen andere gasten, de receptioniste zat achter de balie een broodje te eten. Toen ze Daniëlle zag, zette ze vlug haar bord weg. Gelukkig was het een ander meisje dan de vorige keer.

'Kan ik u helpen?' vroeg ze vriendelijk.

Daniëlle knikte. 'Ik denk het wel. Ik heb de naam van een klussenbedrijf nodig.'

'Is er iets kapot in uw huisje?'

Nee, wilde ze zeggen, maar ze bedacht zich en knikte. 'Het is onlangs al een keer gerepareerd, maar ik weet niet door wie. De vorige eigenaars hebben het geregeld met hun vaste klusjesman.'

De receptioniste bewoog de muis van de computer. 'Wat is het nummer van uw huisje?'

Daniëlle noemde het en keek toe hoe de vingers van de vrouw over het toetsenbord gingen. 'Van sommige huisjes hebben we de gegevens van het vaste klussenbedrijf in de computer staan', zei ze, terwijl haar blik over het scherm ging. 'Voor als er bijvoorbeeld iets kapotgaat in een verhuurperiode en de huurders zich bij ons melden. Even kijken... Ah, ik zie het.' Ze tikte tegen het scherm. 'U moet bij Michael zijn.'

'Michael', herhaalde Daniëlle.

'Ja, ik heb hier... O nee, wacht, ik lees het verkeerd.' Een verontschuldigend glimlachje. 'Mitchell, bedoel ik.'

Daniëlles hart stond even stil. 'Mitchell?'

'Ja, hij was de vaste klusjesman van dit huisje. En hij beheerde het ook voor de eigenaars, als ik het me goed herinner. Dat doet hij bij wel meer huisjes op het park.'

Daniëlle zette de zak met broodjes op de balie en legde haar beide handen op het hout. Ze had het gevoel dat de wereld golfde en sloot even haar ogen om de duizelingen tegen te gaan. Haar razendsnelle hartslag benam haar de adem. Het meisje schoof over de balie een visitekaartje naar haar toe. 'Hier staan alle gegevens op. Hij is goed, veel eigenaars zijn tevreden over hem. Hij heeft ook het zwembad op het park aangelegd.'

Daniëlle knikte en pakte het visitekaartje met trillende vingers.

'Kan ik verder nog iets voor u doen?'

'Nee', zei Daniëlle met een kurkdroge mond. 'Dank je wel.'

Ze pakte de broodjes en liep zo normaal mogelijk naar buiten, hoewel het voelde alsof haar knieën het elk moment konden begeven. Mitchell, Mitchell, zijn naam hamerde als een heimachine in haar hoofd. Haar gedachten vlogen rond als in een centrifuge en lieten zich op geen enkele manier ordenen. Geen toeval, dat was het enige wat ze zeker wist. Dit kon op geen enkele manier toeval zijn.

Eenmaal buiten leunde ze tegen de muur om haar kalmte te hervinden. De stenen waren opgewarmd door de zon. Haar knieën voelden als spaghetti. Ze staarde naar het kaartje in haar hand. *Klussenbedrijf Mitchell.* Geen achternaam, geen website, alleen een telefoonnummer en een adres. Dezelfde weg als waar het park aan lag. Ze opende Google Maps op haar telefoon. Het was driehonderd meter verderop.

Wat betekende het dat Mitchell het huisje had beheerd? Dat was de vraag die in het midden van de centrifuge overeind stond. Hij had het niet gezegd toen ze hem tegen was gekomen. Dat was op zichzelf al vreemd. Een normaal mens zou anders hebben gereageerd. O leuk, jullie hebben nummer twaalf gekocht? Nou, wat toevallig, moet je horen... Dat werk. Maar niet Mitchell.

Was hij eigenlijk verbaasd geweest? Of wist hij allang dat zij het huis had gekocht dat hij een paar jaar had beheerd? Ze kon zich zijn reactie niet goed herinneren. Het enige wat ze wel zeker wist, was dat hij niets had genoemd over zijn eigen betrokkenheid bij het huisje.

Misschien kwam hij voor Mitchell, die kale man. De logische verklaring voelde als een stroom lucht in haar eindeloze benauwdheid. Mitchell had zichzelf al eerder in de nesten gewerkt en dat kon nu ook het geval zijn. Misschien had hij het huisje betrokken in een of andere misgelopen deal die hij had gesloten en kwam de tegenpartij het nu als onderpand opeisen. Die gedachte stelde haar niet zozeer gerust, maar het was prettig om een verklaring te hebben die ze buiten zichzelf kon plaatsen. Dat Mitchell en zij elkaar kenden van vroeger, was dan echt alleen maar toeval.

Aan de andere kant: als de kale man voor Mitchell was gekomen, had hij wel naar Mitchell gevraagd. Het had hem daarentegen niet verbaasd om Gijs en Daniëlle aan te treffen en ook de tweede keer had hij niet de indruk gewekt dat hij eigenlijk naar iemand anders op zoek was. Daniëlle sloot even haar ogen. Haar gedachten waren net kikkers, die elk een andere kant op sprongen en die met geen mogelijkheid op één lijn te krijgen waren.

Ze beet hard op haar lip. Als ze het antwoord wilde weten, moest ze het gaan vragen. En dan Mitchell recht op de man af vragen wat dit allemaal te betekenen had. Ze liet haar vinger heen en weer gaan over het telefoonnummer op het kaartje. Daarna pakte ze haar mobiel, maar ze bedacht zich. Ze keek rond op de parkeerplaats of ze ergens een busje met zijn naam erop zag, maar de bestelbus van het andere klussenbedrijf was het enige voertuig dat aan de beschrijving kon voldoen.

Met haar hand zette ze zich af tegen de warme muur. Linksaf, zei Google Maps.

Ze passeerde het hek en begon langs de weg te lopen. Een opgedroogd bandenspoor onder haar voeten, grijs stof dat achter haar opstoof. Naast haar de drooggevallen bedding van een sloot en iets verderop koeien die dommig maar nieuwsgierig naar haar staarden. Achter het weiland zag ze de duinen. Ze stelde zich voor dat ze daar liep, in de uitgestrekte natuur, onderweg naar het strand. Ze kon de zorgeloosheid waarmee ze op het eiland was aangekomen bijna voelen. Het verlangen daarnaar deed pijn.

Een singel van coniferen onttrok de oprit naar het erf van het bedrijf aan het zicht. Daniëlle kneep haar ogen samen en tuurde, maar de bomen stonden te dicht op elkaar om erdoorheen te kunnen kijken. Ze liep verder en sloeg de hoek om, en toen zag ze een oprit van asfalt en een gebouwtje iets verderop.

De oprit was aan een nieuwe asfaltlaag toe. Ze bezeerde haar teen aan een scherpe rand toen ze erop liep. Ze vloekte zacht en keek toe hoe een druppel bloed opwelde uit de wond. Ze verbeet de pijn en keek weer voor zich.

Het bedrijf bestond uit een lage schuur van golfplaten die oorspronkelijk wit waren geweest. Nu liepen vanaf de dakrand verticale strepen bruin stof en roest naar beneden. In het schuine dak zaten ramen, waarvan er minstens één kapot was. De schuifdeur was afgesloten met twee hangsloten, maar bij de scharnieren zat juist een grote kier. Op de gevel hing een bord, waarvan een hoek was afgebroken. Het vervaagde logo kwam niet overeen met de WordArt-manier waarop Mitchell op zijn visitekaartje zijn naam had geschreven. Daniëlle deed haar best de naam te ontcijferen, maar kwam niet verder dan de gok dat hier eerder een autobedrijf gevestigd was geweest.

Ze kwam dichterbij. Het was stil op het erf, zo stil dat het gezoem van vliegen ongewoon hard klonk. Ze naderde de loods en probeerde de loopdeur aan de zijkant, maar die zat op slot. 'Hallo?' riep ze. Het bleef stil. Ze liep om de schuur heen.

Aan de achterkant bleek zich niets anders dan een berg puin te bevinden, misschien overgebleven van een verbouwingsklus. Er lag een hondenriem, maar van een hond ontbrak ieder spoor.

Achter de schuur, een meter of vijftig verderop, bleek zich een oude stacaravan te bevinden. Het gras was zo hoog opgeschoten dat het tussen de onderrand van de dichte deur zat geklemd. Er stond een raampje open, het oranje en bruin geblokte gordijn erachter was gesloten. De caravan kon wel een likje verf gebruiken.

Daniëlle liep ernaartoe. Het gras lag bezaaid met stukken gips, weggewaaid van de puinberg. Ze moest goed opletten waar ze haar voeten neerzette. Haar gewonde teen bloedde en klopte pijnlijk. Ze keek om zich heen, maar zag niets om het bloed mee weg te vegen.

Op vijf meter van de caravan bleef ze staan en keek besluiteloos naar de deur. De bewoner was niet thuis, of vond het prettig om midden op de dag gesmoord te worden in de hitte. Tegen beter weten in klopte ze aan, maar het bleef inderdaad stil. Ze liep om de caravan heen. Er stond iets op de tuintafel dat vliegen had aangetrokken.

'Hallo?' riep Daniëlle nog maar een keer en haar stem klonk vreemd hard door de stilte.

Ze haalde het kaartje weer uit haar zak. Het telefoonnummer dan maar? Aarzelend haalde ze haar telefoon tevoorschijn en begon toch maar het nummer in te typen, zonder dat ze het besluit had genomen of ze echt zou bellen.

Terwijl haar vinger boven de groene knop zweefde, hoorde ze een geluid achter zich. Het geknerp van wielen op de losliggende stukken asfalt. Meteen voelde het alsof haar maag in een klem was gezet. Ze verstevigde de greep op haar telefoon en draaide zich uiterst behoedzaam om.

Een vaalwitte bestelbus stond nu geparkeerd voor de loods. Het zonlicht weerkaatste fel in de voorruit en Daniëlle kon niet zien wie er achter het stuur zat. Even hoopte ze dat ze aan het verkeerde adres was, al was ze zelf naar hem op zoek gegaan. Ze slikte moeizaam. Het portier ging open.

Hij leek niet verbaasd om haar te zien. Of verheugd. Hij staarde gewoon naar haar en gooide na een paar seconden het portier weer dicht. 'Bezoek', zei hij, neutraal, alsof hij een blinde metgezel inlichtte over haar komst.

Er was geen metgezel. Ook geen hond trouwens, registreerde Daniëlle.

'Mitchell', zei ze al even neutraal. 'Kunnen we praten?'

Zonder antwoord te geven overbrugde hij de afstand tussen hen. Op zijn T-shirt zaten verfvlekken, zijn spijkerbroek was bij de knieën gescheurd. Een lange broek op een bloedhete dag. Hij droeg een petje met het logo van een Amerikaanse rugbyclub.

Hij passeerde haar en opende de deur van de caravan, die niet op slot bleek te zijn. Zijn nabijheid bezorgde haar een straal zweet op haar rug. De zak met broodjes gleed bijna uit haar vochtige hand. Ze zette hem op de tafel en volgde Mitchell naar binnen.

Haar ogen hadden even nodig om aan de schemering te wennen. Het oranje-bruine motief van de gordijnen was doorgevoerd in het hele interieur, van de kussens op de bank tot de vloerbedekking. Het rook naar warm stof en iets wat al een tijdje over de datum was. Het kleine fornuis ging schuil onder koekenpannen, op het aanrecht stond een witte tas met plastic bakjes erin, het handelsmerk van een chinees. De gootsteen was de verzamelplaats voor bestek met aangekoekte etensresten. Op tafel stonden borden en een glas met koffie dat halfleeg was. Mitchell legde zijn pet ernaast. Zijn haar zat warrig.

Er lag een deken op de bank, zag Daniëlle. Achter in de caravan stond de schuifdeur naar de slaapkamer open. Gelig licht viel op een beslapen bed. Op de vloer lag een stapeltje kleding, opvallend netjes opgevouwen als je het afzette tegen de staat waarin de rest van de caravan verkeerde.

Het was Mitchell die de stilte doorbrak. 'Ik had je hier niet verwacht.'

Daniëlle fronste. 'Ik was ook verrast dat onze paden elkaar kruisten.'

Hij tuitte zijn lippen. 'Hoezo? Ik woon hier en jij bent op vakantie.'

'En jij was al jaren de beheerder van het huisje dat ik heb gekocht.'

Er viel een stilte. Daniëlle monitorde zijn gezicht. 'Wat kom je doen?' vroeg hij, niet onvriendelijk maar ook niet vriendelijk. Hij boog opzij, opende de koelkast en haalde er een blik bier uit, zonder haar iets aan te bieden. Sissend schuimde het bier omhoog. Zijn adamsappel bewoog heen en weer op het ritme van de gulzige slokken die hij nam. Twee, en daarna nog twee.

‘Dat kan ik beter aan jou vragen’, zei Daniëlle. ‘Heel gek, maar ik heb het gevoel dat het geen toeval is dat ik jou tegenkom en dat er een kale man met een vage boodschap in mijn tuin staat.’

Mitchell liet zijn bier zakken. ‘Een kale man met een boodschap’, herhaalde hij, half als vraag. ‘Ken ik niet.’

Daniëlle staarde hem aan. Ze wist niet of ze hem moest geloven. ‘Aan wie is ons huis verhuurd geweest?’

‘Weet ik niet.’

Ze verplaatste haar gewicht van haar ene been naar het andere. Het was benauwd in de caravan, ook al stond de deur open. De geur van eten dat niet meer goed was, leek zich nu in haar neus te hebben vastgezet. ‘Dan wil ik het graag aan de vorige eigenaar vragen.’

‘Moet je doen.’

‘Het telefoonnummer dat ik op internet heb gevonden, is afgesloten. En verder zijn ze niet te vinden.’ Ze bracht het groter dan het was, merkte ze. Hun digitale afwezigheid kon onmogelijk verbazend genoemd worden.

Mitchell likte het schuim van zijn lippen. ‘Ze zijn op reis.’

Daniëlle keek hem aan. Ze kon er niets aan doen dat er een spottende trek rond haar mond kwam te liggen. ‘Twee mensen van in de tachtig?’

Mitchell trok zijn mondhoeken naar beneden en zijn wenkbrauwen omhoog. ‘Dat is wat ze tegen mij hebben gezegd. Ze wilden het huisje verkopen, omdat ze liever in Duitsland op vakantie wilden. Van het ene hotel naar het andere, beetje rondreizen.’

'En hoe kan ik ze dan bereiken?'

Mitchell krabde aan zijn arm. Twee vliegen probeerden boos zoemend een weg naar buiten te vinden via het raam. 'Ze zouden volgens mij deze zomer wat steden bezoeken', zei hij, iets toeschietelijker. 'Dat hebben ze mij verteld. Na de zomer zijn ze vast weer thuis.'

'Heb je een mobiel nummer?'

Hij schudde zijn hoofd. 'Deze mensen zijn van de generatie die het niet nodig vindt altijd bereikbaar te zijn.' Hij fronste. 'Waar best iets voor te zeggen valt, natuurlijk.'

'Ik wil weten wat hier speelt', zei Daniëlle. Ze voelde haar irritatie toenemen. 'Wij kopen een huisje en ineens blijkt een oude bekende de beheerder daarvan te zijn, duikt een of ander vreemd type op in mijn tuin en zijn de verkopers onbereikbaar. Ben je het met me eens dat dit nogal apart overkomt?'

'Luister.' Mitchell zette het blikje weer aan zijn mond en liet het bier in zijn keel stromen. Daarna kneep hij het blikje fijn en voegde het toe aan de toch al omvangrijke verzameling op het aanrecht. 'Wat jij koopt en waar de eigenaars vervolgens naartoe zijn vertrokken, zijn mijn zaken niet.'

'En mensen die geld willen zien vanwege een of andere schuld waar ik niets mee te maken heb, zijn míjn zaken niet', weerkaatste Daniëlle. 'En zo zijn we kennelijk ineens betrokken geraakt bij elkaars zaken. Dus ik stel voor dat jij mij vertelt waar ik nu precies onderdeel van uitmaak, want het is me een beetje onduidelijk allemaal. En ik geloof niet dat de vorige eigenaars van het huisje die duidelijkheid gaan verschaffen, als ik ze ooit te spreken krijg.'

Mitchell haalde diep adem en keek haar peilend aan. Even dacht Daniëlle dat hij overstag zou gaan, maar uiteindelijk liet hij de lucht ontsnappen en trok een gezicht dat er waarschijnlijk spijtig moest uitzien, maar niet zo overkwam. 'Ik kan je niet helpen.'

'Oké.' Daniëlle zette zich af tegen de muur. 'In dat geval stel ik voor dat je ons gewoon met rust laat. Ik wil niets meer te maken hebben met wat voor toestanden er dan ook rondom het huisje zijn ontstaan in de tijd dat jij het beheerde.' Ze draaide zich om om naar buiten te lopen. Net voor ze de caravan uit stapte, keek ze nog één keer om. 'De politie is trouwens al op de hoogte, mocht je dat interessant vinden om te weten.'

Mitchell keek terug, onaangedaan. 'Niet iedereen houdt van vragen.'

Daniëlle staarde terug. 'Wat bedoel je daarmee?'

'Het is een goede raad.'

Ze beet op haar onderlip. Irritatie en een vaag gevoel van angst streden om voorrang. 'Laat ons met rust', zei ze, hoewel een stemmetje in haar zei dat ze gewoon weg moest lopen.

Mitchell haalde een nieuw blik bier tevoorschijn. 'Jij staat bij mij op de stoep, niet andersom.'

'Ik wil er helemaal niets mee te maken hebben.'

Hij nam een ferme slok. 'Dat is niet aan mij.'

Daniëlle zei niets meer. Ze slikte moeizaam en stapte naar buiten. Het waren niet zozeer Mitchells woorden als de toon van zijn stem die nagalmde in haar oren. Met boze stappen beende ze terug naar de weg, dor gras prikte tegen de zijkant van haar voeten. Ze verbeeldde zich dat ze Mitchells blik in haar rug voelde branden, of misschien was het geen verbeelding. Ze keek niet om.

Toen ze het park weer bereikte, liep er zweet over haar rug. Bij het huisje leek alles zo normaal dat ze even moeite had om om te schakelen. De kinderen waren aan het badmintonnen op het pad voor het huis. Gijs had de twee zijlatten van het tuinhek opgehangen.

'Waar zijn de broodjes?' vroeg hij verwonderd toen hij haar zag.

Daniëlle keek naar haar lege hand en dacht aan de zak op de gammele tuintafel. 'Uitverkocht', zei ze, en ze liep naar binnen.

Hoofdstuk 9

'Wie gaat er mee zwemmen?' Gijs kwam naar buiten in een feloranje zwembroek en met een strandlaken om zijn schouders. 'Als we nu gaan, is het misschien nog niet zo druk.'

Dat hoefde hij geen twee keer te zeggen, de kinderen holden meteen naar binnen om zich om te kleden. 'Ga je ook mee?' vroeg hij aan Daniëlle, die met een kop koffie op de loungebank zat en net haar gezicht naar de zon had gedraaid.

'Ja', zei ze terwijl ze haar ogen opende. 'Of zal ik eerst even opruimen?'

Ze hadden net ontbeten – croissantjes die Gijs al vroeg bij de bakker had gehaald – en de tafel stond nog vol bordjes, bekers en kruimels. Gijs volgde haar blik. 'Dat kan toch straks ook wel?'

'Nee, ik doe het nu wel even.' Daniëlle kwam overeind. Ze voelde de vermoeidheid in haar hoofd en in haar benen. 'Ga jij maar vast, ik kom zo.'

Verrassend snel stonden de kinderen omgekleed en wel klaar om te gaan – een fascinerende tegenstelling met wanneer Daniëlle hen vroeg zich klaar te maken voor school. Ze hadden zelfs allebei een handdoek en speelgoed meegenomen. Vlug smeerde Daniëlle hen in met zonnebrand en toen ze vertrokken waren, was het ineens vreemd stil. Een situatie die ze eerst prettig zou hebben gevonden, maar op een of andere manier bezorgde de stilte haar nu een onrustig gevoel in haar buik. Ze controleerde of de nieuwe poort op slot zat, duwde de schuif nog eens extra aan en begon toen de ontbijtboel op te ruimen. In de keuken zette ze de Nespresso nog maar eens aan. Als ze vannacht vier uur had geslapen, was het veel.

Ze zette de bordjes in de vaatwasser en liep naar buiten met een doekje. Musjes hipten al over de tafel om de kruimels te stelen. Daniëlle verzamelde de kruimels in haar hand en legde ze in een hoekje van de tuin, waar de vogels zich er rustig aan tegoed konden doen. Daarna veegde ze met het doekje de jamvlekken van de tafel en liep weer naar binnen. In principe was ze nu klaar om te gaan, maar ze pakte haar koffie en ging nog even op de loungebank zitten.

Ze had het één uur zien worden, twee uur. Voor zessen had ze alweer op de digitale klok naast haar bed gekeken.

Zuchtend had ze zich de halve nacht van haar ene op haar andere zij gedraaid en weer terug. Af en toe had Gijs iets gemompeld over haar gewoel, maar toen ze dat vanochtend zei, kon hij zich er niets van herinneren. In tegenstelling tot haar had hij prima geslapen.

Maar hij had dan ook niet urenlang liggen piekeren.

Ze had gisteren een paar keer op het punt gestaan hem over het gesprek te vertellen. Hoe ze naar de stacaravan was gegaan, Mitchells weinig vriendelijke toon, zijn vage antwoorden. Het zou fijn zijn het te delen, maar uiteindelijk had ze toch haar mond gehouden. Want hoewel ze geen goed gevoel aan het gesprek had overgehouden, was er ook niets concreets uit gekomen. Mitchell wist niets of beweerde niets te weten, dat was de voornaamste conclusie. In die zin was ze er niets mee opgeschoten. Maar ze wist wel hoe Gijs zou reageren. Hij zou het niet fijn vinden dat ze alleen was gegaan en hij zou dat moeilijk kunnen loslaten, waardoor ze in een ellenlange discussie terecht zouden komen of ze daar nu goed aan had gedaan, en daar voelde Daniëlle weinig voor. Ze had gehandeld in een impuls en misschien was dat niet slim geweest, maar uiteindelijk was er niets gebeurd.

Het waren niet de risico's die Gijs zou zien, die haar vannacht wakker hadden gehouden. Het was iets anders, iets waar ze zelf amper de vinger op kon leggen. Misschien iets in Mitchells houding of in zijn blik dat bij haar een gevoel had losgemaakt dat ze maar moeilijk kon negeren. Ze was niet bang voor hem, maar wel op haar hoede. Dat riep hij op.

Waakzaamheid. Onheil. Rationeel kon ze zichzelf best wijsmaken dat het hierbij zou blijven, maar op een ander, meer onbewust niveau wist ze dat de connectie tussen hem, het huisje en de kale man geen toeval kon zijn. Ze pakte haar telefoon en checkte haar mail. Ze had gisteren naar de verkopers gemaild dat ze graag even contact wilde. Er was geen reactie gekomen.

Op reis. Geen internet. Geen e-mail. Geen prioriteit daarvoor. Het was een logische verklaring. Geen telefoon, ondanks het nummer op de website. Op zich was ook dat niet onlogisch bij mensen van die leeftijd. Haar oma had genoeg vriendinnen gehad die niets wilden weten van een mobiele telefoon. Of ze hadden er een, die in een la lag te verstoffen.

Het was niet vreemd, en toch ontbraken er lijnen als ze probeerde de punten met elkaar te verbinden. Lijnen die liepen naar de man met zijn vreemde eisen en de aanwezigheid van Mitchell.

Nadenkend liet ze haar telefoon heen en weer gaan tussen haar handen. Ze opende Instagram en scrolde door haar timeline, die voornamelijk foto's van zon en strand bevatte nu het hele land in de vakantiemodus stond. Ze likete wat foto's van vriendinnen – kinderen met een gezicht vol ijs of zand, een stralende baby in een knalgele zwemband, twee verveeld kijkende tieners voor een bruingrijs kasteel en een lollig bedoelde opmerking van hun moeder erbij. Plaatjes die voorbijgleden zonder dat ze ze echt zag, omdat haar aandacht maar bleef afdwalen. Mitchell, de man, de Duitsers, het huisje – waar liep de lijn die ze over het hoofd zag?

Er kwam een bericht binnen, als een melding bovenaan

haar scherm. Een 06-nummer dat ze niet kende en ook niet had opgeslagen. Ze opende het. Haar bloed voelde ineens ijskoud in haar aderen.

Leuke dochter heb je. Net zo knap als haar moeder. Kan al goed zwemmen.

Ze las het berichtje twee keer, drie keer. Haar mond was kurkdroog en ze zoog moeizaam lucht naar binnen nu haar keel ineens dichtgeschroefd zat. Met een trillende vinger tikte ze op de profielfoto van de afzender, al hoefde ze dat eigenlijk niet meer te doen. Hij lachte haar toe, petje op, kuiltjes in zijn wangen. Zijn ogen verscholen in de schaduw van zijn pet. Ze vloekte hardop.

De ruk waarmee ze opstond, deed haar koffie over de rand van de beker golven. Ze merkte het amper. Vlug schoot ze in haar slippers, rende half struikelend naar binnen en draaide de deur achter zich op slot met trillende vingers. Haastig verliet ze het huisje, zonder zwemkleren. Terwijl ze hijgend in de richting van het zwembad holde, belde ze Gijs, maar ze kreeg de voicemail.

In haar hoofd dreunden de woorden van het bericht op het ritme van haar voetstappen. *Leuke dochter. Kan al goed zwemmen.* Ze versnelde haar pas nog een beetje tot het zweet op haar voorhoofd parelde. Hijgend bereikte ze het hek. Haar handen waren zo glad dat ze het kinderslot niet openkreeg. Pas bij de derde poging lukte het.

'Elin!' riep ze, zodra ze binnen het hek was. Nerveus speurde ze rond, maar haar dochter was niet in het zwembad. Op het grasveld liepen kinderen door elkaar. Daniëlle kneep haar ogen samen. 'Elin!'

Ze begon langs het zwembad te lopen, in de richting van de ligweide. Aan de rand, tegen het hek aan, was een tuinhuisje gebouwd. *Geen toegang*, stond er op een bordje op de openstaande deur. Er stond een apparaat voor dat leek op een grote, blauwe stofzuiger en er lag een witte slang. Vanuit het huisje klonk gerommel. Daniëlle bleef staan. De stem van de receptioniste kwam terug in haar hoofd. *De klusjesman... Hij heeft het zwembad aangelegd...*

Ze stapte naar de deur, net op het moment dat hij naar buiten kwam. Hij droeg een korte, donkerblauwe broek en een geel shirt met een logo van een sportmerk. Hij fronste toen hij haar zag. Haar verschijning leek hem te amuseren.

'Wat heeft dit te betekenen?' vroeg ze, terwijl ze haar telefoon omhooghield.

Hij gaf geen antwoord. Het leek alsof hij met zijn tong iets uit een kies peuterde. 'Hoe bedoel je?' vroeg hij na een paar seconden.

'Dat bericht.'

'Het is een compliment.'

'Ik wil dit niet.'

'Complimenten?'

'Dat je je met mijn dochter bemoeit. Of met mij.'

'O.' Hij knikte alsof hij het begreep, maar van zijn gezicht straalde iets anders. 'We moeten even praten', zei hij dan ook. 'Er is een probleem.'

Daniëlle voelde een vreemde mengeling van onrust en opluchting. Ze wilde helemaal niet praten, maar het gesprek van gisteren had haar een onafgemaakt gevoel gegeven. Niet weten wat er aan de hand was, was zo mogelijk nog erger dan horen dat die vreemde man inderdaad niet zomaar was langsgekomen.

Mitchell leunde tegen de deurpost van het huisje. Hij keek haar geringschattend aan. 'Het gaat over jullie huisje.'

Daniëlle staarde terug. Ze wist dat ze uiterlijk onbewogen leek, maar vanbinnen begon het te stormen. 'Wat is daarmee?' vroeg ze moeizaam.

Mitchell wachtte weer even en trok toen een gezicht alsof de boodschap die hij moest brengen, hem speet. 'Ik ben niet helemaal eerlijk tegen je geweest.'

Daniëlle wilde een cynische opmerking maken, maar slikte die op het laatste moment in. Ze wachtte af tot Mitchell verder zou praten. Dat deed hij na een stilte die meer dan een halve minuut leek te duren.

'Ik ben niet alleen de beheerder van het huisje geweest, maar ook de belangenbehartiger van de verkoper', zei hij met een zucht. 'Ze hebben mij gevraagd om de verkoop van het huisje in gang te zetten en te begeleiden, en om zorg te dragen voor het vinden van de juiste koper. Iemand met binding met het eiland, iemand bij wie het huisje in goede handen is.' Hij wachtte even. 'En toen meldde jij je bij Berry en wist ik meteen dat het huisje naar jou moest gaan.'

Berry, die naam bleef in Daniëlles gedachten hangen. Ze kon hem niet meteen plaatsen, tot ze zich herinnerde dat dat de makelaar was. Hij had zich met die naam voorgesteld, maar heette Berend als hij mailde. Vaag bleef de gedachte dat Mitchell zo amicaal was met de makelaar hangen.

Mitchell nam het woord weer. 'De verkopers hebben alles aan mij overgelaten en ik heb jullie bod meteen geaccepteerd, omdat ik het jullie gunde. Omdat wij ook...' Hij maakte een handgebaar in Daniëlles richting. 'Nou ja, we gaan *way back*. Dat is belangrijk voor me.'

Het stond hem niet, die zogenaamde melancholie. Hij meende de woorden ook niet, de toon van zijn stem was daarvoor veel te hard.

'We hebben de vraagprijs geboden', zei Daniëlle. 'Dat was een prima bod.'

Hij glimlachte zonder noemenswaardige vreugde. 'Dit soort huisjes gaat vrijwel altijd weg boven de vraagprijs.'

'Dan had je een hogere prijs moeten vragen.'

'Ja.' Mitchell knikte. 'Maar dat is niet gebeurd. En ik gunde het je. Maar de zaken zijn anders gelopen.'

Daniëlle staarde hem aan. Haar eigen ademhaling was slepend en heet. Het liefst wilde ze weglopen. 'Jouw zaken zijn mijn probleem niet', zei ze.

Hij trok met zijn mond. 'Toch wel, ben ik bang. Het salaris voor mijn diensten is een deel van de verkoopsom. Een deel dat ik ook weer heb geïnvesteerd.' Hij fronste weer, dat leek hij vaak te doen. 'Alleen valt mijn investering hoger uit.'

'Ik ga', zei Daniëlle. 'Ik weet niet wat je probeert te zeggen en ik wil er ook niet naar luisteren. Er is niets mis met de transactie rondom het huisje. Laat ons met rust. Laat mijn dochter met rust.'

'Vijftigduizend.'

'Wat?'

'Euro.'

Daniëlle keek hem ademloos aan. Ze hoorde hem wel, maar de boodschap was zo absurd dat die leek af te ketsen op een stalen muur in haar hoofd.

'Je hebt toch zoveel geld geërfd?'

Hij blufte, dacht Daniëlle meteen. Hij kon niet weten wat het bedrag was. Dat hadden ze aan niemand verteld.

'Gul van je grootouders', zei Mitchell nu. 'Ik herinner me ze nog wel. Leuke mensen.'

Daniëlle slikte moeizaam. Ze wilde niet over opa en oma praten. Niet met hem.

'Je opa wist altijd zoveel over planten', ging Mitchell verder. Het leek alsof hij ineens in gedachten was verzonken. 'Hij heeft me de namen van alle planten in de duinen verteld.'

Daniëlle reageerde niet. Er rende een kind met een waterpistool voorbij, ze voelde een koude straal tegen haar benen.

'De erfenis dus', zei Mitchell. 'Daar heb je vast nog wel iets van over.'

'Alles zit in het huisje.'

Zijn enige reactie was een beweging van zijn wenkbrauwen. 'Dan verzin je een andere manier. Vijftigduizend euro, binnen een week.'

Daniëlle wilde haar blik afwenden, maar die zat gevangen in zijn ijskoude ogen. Ze schudde langzaam haar hoofd. 'Je bent gek.'

Mitchell richtte zijn blik nu op een punt dat achter haar lag. Er speelde een lachje om zijn mond. 'Ik heb dat geld nodig. En jij hebt je dochter nodig.'

Die woorden maakten iets in haar los dat als een katapult door haar lichaam schoot. 'Hoe durf je dat te zeggen', siste ze met haar kiezen op elkaar. 'Wij zijn jou niets verschuldigd.'

Hij bestudeerde zijn nagels met gespeelde nonchalance. 'Je dochter, Daniëlle. Is die dan geen vijftigduizend euro waard?'

'Ik ga naar de politie', zei ze zo kalm mogelijk, terwijl haar hart roffelde als een op hol geslagen trommel. 'Als je ook maar één vinger naar Elin uitsteekt, ga je eraan.'

Het was taal die ze van zichzelf niet kende, en dat gold ook voor de vloedgolf aan woede die door haar heen trok. Ze was in staat hem iets aan te doen, hier en nu. Moeizaam draaide ze zich om, maar voor ze wegliep, keek ze hem nog één keer aan. Ze deed haar mond open om iets te zeggen, maar sloot hem uiteindelijk weer omdat er geen woorden kwamen.

Hij glimlachte even. 'Tot snel, Daniëlle. Of mag ik Danietje zeggen?'

Het was alsof ze een stuk schrikdraad had aangeraakt. Haar hele lijf trilde ervan. Niet reageren, zei een stem in haar hoofd. Ze likte aan haar droge lippen en liep weg – korte passen, stramme bewegingen. Haar ademhaling ging moeizaam. De manier waarop hij het woord had uitgesproken, dreunde na in haar oren. De koosnaam die haar oma altijd voor haar had gebruikt, leek haar te hebben geraakt in al haar organen. Ze kneep haar ogen dicht en sperde ze toen juist weer open. Hoe wist hij dat?

De naam was makkelijk te bedenken, nam haar ratio het

over. Voor haar betekende die veel omdat haar oma hem had gebruikt, voor hem was het waarschijnlijk niets meer dan pesterij. Het was mogelijk dat hij de naam had onthouden van lang geleden, maar waarschijnlijker was dat hij gewoon maar wat riep. Daniëlle, Daan, Daantje, Danietje – het grootste deel van de mensen met haar naam werd aangesproken met een verkleining daarvan.

Ze rechtte haar rug. De gedachte aan haar oma had iets anders in haar losgemaakt. Iets wat sterk voelde, het maakte haar strijdbaar. Geen cent zou ze hem geven. Niet het geld waar oma altijd hard voor had gespaard, niet het geld dat Gijs van zijn vader had gekregen. Hij had nergens recht op. En Mitchell kon hun niets maken. Ze hadden de aankoop netjes gedaan, via officiële kanalen. Dat hij om geld verlegen zat, was zijn eigen probleem. Natuurlijk probeerde hij het bij haar. Hij was een rat en dit was wat ratten deden. Waarschijnlijk had hij in het verleden genoeg succes gehad met dit soort methodes. Waarschijnlijk waren er genoeg mensen bang voor hem.

Haar telefoon ging. Ze keek op het scherm.

'Hé', zei ze, toen ze opnam. Haar stem trilde, net als haar hand. De telefoon voelde gloeiend heet tegen haar oor.

Aan de andere kant van de lijn hoorde ze op de achtergrond hetzelfde geluid van schreeuwende en joelende kinderen als om zich heen. 'Je had gebeld', zei Gijs.

'Ja.' Ze slikte met pijnlijke steken in haar keel. 'Ik kon je niet vinden bij het zwembad.'

'Ben je er al? Wacht, even kijken...' Hij was even stil. 'Waar sta je? Ik zie je niet.'

'Waar ben jij?'

'Op de ligweide, vooraan, links van het pierenbad. Zie je dat jongetje met dat rode zonnehoedje?'

Ze deed haar best om te focussen, maar voelde zich duizelig.

'O, ik zie je al', zei Gijs. 'Hier! Hier ben ik.'

Uiteindelijk zag ze iemand die zijn hand opstak en ze liep in die richting. Haar telefoon borg ze op in haar zak.

'Ga je niet zwemmen?' vroeg Gijs een tikje verwonderd.

Daniëlle keek naar haar zomerjurk alsof ze nu pas doorhad wat ze droeg.

'Wat is er?' vroeg Gijs. Zijn blik veranderde van nieuwsgierig in bezorgd. 'Daan? Gaat het wel?'

Ze beet op haar lip en staarde naar de grond. Toen schudde ze haar hoofd en haalde diep adem. Het volgende moment hief ze haar gezicht weer en keek Gijs recht aan. 'Ik moet je iets vertellen.'

De airco was nog niet gerepareerd. Het apparaat zoemde harder en de lucht leek kouder en dezelfde agente als de vorige keer had dezelfde excuses aangeboden. Zelf droeg ze een jasje.

'Ze komen nu echt binnenkort', zei ze, alsof dat erg relevant was. 'Gaat u zitten.'

'Het wordt steeds vreemder', zei Gijs. Zijn stem klonk kortaf, dat was Daniëlle niet van hem gewend. Net zomin als ze het gewend was dat hij woedend op iemand af wilde stormen, iets waarvan ze hem bij het zwembad maar net had kunnen weerhouden. Geen scène waar de kinderen bij waren, had ze gezegd. En het halve vakantiepark.

Ze begreep Gijs' woede wel, zelf had ze ook het gevoel dat er een waas in haar hoofd zat sinds ze het bericht had gekregen.

'We gaan naar de politie', had Daniëlle gezegd en meteen had Gijs met woeste gebaren hun spullen in de tas gepropt.

De kinderen waren het niet eens met het plotselinge vertrek.

'We kunnen toch gewoon een nieuwe grasmaaier kopen', had Siem mopperig gezegd. 'Ik wil blijven zwemmen.'

'Het gaat om het principe', was Gijs' antwoord geweest, waarna hij de kinderen naar de auto had gedirigeerd. Daniëlle voelde zich nog steeds niet goed bij hun leugen over de gestolen grasmaaier, maar ze had geen andere keuze. Uitleggen dat een meneer nare dingen over Elin zei en bovendien geld van hen wilde hebben, was niet echt een optie.

'U zei aan de telefoon dat u nieuwe informatie hebt?' zei de agente met een vragende blik. Ze liet haar vingers op de rand van het toetsenbord rusten.

Gijs knikte kort. 'We weten alleen niet wat het een met het ander te maken heeft.'

Daniëlle haalde haar telefoon tevoorschijn en liet het bericht lezen. 'Dit heb ik vanochtend gekregen, terwijl Gijs met de kinderen bij het zwembad was.'

De agente pakte de mobiel aan en keek er langer naar dan nodig was om het berichtje te lezen. Toen ze de telefoon liet zakken, ging haar blik heen en weer tussen Gijs en Daniëlle. 'Is dit afkomstig van de man die u in uw tuin heeft bezocht? De eh...' Ze keek naar het scherm van haar computer. 'De kale man?'

Daniëlle schudde haar hoofd. 'Dit is gestuurd door Mitchell Rijks. Hij heeft een klussenbedrijf en onderhoudt veel huisjes op het vakantiepark.'

De agente keek niet-begrijpend. 'En wat is zijn relatie met jullie bezoeker?'

'Dat weten we nu juist niet', zei Gijs. 'Maar wat we wel weten, is dat dit moet stoppen.'

De agente knikte kalm. Hoeveel mensen zou ze niet tegenover haar aan tafel hebben gehad, die precies wisten wat de politie wel en niet moest doen, dacht Daniëlle.

'We hopen dat jullie dat kunnen uitvinden', zei ze, rustiger dan Gijs. 'Mitchell chanteert ons. Hij wil vijftigduizend euro binnen een week, anders doet hij ons kind iets aan.'

'Vijftigduizend euro', herhaalde de agente, terwijl ze Daniëlle aankeek. Vluchtig blikte ze naar de telefoon. 'Heeft u ook het bericht waarin hij dat eist?'

Daniëlle schudde haar hoofd. 'Dat heeft hij mondeling gedaan.'

Mitchell wist wel beter dan zijn eis aantoonbaar te maken.

'Hij zegt dat hij ons vakantiehuisje voor een te laag bedrag heeft verkocht en dat die vijftigduizend euro daarvoor de compensatie is.'

De wenkbrauwen van de agente gingen iets omhoog. 'Hij heeft een huisje aan jullie verkocht?'

Daniëlle ging verzitten en knikte. 'Dit voorjaar hebben wij een huisje gekocht op park Strandslag. Wij hebben in de aankoopprocedure alleen de makelaar en de notaris gezien, maar blijkbaar hadden de verkopers Mitchell gevraagd hun belangen te behartigen. Wij hebben de vraagprijs van het huisje geboden en dat is bod is geaccepteerd.'

'Wat was die vraagprijs?'

'Tweehonderdduizend euro.'

De vingers gingen heen en weer over het toetsenbord. 'En wat was de rol van deze eh... Mitchell Rijks precies?'

Daniëlle probeerde het zo goed mogelijk uit te leggen, maar terwijl ze dat deed, merkte ze dat ze het zelf eigenlijk niet wist. 'Tijdens de verkoopprocedure dachten wij dat de makelaar contact had met de eigenaars. Mitchell is toen helemaal niet genoemd. Maar blijkbaar had hij het huisje een tijdje beheerd en onderhouden en hebben de eigenaars om die reden hem gevraagd de verkoop te regelen.'

'Heeft de makelaar daarover niets gezegd?'

'Nee, we wisten alleen dat de eigenaars in Duitsland waren.'

Hadden ze dat vreemd moeten vinden? Daniëlle wist het niet zeker. Waar het voorheen gebruikelijk was dat de kopers en verkopers allemaal rond de tafel zaten bij de overdracht, was dat nu lang niet altijd meer het geval.

'De verkoopprocedure is volgens mij prima verlopen', zei Gijs nu. 'Het is allemaal geregeld bij de notaris en het huisje staat officieel op onze naam. Wat die Mitchell nu probeert, staat daar los van. Het is gewoon een verhaal dat hij heeft verzonnen om aan geld te komen.'

'Hij zei dat hij een investering had gedaan die hoger is uitgevallen, en dat hij daarom meer geld nodig heeft', vulde Daniëlle aan.

'Een investering?' De agente hield even op met typen. 'Zei hij ook wat voor investering?'

'Nee, het was heel vaag. Ik kreeg het idee dat iemand geld van hem wil en dat hij dat ergens vandaan moet halen, maar dat is mijn interpretatie.'

'Hij is eerder veroordeeld voor drugshandel', zei Gijs. 'Dat is belangrijk om mee te nemen in jullie onderzoek. Hij heeft een paar jaar gevangenisstraf gehad. Mij lijkt dat één en één hier twee is.'

'Ik zet het erbij', zei de agente. 'Hoe weet u dit trouwens? Heeft hij dat verteld?'

'Nee.' Daniëlle slikte even. 'Ik ken Mitchell van vroeger.' Ze deed haar mond open om te zeggen dat hij haar ex was, maar toen vond ze dat te zwaar klinken en zei: 'Toen ik zeventien was, was hij een zomer lang mijn vakantieliefde.'

De agente leek wat moeite te hebben het allemaal te plaatsen. 'Dus jullie zijn bekenden van elkaar?'

'We hadden elkaar al bijna twintig jaar niet meer gezien.'

'En toen bleek hij ineens betrokken bij de verkoop van jullie huisje.'

Het was geen vraag, maar toch voelde Daniëlle de behoefte om antwoord te geven. 'Hij zei dat hij het ons gunde en dat het voor hem belangrijk was dat hij en ik elkaar van vroeger kennen. Maar in de tussenliggende jaren hebben we elkaar nooit gesproken, dus mij lijkt dat hij, net als ik, niet erg rouwig was om het verwateren van het contact.'

'Hoe zijn jullie destijds uit elkaar gegaan?'

'Zoals vakantieliefdes eindigen', zei Daniëlle. 'De zomer en de verliefdheid gingen voorbij en toen gingen we allebei naar huis.'

'En daarna heb je hem niet meer gesproken tot nu?'

Ze aarzelde even. 'Er is de eerste maanden nog wel wat contact geweest. Mitchell heeft nog een aantal keer gesms't, het leek erop dat hij toch hoopte dat we verder zouden gaan. Maar nadat ik duidelijk had gemaakt dat dat er voor mij niet in zat, hield het op.' Ze zweeg even. 'Ik weet niet zo goed wat ik moet denken van zijn verhaal dat hij mij het huisje gunde omdat we elkaar kennen. Ik denk dat het vooral prettig was dat wij de vraagprijs boden en meteen bij de makelaar aangaven dat we het zonder lening zouden kopen.'

De agente keek even op. 'Zonder lening.'

Weer zo'n opmerking die een vraag kon zijn, of niet. Daniëlle knikte. 'We hebben het gekocht van een erfenis. Twee erfenissen, eigenlijk.'

'Weet Mitchell dat?'

'Hij weet van de erfenis', zei Daniëlle. 'Ik denk dat de makelaar dat heeft genoemd. Maar hij kent niet de hoogte van het bedrag dat we hebben gekregen. Dat hebben we aan niemand verteld.'

'Denken jullie dat er een verband is tussen deze Mitchell en de man die jullie eerder heeft bezocht?'

'Dat moet haast wel', zei Daniëlle. 'We hebben nog nooit zoiets meegemaakt, en nu ineens duiken er twee figuren op die kennelijk allebei geld van ons willen. Al weten we van die kale man nog steeds niet exact wat hij wil.'

De agente knikte begrijpend. Haar vingers op het toetsenbord lagen stil. 'Maar is er ook iets dat hen aan elkaar linkt, voor zover jullie weten? Kennen ze elkaar?'

Daniëlle zweeg even. 'Mitchell zegt van niet', zei ze toen. 'Maar ik had bedacht dat die kale man misschien de schuldeiser kan zijn voor wie hijzelf geld nodig heeft.'

Gijs vouwde zijn handen onder zijn kin. 'Als jullie Mitchell oppakken, zal je snel genoeg bij die compagnon van hem uitkomen, daarvan ben ik overtuigd.'

De agente knikte half en vulde het verhaal in de computer nog wat aan.

'Gaan jullie dat doen?' vroeg Daniëlle. 'Mitchell oppakken?'

Die gedachte veroorzaakte een vreemd gevoel van zowel opluchting als angst. Als ze hem al konden vasthouden, voor hoelang zou dat zijn?

'Naar aanleiding van de aangifte gaan we nu onderzoek doen', zei de agente. 'Afhankelijk van de uitkomst daarvan zullen de vervolgstappen worden bepaald.'

Daniëlle haalde het visitekaartje uit haar tas. 'Hier staan zijn gegevens op.'

De agente keek naar het kaartje en typte het over. Ze stelde nog een paar vragen waarvan Daniëlle niet wist waarom die relevant waren en daarna was het gesprek voorbij.

'Is dit het?' vroeg Gijs. 'En hoe moeten wij nu ons kind beschermen?'

'Wij starten onmiddellijk het onderzoek. U hoort snel van ons.'

'Maar hij heeft gezegd...' Gijs haalde diep adem. 'Als hij haar iets aandoet...'

'Ik adviseer jullie om haar niet alleen te laten en bij verdachte situaties onmiddellijk contact op te nemen. Dat kan via 112. Ook als Mitchell weer van zich laat horen, willen we het weten.' Ze keek even op het computerscherm. 'Hij heeft gezegd dat hij het geld binnen een week wil hebben, dus is het aannemelijk dat hij de komende zes dagen niets zal doen. In zes dagen kunnen wij ver komen met ons onderzoek.'

Amper gerustgesteld liepen ze naar buiten. 'Hebben ze die dief al?' vroeg Siem. 'Krijgen we onze grasmaaier terug?'

Daniëlle streek over zijn korte, dikke haar. 'Ze zijn aan het zoeken, schat. Ik weet zeker dat het goed komt.'

Siem en Elin liepen voor hen uit naar de auto. De warmte voelde als een dikke deken na de kou in het bureau.

'Het is hier bloedheet', klaagde Elin, toen ze de deur van de auto opende. Gijs stapte snel in en startte de motor, zodat de airconditioning de benauwde warmte kon verjagen.

'Zullen we een stuk gaan wandelen?' vroeg Daniëlle, toen ze de parkeerplaats af reden. 'Ik wil eigenlijk nog niet terug naar het park.'

Gijs knikte zonder antwoord te geven. 'Wil je überhaupt nog wel terug?' vroeg hij, zo zacht dat de kinderen hem niet konden horen boven het geblaas van de airco uit. 'Kunnen we niet beter naar huis gaan?'

Die gedachte was al in haar hoofd opgekomen, en net zo snel had ze hem weer laten gaan. 'En dan?' zei ze, al even zacht. 'Ik heb niet de illusie dat Mitchell ons huisadres niet zal kunnen achterhalen, als hij kwaad wil. Misschien zijn we hier juist wel veiliger, omdat de politie hier op de hoogte is van wat er speelt.'

Gijs moest daar even over nadenken. 'Dat zou kunnen', zei hij uiteindelijk. 'Boven alles wil ik niet dat onze eerste vakantie in ons eigen huis wordt bepaald door dit gedoe.'

Daniëlle knikte en zei maar niet dat dat allang het geval was, hoe graag ze ook wilde dat het anders was.

Ze reden naar het noordoosten van het eiland, niet ver van de vuurtoren. Bij een kleine supermarkt kochten ze drinken en wat lekkers en daarna reden ze door naar een fietsenverhuur die Daniëlle via Google had gevonden. Gijs parkeerde de auto voor de deur en niet lang daarna hadden ze allemaal een fiets van de juiste grootte. Siem keek glunderend naar de crossfiets die hij had uitgezocht. 'Cool', was zijn commentaar. 'Nu kan ik stunts doen.'

'Maar wel met een helm op', zei de eigenaar van de verhuur, een gemoedelijke zestiger met een buik die deed vermoeden dat hijzelf niet veel gebruikmaakte van zijn eigen product. Hij kwam aansloffen met een blauwe helm voor Siem en een groene voor Elin. 'Dat is ons beleid', zei hij. 'We zien onze klanten graag heelhuids terug. Hebben jullie een kaart nodig?'

Die laatste vraag was bedoeld voor Gijs en hij knikte. 'Graag.'

De man liep naar binnen en kwam even later terug met

een kaart, waarop hij een fietsroute aanduidde en allerlei mooie uitzichtpunten omcirkelde. 'Kom mee, jongens!' riep Gijs, terwijl hij de kaart opvouwde. 'We gaan.'

Dat was niet tegen dovemansoren gezegd en de kinderen trapten weg alsof hun leven ervan afhing. Gijs en Daniëlle volgden in iets rustiger tempo, maar toch hadden ze het tweetal al snel ingehaald. Siem had een knalrood hoofd en hijgde. 'Het is wel een beetje warm.'

Ze trapten verder. Daniëlle keek om zich heen. Het uitgestrekte, verlaten landschap bezorgde haar normaal gesproken een gevoel van vrijheid, nu voelde het juist onheilspellend. Als hier iemand zou opduiken...

Doe normaal, zei ze in gedachten tegen zichzelf. Als ze zo ging denken, maakte ze zichzelf gek. Niemand wist dat ze hier waren.

Ze keek omhoog. Ver boven haar zweefde een roofvogel, niet meer dan een donkere streep tegen de strakblauwe lucht. Gefascineerd keek ze naar zijn bewegingen. Hij cirkelde daar maar, steeds hetzelfde rondje. Ze stelde zich zijn scherpe snavel voor, zijn gele ogen, zijn blik gefocust op zelfs het kleinste prooidier dat hij vanaf die hoogte kon zien. Hij wachtte zijn kans af en zou dan aanvallen. Snel en doeltreffend. Efficiënt. Meedogenloos.

Ze wendde haar blik af en keek naar de kinderen die voor haar fietsten. Gijs naast haar. Een zorgeloos tafereel wanneer een buitenstaander ernaar keek. Die zag de klem in haar maag niet, die voelde niet haar onrustige hartslag.

'Wat is het hier prachtig, hè?' zei Gijs. Daniëlle knikte. Als kind had ze zo vaak gefietst in De Slufter, het kwelderlandschap in het noordwesten van het eiland. Vaak met haar opa, die haar elke keer weer op een nieuw plantje of een nieuw dier wist te wijzen. Nooit kon ze genoeg krijgen van het landschap en van alles wat opa haar leerde. Vandaag lukte het haar niet om haar aandacht erbij te houden.

'Ik kan zonder handen!' riep Siem en hij liet het stuur van zijn fiets los.

'Niet doen, gekkie', zei Gijs met een glimlach. 'We willen geen ongelukken. Zullen we zo even wat drinken?'

Die laatste vraag was bedoeld voor Daniëlle, die hem wel hoorde, maar niet beantwoordde. Veel woorden en zinnen leken te verdwijnen in de schuimlaag die om haar gedachten zat.

HOOFDSTUK 10

'WAT LEUK DAT JE ER WEER BENT', ZEI LAURA MET EEN glimlach. 'En dit is zeker je dochter?'

'Ja, dit is Elin.' Daniëlle legde haar hand op de schouder van haar kind. 'Ze is een paar maanden geleden begonnen met paardrijles en ze vindt het super om nu het strand op te gaan.'

'Ik heb de perfecte pony voor jou in gedachten', zei Laura. 'Loop maar mee.'

Daniëlle had bij de reservering gevraagd of ze weer op Silvan mocht rijden en hij stond nu gezadeld en wel voor haar klaar. Terwijl Elin met Laura naar de stal ging, liep zij naar het paard. Hij draaide met zijn oren toen ze hem met een zachte stem begroette. Ze hield haar hand voor zijn neus en voelde het blazen van zijn warme adem in haar handpalm. Met haar vinger aaide ze over de zachte huid van de neus en daarna klopte ze hem op zijn hals.

'Kijk eens', zei ze, terwijl ze de wortel die ze voor hem had meegenomen uit haar zak haalde. 'Dat vind je wel lekker, hè?'

Uiterst zorgvuldig pakte Silvan de lekkernij met zijn lippen van haar hand. Daniëlle legde haar hand opnieuw onder zijn manen en aaide over zijn zachte, glimmende vacht. Vreemd hoe de nabijheid van een paard haar altijd een bepaalde rust gaf. Het was of haar stresslevel daalde en haar ademhaling automatisch dieper werd terwijl ze haar hand over de gespierde hals liet gaan. Ze had zin in de rit. Met Elin erbij zouden ze niet over het strand galopperen, maar zelfs als ze alleen in stap bleven, was het al de perfecte manier om te kunnen ontspannen, iets wat haar al dagen niet was gelukt.

Twee dagen geleden was het nu, dat ze bij de politie aangifte hadden gedaan tegen Mitchell. Gisteren had er iemand van de politie gebeld, een man die zich met de achternaam Koster had voorgesteld en die had gezegd dat hij betrokken was bij het onderzoek. Ze hadden Mitchell gesproken, vertelde hij. Die had alles ontkend en had de politie proberen wijs te maken dat er sprake was van een ongelukkig misverstand. Daniëlle was bijna misselijk van woede geworden toen ze dat hoorde. Zijn woorden hadden niets aan duidelijkheid te wensen overgelaten.

'En nu?' had Gijs gevraagd. 'Hoe gaat het onderzoek nu verder?'

De politieman had het niet met zoveel woorden gezegd,

maar Daniëlle had het idee gekregen dat ze nu maar weinig aanknopingspunten zagen. Zonder fysiek bewijs van de bedreiging en de chantage, waren het Mitchells woorden tegen die van hen.

'Maar jullie kunnen toch de aankoopprocedure van het huisje onderzoeken?' had Gijs gezegd. 'Mij lijkt dat dat niet helemaal zuiver is gegaan als de belangenbehartiger achteraf de kopers chanteert.'

Maar dat was het nu juist, had de agent proberen duidelijk te maken: voor die chantage was geen bewijs. Bovendien waren er geen aanwijzingen dat de aankoopprocedure onrechtmatig was verlopen. Of zag Gijs dat anders?

Daarop had hij slechts ontkennend kunnen antwoorden. Op geen enkel moment hadden ze het idee gehad dat er iets misging tijdens de verkoop en ze hadden alle benodigde documenten van de notaris in handen gekregen.

Geen bewijs dus, had de agent herhaald. Maar ze stonden natuurlijk open voor alles waarmee Gijs en Daniëlle nog kwamen. En ze bleven zelf zoeken.

Daniëlle was zo woedend geworden dat ze even had moeten weglopen. Geen bewijs? Was haar woord dan niet genoeg? Alsof ze zoiets zomaar zou verzinnen.

Toen ze terugkwam had ze Gijs horen zeggen: 'Dan moet u ons bestraffen voor het doen van een valse aangifte.'

'Hoe bedoelt u?'

'Als u ons niet gelooft, zegt u dat onze aangifte niet klopt.'

'We zijn nog bezig met ons onderzoek.'

'Maar u gelooft Mitchell als hij zegt dat het allemaal niet waar is.'

'Het gaat niet om geloven, het gaat om aanknopingspunten om de gebeurtenissen zoals u die heeft beschreven, te staven. En op dit moment zijn we daar nog naar op zoek.'

Toen ze hadden opgehangen, had Daniëlle gezegd: 'De volgende keer zal ik opnemen wat hij zegt. Dan kunnen we het bewijzen.'

Ze had zich niet beter gevoeld door haar eigen woorden. Ergens had ze het idee dat er geen volgende keer zou zijn. Dat Mitchell zijn eis niet opnieuw op tafel zou leggen, maar tot actie zou overgaan. Ze had haar hoop gevestigd op de politie, op het vertrouwen dat ze had dat je geholpen werd wanneer je onrecht werd aangedaan. Maar dat vertrouwen begon nu langzaam af te brokkelen.

'Mama!' hoorde Daniëlle Elin roepen. 'Moet je zien!'

Ze zette een stap naar voren en zag haar dochter apetrots naast een bruine pony met rechtopstaande manen lopen. Het dier had de perfecte maat voor Elin en haar dochter aaide gelukzalig over zijn neus. 'Hij heet Ozzy', zei ze. 'Coole naam, hè?'

'Heel cool', knikte Daniëlle en ze liep naar Elin om haar te helpen het paard vast te binden. Laura kwam er al aan met het zadel.

'Dat kan ik zelf wel hoor, mam', zei Elin eigenwijs, toen Daniëlle haar wilde helpen het zadel op de rug van de pony te leggen. 'Ik heb dit al geleerd bij rijles.'

'O, oké', zei Daniëlle grinnikend. 'Het spijt me.'

Ze liep terug naar Silvan en besloot alvast de stijgbeugels op maat te maken. Net toen ze één beugel naar beneden had geschoven, voelde ze haar telefoon trillen in de zak van haar paardrijbroek. Eén keer, een berichtje dat binnenkwam. Automatisch haalde ze de mobiel uit haar zak, hoewel ze merkte dat het verzet zich in haar begon te roeren. Ze wilde eigenlijk helemaal niet kijken. Als het van hem was, zou ze meteen weer van slag zijn, terwijl ze nu gewoon wilde genieten.

Het was van hem en ze had dan ook meteen spijt dat ze had gekeken. Of eigenlijk, dat ze haar mobiel had meegenomen. In haar scherm stond alleen zijn naam, ze had de voorvertoning van de berichten uitgezet voor het geval Elins blik op haar telefoon zou vallen. Haar dochter kon al goed lezen voor haar leeftijd. Snel stopte ze de telefoon terug in haar zak. Met haar arm mat ze de juiste lengte van de stijgbeugel op. Automatische handelingen zoals ze ze had geleerd en zoals ze ze al zo vaak had verricht. Ze maakte de gesp van de beugel los en verstelde het riempje. Daarna mat ze opnieuw, maar al die tijd was haar aandacht ergens anders.

Bloed bonsde in haar hoofd op het ritme van haar hartslag. Zijn naam in het scherm liet zich niet meer negeren, hoe diep ze haar telefoon ook in haar zak stopte. Het toestel leek nu bijna letterlijk tegen haar been te branden. Ze liet de beugel uit haar hand vallen. Silvan keek opzij bij het tikje tegen zijn flank. Met trillende hand haalde ze haar telefoon weer tevoorschijn. Het was bij één berichtje gebleven. Ze opende het toch, ze kon niet anders.

Even sloot ze haar ogen, toen haalde ze diep adem en las wat hij had gestuurd.

Veel plezier met je buitenrit. Leuke pony ook, die bruine van je dochter.

Het volgende moment kletterde de telefoon op de grond. Daniëlle merkte het amper, omdat ze zo wild om zich heen keek. Links en rechts van de stal was weiland, vlak en uitgestrekt. Voor haar was de weg, daarachter akkerland, alleen net langs de weg onderbroken door een bosje dat eigenlijk misplaatst leek in het vlakke land. Ze kneep haar ogen samen, maar zag natuurlijk niets. Daarna verplaatste haar blik zich naar de stal en het woonhuis ernaast. Daarnaast de parkeerplaats, niet meer dan wat stokken in het gras waartussen een lint was gespannen. Er stonden best wat auto's, een stuk of twaalf, schatte ze. Zat hij daar?

Ze keek naar Laura, en naar Elin, samen bezig met de bruine pony. Op een vreemde manier voelde ze zich niet alleen verantwoordelijk voor haar eigen dochter, maar ook voor hun jonge begeleidster. Zij had geen idee van de hele situatie, maar als Mitchell iets van plan was, zou ze er net zo goed bij betrokken kunnen raken. Daniëlle had geen idee hoever hij wilde gaan. Verder dan een weldenkend mens zou doen, waarschijnlijk. En ze had geen idee hoe ze hem moest stoppen.

Met benen die voelden als elastiek liep ze naar Elin en Laura. Haar hoofd tolde alsof ze dronken was en ze moest moeite doen om in een rechte lijn te lopen. Een smoes kwam in haar op. Weer een leugen, na alles wat ze de kinderen al over die zogenaamde grasmaaier hadden verteld.

'Goed zo, op je platte hand', hoorde ze Laura zeggen en Elin giechelde toen Ozzy een paardensnoepje van haar aannam.

'Laten we hem opzadelen', zei Laura, maar Daniëlle schraapte haar keel.

'We moeten naar huis', zei ze, haar stem zacht en krachteloos.

'Huh?' Elin keek haar aan. 'Maar we gaan...'

'Sorry, ik voel me ineens helemaal niet goed.' Daniëlle slikte moeizaam. 'Misschien iets verkeerds gegeten.'

'Nee, mam...' De teleurstelling droop van Elins gezicht en Daniëlle voelde haar hart breken voor haar dochter. Elin had zich hier zo op verheugd. Ze had paardenfilmpjes gekeken op YouTube en op de rug van de bank de verlichte zit geoefend, ook al had Daniëlle gezegd dat ze waarschijnlijk niet in galop zouden gaan.

'Je ziet helemaal bleek', zei Laura bezorgd. 'Wil je niet even gaan zitten?'

'Nee.' Daniëlle schudde haar hoofd. Dat ze zich misselijk voelde, was in elk geval niet gelogen. 'Ik ga liever naar huis voor het erger wordt.'

'Mama...' Elin was nu in tranen. 'Ik wil zo graag rijden. Ik kan toch zonder jou gaan? Dan haal je me straks weer op. Of papa.'

Laura keek Daniëlle aarzelend aan. 'Ik vind het geen probleem...'

'Nee.' Daniëlle schudde haar hoofd en dacht razendsnel na. Het enige wat nog erger was dan de rit afzeggen, was dat Elin alleen zou gaan met Laura. 'Ik vind het leuk om samen te gaan', zei ze en ze kromp ineen bij het egoïsme dat daarin doorklonk voor iemand die de situatie niet kende. 'Ik weet zeker dat ik snel weer ben opgeknapt en dan halen we de rit in.'

Elin begon harder te huilen. Daniëlle trok haar naar zich toe, maar boos maakte haar dochter zich los uit die omhelzing. 'Je bent een rotmoeder!' schreeuwde ze en ze beende naar de auto. Daniëlle voelde diverse ogen op zich gericht. Verontschuldigend keek ze Laura aan.

'Ik betaal wel...'

'Dat hoeft niet', onderbrak het meisje haar. 'We laten het bedrag gewoon staan tot de volgende rit. Bel maar als je je beter voelt.'

'Dank je wel', zei Daniëlle zacht en inwendig gloeide ze van schaamte nu ze werd behandeld met een begrip en vriendelijkheid die ze op geen enkele manier verdiende. Ze aaide de pony nog één keer over zijn hals.

In de auto terug naar huis zei Elin geen woord. Toen Daniëlle de auto stilzette voor het huisje, stapte haar dochter uit. Met een woedende klap gooide ze het portier dicht. Daniëlle stapte ook uit en opende de voordeur. Gijs en Siem waren er niet. Elin vertrok onmiddellijk naar haar kamer en ook die deur sloot ze met een dreun. Daniëlle liep naar de badkamer en draaide het slot om. Met haar rug tegen de deur liet ze zich naar beneden glijden en daarna huilde ze met haar armen om haar knieën tot ze geen tranen meer overhad.

'We moeten opnieuw naar de politie.' Gijs gooide de telefoon op tafel alsof die plotseling gloeiend heet was geworden. Hij was thuisgekomen vanuit de speeltuin toen Daniëlle hem belde. Het gevolg was dat ze nu twee boze kinderen hadden, omdat Siem bij zijn vriendjes had willen blijven.

Daniëlle knikte. 'Ik heb al gebeld. Ze hebben het bericht toegevoegd aan het dossier, maar feitelijk is het geen bedreiging, zei die agente al.'

Er trok een spiertje in Gijs' kaak. 'Het moet niet gekker worden.'

Daniëlle trok met één schouder. 'Van hen uit gezien zal het wel waar zijn. Hij dreigt nergens mee.'

'Maar ze moeten nu toch met hem gaan praten.'

'Dat hebben ze al gedaan', hielp Daniëlle hem herinneren. 'Dat levert niets op. Hij is ongrijpbaar.'

'En nu?' vroeg Gijs. Retorisch, want geen van beiden hadden ze een antwoord.

Daniëlle knipperde een paar keer. Ze had het gevoel dat er mieren in haar hoofd zaten, die door elkaar krioelden. Haar gedachten gingen alle kanten op. Er moest iets zijn, iets wat ze nu over het hoofd zag. Iets om Mitchell tot staan te brengen. Het kon niet anders. Wie niets verkeerd had gedaan, kon je ook niets maken – dat moest toch de waarheid zijn? En zij had niets verkeerd gedaan.

'Ik moet nadenken', zei ze, terwijl ze met haar vingers over haar slapen wreef. 'Ik wil een stuk gaan lopen in de duinen of over het strand.'

'Maar Daan...' Gijs keek bedenkelijk. 'Zou je dat wel doen?'

'Het helpt me om mijn gedachten te ordenen.'

'Ik vind het geen goed idee als je in je eentje op pad gaat.'

Ze begreep hem en tegelijkertijd voelde ze alles in haar in verzet komen. 'Ik wil gewoon mijn leven terug', zei ze. Ze kon er niets aan doen dat haar stem brak. 'Als ik wil wandelen, wil ik niet bang hoeven zijn dat ik een of andere gek tegenkom.'

'We zouden met z'n allen kunnen gaan.'

Daniëlle schudde haar hoofd. 'Nee', zei ze. 'Laat maar. Ik zorg wel dat ik onder de mensen blijf.'

Gijs leek er nog steeds niet van overtuigd te zijn dat het een goed idee was, maar uiteindelijk knikte hij. 'Bel me als er iets is.'

Ze beloofde het, trok sneakers aan en liep naar buiten zonder een idee waar ze naartoe moest. De duinen met hun uitgestrektheid en hun rust lonkten, maar ze kon Gijs geen ongelijk geven. Daarom wandelde ze over de hoofdweg van het park, ontweek op het nippertje twee jongens op een skelter en wist dat ze hier geen rust zou vinden.

Ze nam plaats op het terras van het restaurant en bestelde cola light, die ze meteen afrekende. Zittend aan de rand van het terras keek ze naar de mensen aan de andere tafeltjes. Veel gezinnen, een paar kinderen met ijsjes, ouders met wijn en bier of frisdrank. Een paar gezinnen werden vergezeld door opa's en oma's. Nog maar even voor haar eigen moeder zou komen. Dat waar ze eerst naar had uitgekeken, werd nu een moment waar ze tegen opzag. Hoe moest ze haar moeder ontvangen in wat een bizarre droom leek te zijn geworden? Ze kreeg al buikpijn bij het idee van de mogelijkheden die Mitchell zou zien als hij zou weten dat haar moeder er ook was. Nog meer om haar mee onder druk te zetten. Nog meer manieren om haar bang te maken. En de politie kon natuurlijk ook dan niets doen, zo slim zou hij het wel spelen.

Ze moest iets doen. Reageren, niet willoos afwachten. Dan zou hij zich alleen maar superieur voelen. Denken dat hij won. Nu ook weer, bij de manege. Als ze dit door liet gaan, had ze geen leven meer. Gijs en zij hadden net weer besproken of ze wel moesten blijven. Maar weggaan loste het niet op. Mitchell rook iets. Mitchell rook bloed. En hij zou niet loslaten.

Ze opende WhatsApp en begon te typen. Het werd een bericht waar de machteloosheid vanaf droop, maar toch stuurde ze het, omdat ze niets beters wist.

Laat ons met rust.

Hij kwam meteen online. Ze probeerde zich zijn gezicht voor te stellen toen hij het bericht las. Het zou waarschijnlijk niet veel bij hem losmaken.

Er kwam een antwoord binnen. Eén teken, alleen een emoticon. Een klok. Daniëlle staarde ernaar met het gevoel dat haar keel langzaam werd dichtgeschroefd.

Een tweede bericht rolde haar scherm binnen. Een foto die even tijd nodig had om te downloaden. Daarna lachte een bekend gezicht haar toe vanaf het scherm. Ze herkende de tuin rondom hun huisje. De bikini die Elin gisteren had gedragen. De foto was gemaakt vanuit de positie van de nieuwe tuindeur.

Die lekkere dochter van je moet de deur beter op slot doen.

Woedend smeet ze haar telefoon op tafel. Ze vocht haar tranen terug.

Wat als ze betaalde? Die gedachte kwam onvermijdelijk bij haar op. Was het dan over? Ze had moeite dat te geloven. Dan zou er een nieuwe eis komen, nieuwe dreigementen, nieuwe manieren om haar bang te maken. Na Elin kwam Siem, of allebei, of Mitchell zou simpelweg de eis verhogen. Als Mitchell zijn zin zou krijgen, zou ze een speelbal worden van zijn grillen. Tot hij uiteindelijk uitgespeeld zou zijn en aan wat er dan gebeurde, wilde ze al helemaal niet denken.

Ze pakte haar telefoon weer en zocht bij de laatstgekozen nummers naar dat van de politie. Opnieuw belde ze. Opnieuw beloofde een agent dat ze met Mitchell zouden praten. Nee, dit kon natuurlijk niet, zoiets sturen over een kind en dan ook nog ongevraagd een foto maken. Hij zou erop aangesproken worden, het zou onderdeel zijn van het onderzoek. En heel snel zouden ze met resultaten... Ja, ze begrepen dat Daniëlle geen tijd meer had. Maar ervaring leerde dat dit soort dingen...

Daniëlle hing op, midden in een zin. Ze kon het niet meer aanhoren. Onderzoek, tijd nodig... Pas als het te laat was, zou ze kunnen bewijzen dat zijn simpele berichten veel meer inhielden dan het leek. Dan zou ze kunnen bewijzen dat ze gelijk had, dat ze de eisen niet had verzonnen, dat die levensecht en keihard waren geweest. Maar dan zou ze de prijs al hebben betaald. En die was veel te hoog. Veel hoger dan het geldbedrag.

Een energie die ze niet kende, begon zich door haar lijf

te verspreiden. Haar benen voelden rusteloos, haar hart roffelde. Haar hoofd klaarde ineens op, rondrazende gedachten kwamen tot stilstand en ze voelde zich vreemd helder. *Lekkere dochter,* de woorden maakten haar misselijk tot het punt dat ze zuur gal moest terugslikken vanuit haar keel. In haar hoofd was maar plaats voor één gedachte, of misschien was het dat niet eens. Een gedachte was rationeel, dit was razernij. Maar dat was niet erg. Hij werd ook gedreven door iets anders dan rationele gedachten.

Ze moest het forceren. Niet afwachten, dat had ze lang genoeg gedaan. Als de politie het niet kon verzamelen, moest ze zelf voor het bewijs zorgen. Hard bewijs, waarin hij zijn eisen uitsprak of bevestigde. Geen berichten die alle kanten op konden, die alleen binnen de context veelzeggend waren.

Ze liet haar vinger over het scherm van haar telefoon glijden. Als ze hem in haar tas stopte, zou hij hem niet zien. Zou hij daarover nadenken? Zou hij verwachten dat ze hun gesprek opnam? Hij leek zich onaantastbaar te wanen en tegelijkertijd was hij altijd berekenend. Maar de vorige keer, toen hij met zijn belachelijke eis kwam, had hij ook niet gekeken waar haar telefoon was. Hij had er niet naar gevraagd en hij had hem niet kunnen zien in de zak van haar korte broek.

Haar plan won aan kracht in haar hoofd, misschien ook bij gebrek aan alternatieven. Praten, proberen wat ze kon bereiken, kijken of hij voor rede vatbaar was – dat moest haar insteek zijn. Zich laten wegsturen met niets: ook goed. Het hoefde maar een paar minuten te duren, dan zou ze alweer op weg naar huis zijn. Ze kon de uitdrukking op het gezicht van de politieagente al bijna voor zich zien. Dus toch.

Daarna kon het snel gaan. Bedreiging was geen vergrijp waar een jarenlange straf op stond, maar Mitchell had zeker iets uit te leggen. Afpersing kon worden aangetoond. De berichten over Elin zouden in een ander daglicht komen te staan. Het enige juiste daglicht. Met politie aan hun kant zouden ze veel verder komen. Mitchell hield niet van politie, dat wist ze vrij zeker. Erg lang zou hij niet van de straat zijn, maar het was misschien genoeg voor hem om af te haken. Weg uit de spotlight van de politie.

Als ze het slim aanpakte, was ze zo weer weg bij Mitchell. Maar als het fout ging, moest ze ook een plan hebben. Gijs inschakelen, dat was een optie die door haar hoofd ging. Ze liet hem even rondgaan in haar gedachten, maar zette hem uiteindelijk aan de kant. Hij zou haar niet alleen laten gaan. Ze begreep zijn bescherming, maar samen was geen optie. Veel te opvallend. Tot nu toe was ook alle communicatie via haar verlopen.

Er moest iets anders zijn. Iets simpels. Iets om hem snel en kort uit te schakelen, zodat ze kon vluchten. Die caravan was maar klein, ze zou zo buiten staan. Als ze hem op achterstand kon zetten, één minuut, twee...

Met haar hand streek ze over de hals van haar colaflesje. Als kind had ze eens gezien hoe iemand op het strand in een afgebroken fles stapte. Een rode kring van bloed op de voetzool, het puntige glas er nog in. De EHBO'ers van de reddingsbrigade waren er maar druk mee geweest. Ze pakte het flesje in haar linkerhand en liet het in haar tas glijden. Daarna stond ze op en liep langzaam het terras af, haar blik gericht op iets wat zich verderop achter de bomen bevond.

Ze leek wel in trance. Zo voelt het vast om onder invloed van drugs te zijn, bedacht ze, ook al had ze nog nooit iets gebruikt. De helderheid, de kracht, de focus – alles wat nu niet relevant was, liet zich met gemak naar de achtergrond dwingen. In haar hoofd was alleen maar plaats voor de woorden die ze net had gelezen en de woede die die hadden losgemaakt. Net buiten het hek sloeg ze het glazen colaflesje kapot tegen het asfalt. Het brak bij de hals en ze stopte de twee helften in haar tas. Het hengsel hing ze kruislings over haar borst, de rits liet ze open. Met haar vinger beroerde ze de scherpe randen van de glas. Ze voelde zich er sterker door. In haar hoofd kwam de vraag op of ze in staat zou zijn het te gebruiken. Ze likte aan haar zoute lippen en liet die vraag onbeantwoord.

Het stuk langs de weg leek korter dan de vorige keer, of misschien waren haar passen groter. Ze keek op haar telefoon. Geen nieuwe berichten. Ze weerstond de neiging om WhatsApp opnieuw te openen. Het bericht stond toch al in haar brein gebrand en de foto hoefde ze niet opnieuw te zien. Ze moest haar razernij juist nu bedwingen. Rationeel blijven. Hem een stap voor zijn in plaats van andersom.

Ze zocht tussen haar apps en opende de dictafoon. Met een vinger die licht trilde, drukte ze op de rode knop. Een horizontale lijn begon door het beeld te lopen. Ze sloot de mobiel af en stopte hem onder in de tas.

Pas toen ze het erf bereikte, kwam de mogelijkheid in haar op dat hij er niet was. Dan zou ze wachten, nam ze zich meteen voor. Dit moest vandaag stoppen, een andere mogelijkheid was er niet. Ze hield haar hand in haar tas, haar vingers stevig om het glas.

Ze sloeg de hoek om en zag zijn wagen meteen. De vale witte bestelbus stond geparkeerd voor de schuur. Op het dak lag een ladder, vastgemaakt met geel-zwarte sjorbanden. Daniëlle keek vluchtig naar beneden toen ze over het ongelijke asfalt liep. Deze keer geen wondje aan haar voeten. Ze moest haar snelheid behouden. Vanaf de caravan was ze op dit punt nog niet te zien. Niet dat het veel uitmaakte. Hij zou haar zien voordat zij hem zag. Ze passeerde de auto. De deur van de caravan stond open. Mitchell was nergens te bekennen. Vliegen zoemden rondom de tuintafel en rondom een plastic zak die op de grond lag. Naast het opstapje naar de deur lagen bierflesjes. Ze herkende het logo van het huismerk van een budgetsupermarkt. Met haar rechterhand om het glas in haar tas stapte ze op het opstapje.

Het was heet in de caravan, nog veel heter dan de vorige keer. Bedompter ook. Op het fornuis stond iets te borrelen, het vuur ruiste zacht. Daniëlles ogen hadden even nodig om aan de schemering te wennen. Alle gordijnen waren gesloten.

Mitchell zat aan tafel en hij leek haar te verwachten. Zijn blik had iets geamuseerds. 'Wel, wel', zei hij. 'Hoog bezoek.'

Daniëlle liet haar blik op hem rusten. Zijn shirt, met hier

en daar een verfvlek. Zijn vingers idem dito. Ze verplaatste haar blik naar voren, ontmoette zijn ogen. Ze knikte kort, bijna onmerkbaar. Toen schraapte ze haar keel en zei met verrassend heldere stem: 'We moeten praten.'

HOOFDSTUK 11

HET WAS WATER, ZAG ZE VANUIT HAAR OOGHOEK. Water dat borrelde in een pannetje, zonder duidelijk doel. Mitchell staarde voor zich uit alsof hij haar niet had gehoord, maar ze wist dat het tegendeel waar was. Ze zag het aan de spieren in zijn gezicht, die bijna onzichtbaar gespannen stonden. Ze zag het aan de blik in zijn ogen. Met haar vinger streek ze over de scherpe rand van het glas.

'Wat kom je doen?' verbrak Mitchell uiteindelijk de stilte.

Daniëlle keek onbewogen terug. 'We moeten praten', herhaalde ze.

Mitchell trok zijn wenkbrauwen op, kort en snel. Hij antwoordde niet.

'Ik ben jou niets verschuldigd', zei Daniëlle. 'Het huisje

is verkocht voor een goede prijs, op de juiste manier. Er is geen nabetaling, niets. Jij kunt ons niets maken.'

Weer een stilte. Mitchell draaide een beker rond tussen zijn handen. Een restje koffie klotste heen en weer. Daniëlle keek weer naar het pannetje op het fornuis. De stoom voegde warmte toe aan de toch al smoorhete caravan.

Mitchell ging verzitten. Hij zuchtte, alsof het hem veel inspanning kostte dit gesprek te voeren. 'Briefjes van vijftig', zei hij toen. 'Witte enveloppen in een zwarte sporttas.'

Daniëlle sneed zich aan het glas van haar eigen flesje. De plek prikte gemeen.

'Waarom?'

'Omdat het dan niet opvalt.'

'Dat bedoel ik niet.'

Hij zou het haar niet makkelijk maken. 'Waarom doe je dit?'

Hij keek op. Het water kookte maar door, maar Mitchell leek niet van plan op te staan. 'Omdat het fair is', zei hij en Daniëlle moest moeite doen om geen geluid te maken dat recht deed aan het cynisme dat door haar heen stroomde. Als het iets niet was, was het wel fair.

'Ik begrijp het niet', zei ze, denkend aan de opname op haar telefoon. Ze moest het hem laten zeggen, letterlijk. 'Ik begrijp niet waarom je vindt dat je recht hebt op dit geld. Het was niet eens jouw huisje.'

'Maar wel mijn geld', zei Mitchell. 'Alleen is de betaling anders uitgevallen dan ik had gedacht, en mijn investering is juist hoger gebleken.'

'Ik heb geen idee waar je het over hebt.'

Hij ging verzitten. 'Dat hoeft ook niet. Het enige wat jij moet weten, is dat de prijs die jij hebt betaald, te laag is. Daarom heb ik die verhoogd.' Hij keek haar aan, schuin, vanuit zijn ooghoek. 'Je zou toch niet graag je dochter verliezen voor die paar rotcenten, wel?'

De woorden leken af te ketsen op een muur van staal. Daniëlle dacht niet aan wat hij eigenlijk zei, maar aan de dictafoon in haar tas. Bijna letterlijk kon ze de woorden door de lucht zien gaan. Opgezogen door het apparaat. Digitaal bewijs. Zijn eigen graf.

Nu moest ze doorpakken. Meer woorden, meer bewijs. Het graf moest dieper. 'Maar de prijs die wij hebben betaald was toch de vraagprijs?'

'Ik wist dat jullie een huisje zochten en toen heb ik het jullie gegund', zei Mitchell, gespeelde spijt op zijn gezicht. '*For old times' sake.* Ik heb me laten verblinden door sentiment, dat had ik niet moeten doen.'

'Ik zie niet in hoe dat mijn probleem is.'

'Het is jouw probleem.' Hij grijnsde zijn tanden bloot. 'Omdat ik het zeg.'

'Je hebt geen poot om op te staan, juridisch.'

'Dat zijn jouw zaken niet. Ik zeg dat je te weinig hebt betaald en dat je die vijftigduizend gaat bijbetalen, dat is het enige wat voor jou belangrijk is.' Hij begon geïrriteerd te raken, ze zag het aan zijn spieren. 'Als ik jou was, zou ik hier niet mijn tijd verdoen, maar zorgen dat je het geld bij elkaar hebt voor de deadline verstrijkt. Deadline één kost je je dochter, Daniëlle. Ik denk dat je niet wil weten wat deadline twee je kost.'

Een scheldwoord vloog over haar lippen. Meteen vervloekte ze zichzelf. Je niet laten meeslepen. Ze had waarvoor ze was gekomen. Nu kon ze weggaan.

'Wat zei je?' Mitchell had zijn ogen samengeknepen. Hij leunde naar voren. 'Ik geloof dat jij niet helemaal begrijpt hoe dit in elkaar zit. Je komt hier op hoge poten verhaal halen, terwijl je heel goed weet wat je moet doen.' Hij kwam overeind, langzaam, dreigend. Automatisch week Daniëlle achteruit, de deur was verder weg dan ze dacht. 'Als ik je zeg dat je moet betalen, dan doe je dat. Als je niet genoeg geld hebt, dan regel je het maar gewoon. Je kon toch ook twee ton ophoesten voor dat huis? Dan moet die laatste vijftigduizend ook nog wel lukken.'

Daniëlle beet op haar onderlip. Haar hand lag op haar tas. Moest ze het glas nu pakken? Was dit het moment om zich te verdedigen? Ze liet haar blik over zijn lichaam gaan. Waar moest ze hem raken? Het moest in één keer gebeuren, onverwacht en snel. Hij mocht geen tijd krijgen om zich te verdedigen, dan zou hij sterker en sneller zijn dan zij.

Zijn buik, dat moest werken. Ze keek naar de stof van zijn T-shirt, daar zou ze niet zomaar doorheen komen. Shirt omhoog en dan steken, in één beweging.

Hij was sneller. Als een roofdier schoot hij naar voren, greep haar en gooide haar met haar rug tegen het keukenblok. De pan viel om, Daniëlle voelde het gloeiend hete staal en water tegen haar rug. Ze schreeuwde. De pijn explodeerde en sneed haar de adem af. Water vloog sissend over het fornuis. Het vuur doofde. Mitchells handen omklemden haar armen als ijzeren tangen. Zijn adem rook naar koffie en oude rook en streek over haar gezicht toen hij praatte. 'Als jij je dochter nog mee naar huis wil nemen, doe je wat ik zeg.' Zijn stem was laag en langzaam. 'En denk niet dat je kan vluchten. Ik weet waar je woont, ik weet waar je werkt. Ik weet alles.'

Daniëlle slikte moeizaam. Achter haar siste het gas nog, alsof er niets was gebeurd. Ze rook het, of misschien was dat verbeelding. Haar zintuigen stonden wijd open, alles kwam binnen alsof iemand de filter had verwijderd.

Net zo snel liet Mitchell haar weer los. Opnieuw struikelde ze naar achteren, de rand van het aanrecht boorde zich in haar vel. Haar rug brandde, bij elke beweging voelde ze vuur in haar huid. De grip op het glas was ze kwijtgeraakt en bovendien ontbrak het haar aan de kracht om het te gebruiken.

'Ik regel het', zei ze met trillende stem. Nu niets laten merken, dat was het belangrijkste. De gaslucht kringelde nadrukkelijk haar neus binnen. Ze moest weg voor er ongelukken zouden gebeuren. Mitchell ging weer zitten alsof er niets was gebeurd. Zijn handen voor zich op tafel. Ze zag een volle asbak, een pakje Camel ernaast. Zijn hand ging erheen.

'Wegwezen', zei hij, terwijl hij zoekend om zich heen keek. 'En kom pas terug als je het hebt.'

Daniëlle knikte vlug. Ze zette zich af tegen het aanrecht. Verbeet de pijn. Struikelde in haar haast om weg te komen, maar krabbelde net zo snel weer op. Bijna viel ze weer, maar ze hervond haar evenwicht en bereikte de deuropening. De buitenlucht was zwaar van de warmte, maar voelde weldadig. Haar rug begon verdoofd te raken, zenuwen gaven op of waren verbrand – ze wist het niet, en het was niet belangrijk. Eerst weg hier. Haar ogen traanden nog van de gaslucht, ook nu ze weer buiten stond.

Ze begon te lopen. Half hollend, af en toe verloor ze haar evenwicht en kwam de pijn terug in een felle scheut. Ze bereikte de loods, de oprit, de weg kwam al in zicht.

De klap kwam als een explosie en een windvlaag tegelijk. Haar trommelvliezen leken te knappen, automatisch dook ze naar de grond. Met haar handen voor haar oren bleef ze liggen.

Er verstreken seconden die voelden als minuten. Uiteindelijk haalde ze haar handen weg. Richtte haar gezicht op. Keek om.

Het leek wel een tornado. Eerst was er alleen een dikke, zwarte massa van rook, toen vocht het vuur zich een weg door de wolken. Vlammen sloegen uit de caravan, de witte wanden waren al niet meer te zien. Er lag iets op de grond, pas na twee keer kijken realiseerde ze zich dat het een stuk van een muur was.

Haar ademhaling ging schokkend en piepend. Ze stond op en liep in de richting van de brand, en daarna juist de andere kant op. Ze haalde haar hand open aan het glas toen ze haar telefoon pakte. Bloed droop vanuit haar handpalm via haar onderarm op de grond. De dictafoon stond nog aan. Met trillende vinger schakelde ze die uit voor ze voor het eerst in haar leven de drie cijfers van het alarmnummer intoetste.

De centralist was kalm en efficiënt en binnen twee minuten waren de brandweer en ambulance al onderweg.

'Ik kan geen water vinden!' riep Daniëlle. Ze was om de schuur heen gelopen tot de hitte te groot werd. Geen tuinslang, niet eens een gieter. De deur was vergrendeld.

'Blijf op afstand', drukte de centralist haar op het hart. 'U kunt zelf niets doen.'

Daniëlle wist niet hoeveel tijd er was verstreken voor ze het geluid van sirenes hoorde aanzwellen. Achter haar stopte een auto, en toen nog eentje. Autoportieren die open- en dichtgingen. Ze keek om. Voorbijgangers die waren gestopt en nu naderbij kwamen. 'We moeten blussen!' riep de ene man naar de andere, maar Daniëlle schudde haar hoofd.

'Er is geen water!' riep ze. 'De brandweer is er bijna!'

Twee zware auto's draaiden het terrein op. De sirene jankte. Toen het geluid wegviel, werd het vervangen door dichtslaande portieren, mensen die dingen naar elkaar riepen. De politie kwam en spande een lint. Een ambulance arriveerde. Het publiek zwol aan. Haar telefoon ging. Ze keek op het scherm, liet hem gaan. Vrijwel meteen begon hij opnieuw te trillen.

'Gijs', zei ze, toen ze toch maar opnam.

Hij klonk gehaast, vol stress. 'Wat gebeurt er? Waar ben je?'

'Ik ben oké. Echt.'

'Wat is dat met al die sirenes? Ik schrok me kapot.'

'Het is Mitchell.'

'Wat?'

'Die sirenes. Zijn caravan is afgebrand.'

'En waar ben jij?'

'Naast die caravan.'

Hij begreep er duidelijk niets van en Daniëlle had moeite haar gedachten en haar woorden aan elkaar te linken tot een samenhangend verhaal. 'Toen ik wegliep, is de caravan in brand gevlogen', zei ze met horten en stoten. 'Hij is... Ik ben... Er was gas. Ik heb een brandwond. Mitchell is...' Ze keek naar de vlammen die woedend uit de caravan sloegen. 'Hij zit er nog in.'

'Is hij dood?'

'Ik weet het niet', zei Daniëlle, terwijl ze toekeek hoe de brandweer in hoog tempo de slang uitrolde. Binnen twee minuten na hun aankomst spoot de eerste dikke waterstraal al in de richting van het vuur. Vrijwel meteen volgde een tweede.

'Ik kom naar je toe', zei Gijs.

'Nee. De kinderen mogen dit niet zien.'

'Maar wat is er dan gebeurd?'

'Ik heb alles opgenomen. Hiermee kunnen we bij de politie bewijzen dat hij...' Ze staarde naar het vuur. Er stonden nu vier dikke waterstralen op gericht, maar de vlammen gaven zich nog niet gewonnen.

'Opgenomen?' vroeg Gijs. 'Waar heb je het over? Daan, je zei dat je even alleen wilde zijn om je gedachten te ordenen en nu...' Hij klonk reddeloos. 'Wat is er gebeurd?'

Ze haalde diep adem. Rook prikte in haar mond en keel. De politie verplaatste het lint naar achter, het publiek liet zich mee verplaatsen. 'Er moest iets gebeuren', zei ze tegen

Gijs. 'Het enige wat ons zou helpen, was bewijs van zijn chantage. Dan zou de politie ons meteen geloven en konden ze Mitchell oppakken. Ik heb de opnamefunctie van mijn telefoon aangezet en ben naar hem toe gegaan.'

'Daan...' Het was moeilijk te zeggen wat er allemaal doorklonk in Gijs' stem. Angst, boven alles. Verdriet, ook.

Daniëlle onderbrak hem voordat hij aan zijn zin kon beginnen. 'Ik weet wat je wil zeggen, maar het kon niet anders. Zonder bewijs zou hij zijn gang kunnen gaan. Hij had een foto van Elin gemaakt, gisteren, in onze tuin. Die stuurde hij. Het is om ziek van te worden.'

Ze zweeg even. Ook Gijs was stil.

'Ik heb mijn colaflesje kapotgeslagen en in mijn tas gestopt', zei ze toen. 'Ik had hem kunnen afweren als het nodig was geweest.'

Gijs haalde diep adem. 'Ik had toch met je mee kunnen gaan?'

'En de kinderen dan?'

'Maar jij, in je eentje...'

'Ik wilde alleen dat hij het zou zeggen, van dat geld. En zijn bedreiging van Elin. Dat was genoeg.'

'En nu staat de caravan in brand.'

'Ja.' Daniëlle beet op haar onderlip. De rook maakte haar keel schraal. 'We kregen ruzie, hij duwde me tegen het fornuis. De pit ging uit, maar het gas stond aan. Toen ik wegging, pakte hij zijn sigaretten en zocht, denk ik, zijn aansteker. En toen...' Ze hoorde de knal weer in haar hoofd, voelde de hete wind van de ontploffing opnieuw langs haar huid strijken.

'Leeft hij nog?'

Het was de tweede keer dat Gijs dat vroeg. Daniëlle staarde naar de vlammen. 'Misschien', antwoordde ze.

De politie zocht getuigen. Daniëlle meldde zich. Het lint werd omhooggedaan en ze liep mee naar de auto. 'U bent gewond', zei de agent, en toen pas voelde Daniëlle de pijn op haar rug en in haar hand, die was verdreven door adrenaline. Hij wenkte de mensen van de ambulance, die op hun beurt een tweede wagen opriepen, omdat ze zelf paraat moesten staan voor het slachtoffer van de brand, zo zei de verpleegkundige. Daniëlle keek naar de caravan, waar de vlammen hun strijd tegen het water leken te verliezen. Verkoolde platen stonden omhoog als decorstukken van een lugubere film. Ze huiverde en voelde haar wond brandend trekken. Kon iemand zo'n vlammenzee overleven?

De wijzers van de klok leken met tegenzin te bewegen. Telkens een seconde naar voren en een klein tikje terug. Daniëlle staarde ernaar, tot de beweging haar ogen gek maakte. De witte deur was nog altijd gesloten, achter de balie zat een receptioniste druk te typen. De telefoon ging vaak, met een doordringend geluid waar Daniëlle het liefst haar oren voor wilde afsluiten met haar handen.

Het rook naar ontsmettingsmiddel. Ze had een deken gekregen, al was het buiten vijfentwintig graden. Een vriendelijke ambulanceverpleegkundige had haar hand verbonden en de wond op haar rug gecontroleerd. Gekoeld, al was het beter geweest als dat meteen was gebeurd.

'Grotendeels eerstegraads', was zijn conclusie geweest. 'Met stukken tweedegraads. Vanwege de oppervlakte van de wond is het toch goed om die even te laten nakijken door een arts.'

Ze hadden aangeboden haar te brengen. Daniëlle had eerst haar hoofd geschud, maar toen toch maar het aanbod geaccepteerd omdat ze anders Gijs moest bellen en ze met z'n vieren moesten gaan. Ze wilde niet dat de kinderen dit zagen. Ze was achter in de ambulance gestapt en nu zat ze hier, in de stille wachtkamer van een huisarts, de tijd weg te kijken op de klok. Gijs belde voortdurend, het maakte haar onrustig. 'Ik bel als ik klaar ben', zei ze, maar hij hield niet op.

'Ik kan naar je toe komen. Misschien kunnen die mensen van hiernaast wel even op de kinderen letten.'

'Ik wil niet dat ze zonder een van ons zijn', antwoordde ze beslist. 'We weten niet of Mitchell... En anders die man die op ons terras stond.'

Daar moest Gijs haar gelijk in geven. 'Maar ik kan...'

'Ik red me wel. Echt. Ik hou van je.'

Gijs was even stil. 'Ik ook van jou.'

Die wijzer gaf houvast en ze richtte haar blik er toch maar weer op. Haar gedachten vlogen door elkaar, als bliksemschichten in een heftige onweersbui waar geen einde aan leek te komen. Het waaide ook in haar hoofd. Een ruis die haar belette om de gebeurtenissen op een rijtje te zetten. Ze had de politie kort gesproken, maar toen had de ambulanceverpleegkundige haar meegenomen. Ze zouden straks verder praten. De wetenschap dat alle gebeurtenissen precies waren vastgelegd, gaf haar enige rust. Het gesprek was afgelopen, ze was naar buiten gelopen en pas daarna was de caravan ontploft. Dat kon ze aantonen.

Gijs belde opnieuw. 'Het staat op internet', zei hij. 'Een of andere lokale nieuwssite, met foto's. Ze zeggen dat er een lichaam is gevonden in de caravan.'

Daniëlle voelde eten omhoogkomen dat al lange tijd in haar maag zat. 'Dat kan ook bijna niet anders', zei ze, haar stem schor en beverig. 'Het was echt een vuurbal.'

'Ja, als het inderdaad een gasexplosie was...'

'Dat moet het zijn geweest. Het gas stond nog aan toen ik wegging. Ik rook het. Mitchell stuurde mij weg en toen ik naar buiten liep...' De herinnering vaagde even haar stem weg. 'Ik denk echt dat hij ging roken, ik zag nog dat hij zijn sigaretten wilde pakken.'

'Jeetje...' Gijs haalde hoorbaar adem. 'En toen is de caravan...'

'Gijs', zei ze, kleintjes.

'Ja?'

'Ik heb het niet gezegd.'

'Wat?'

'Dat het gas aanstond. Ik zag dat hij naar zijn sigaretten keek, ik rook het gas, maar ik heb het niet gezegd. Hij was woedend en...'

'Dan was het toch een ongeluk?'

'Ja, maar... Straks denkt de politie...'

Gijs bleef kalm, veel kalmer dan zijzelf was. 'Wat belangrijk is, is dat je niets achterhoudt. Vertel alles aan de politie, laat die opname horen, geef op elke vraag zo eerlijk en uitgebreid mogelijk antwoord. Je hebt niets te verbergen, dus verberg ook niets. Ik blijf bij je tijdens het gesprek, ik kom naar je toe zodra je daar klaar bent.'

Daniëlle knikte en voelde zich iets rustiger. 'Het was een ongeluk', zei ze, om zichzelf te sterken bij dat idee. 'Een ongeluk.'

De deur ging open. 'De dokter komt eraan', zei ze. 'Ik moet ophangen.'

'Mevrouw Van Dijk?'

De huisarts was van haar eigen leeftijd en had een vriendelijk, rond gezicht. Ze wees Daniëlle waar ze kon gaan zitten. 'U bent betrokken geweest bij een brand, begreep ik?'

Daniëlle knikte, maar schudde ook haar hoofd. 'Er is een hete pan tegen mijn rug gekomen, en kokend water.'

'O.' De huisarts keek vragend. 'Dan klopt mijn informatie niet.'

'Er was wel brand, maar ik was net op tijd weg.'

'Heb je het zien gebeuren?' Ongemerkt was de arts haar gaan tutoyeren.

Daniëlle knikte. De dokter stelde geen vragen meer, maar stond op om de wond te bekijken. 'Ik ga het insmeren met zalf en afdekken tegen infecties', zei ze. 'Mijn verwachting is dat het vrijwel geheel of helemaal zal genezen, maar het infectiegevaar is wel groot. Je moet het echt goed ontsmetten en insmeren en ik wil het de komende dagen elke dag even controleren. Voorlopig even niet zwemmen en laat de wond liever ook niet nat worden bij het douchen.'

Daniëlle knikte en wachtte tot de arts klaar was. Ze had koele handen en werkte met vastberaden bewegingen.

'Als het dik of warm wordt, of als de randen erg rood zijn, bel dan meteen. 's Nachts kun je terecht op de huisartsenpost.' De arts overhandigde haar een kaartje. Daarna keek ze Daniëlle onderzoekend aan. 'Gaat het?'

'Ja. Zeker.'

'Een brand is niet niks, ook niet als je alleen getuige bent.'

Daniëlle knikte kort en bedankte haar. Ze pakte het recept voor de zalf en een desinfectiespray aan en liep de spreekkamer uit. Bij de balie maakte ze een afspraak voor de volgende dag, en bij de apotheek die in hetzelfde gebouw was gevestigd, haalde ze haar medicatie. Pas buiten realiseerde ze zich dat ze ook nog naar huis moest.

'De politie is hier', zei Gijs, toen hij opnam. 'Ze willen je graag spreken.'

'Niet waar de kinderen bij zijn.'

'Dat zei ik ook. Kan ik je al komen halen?'

'Ja, ik sta buiten. Ik stuur je mijn locatie.' Ze hing op en deelde via WhatsApp haar locatie met Gijs. Hij kwam online en schreef dat hij meteen zou komen. Tegen de kinderen had hij gezegd dat Daniëlle was gevallen, zette hij erbij. Ze dacht niet dat Elin dat zou geloven. Hopelijk zou ze haar binnenkort kunnen uitleggen dat het een spannende tijd was geweest, maar dat alles gelukkig nu achter de rug was. De hele waarheid zou ze niet vertellen. Niet de bedreigingen, niet de foto's, niet het geld. Elin was pas zeven, dit was veel meer dan een kinderziel kon dragen.

Er passeerde een auto die leek op die van hen, maar hij reed door. Daniëlle dacht aan zo meteen, als ze in de auto zou stappen. Haar shirt was gehavend, het verband op haar rug goed zichtbaar. Hoe moest ze die val verklaren? De randen van het gat in haar shirt waren zwart.

Na tien minuten stopte hun Ford Focus voor haar. 'Wacht even', zei Gijs, die vlug uitstapte. Hij liep om de auto heen en gaf haar een vest. 'Ik dacht dat je shirt misschien kapot zou zijn.'

Daniëlle had moeite haar tranen te bedwingen. 'Sorry', zei ze, terwijl hij haar hielp om het vest aan te trekken. 'Voor alles.'

Hij omhelsde haar voorzichtig en kuste haar haar. 'Je ruikt naar rook.'

'Ik zou dolgraag willen douchen, maar mijn rug mag niet nat worden.'

'Ik help je straks wel.'

'Ik meen het', zei Daniëlle en ze keek hem weer aan. 'Sorry.'

'Vanaf nu doen we dit samen', zei hij. 'Niet meer op eigen houtje handelen.'

Daniëlle knikte en allebei stapten ze in. 'Je was toch ziek, mam?' vroeg Elin vanaf de achterbank. Haar vijandigheid had ze gelukkig laten varen.

'Ik voelde me beter en wilde een stukje gaan lopen', zei Daniëlle. 'Maar dat ging niet goed.'

Tot zover was haar verhaal technisch gezien niet gelogen, bedacht ze. Maar de kinderen vuurden vragen op haar af, waardoor ze er niet aan ontkwam dingen te verzinnen. Waar was ze dan gevallen, wie had haar geholpen, was ze echt in de ambulance geweest? Met dat laatste oogstte ze vooral de bewondering van Siem. 'De volgende keer moet je wel bellen', zei hij. 'Dan wil ik ook kijken.'

'Ik hoop dat er geen volgende keer komt', zei Daniëlle.

Siem had nog een heleboel vragen. 'Jongens', zei Gijs met een glimlach. 'Laat mama even. Ze moet uitrusten.'

Daniëlle keek hem dankbaar aan. Terwijl de kinderen op de achterbank niet uitgepraat raakten over de ambulance, staarde ze uit het raam. Vlakke weilanden trokken voorbij aan haar zicht, in de verte de beige duinen. Ze vroeg zich af of ze opgelucht zou moeten zijn door het bericht dat er een lichaam was gevonden in de caravan. Identificatie moest nog plaatsvinden, stond in het nieuwsbericht, maar het kon maar één iemand zijn.

De bedreigingen, de chantage, het was voorbij. Mitchell kon hun niets meer doen. Straks zou ze aan de politie laten horen wat er eigenlijk niet meer toe deed, behalve voor het brandonderzoek.

Opluchting voelde ze niet, hooguit was het beklemmende gevoel iets minder geworden. Ze keek naar haar handen, die in haar schoot lagen. Ze trilden onophoudelijk. Gijs zag het en legde zijn rechterhand op haar linker. Hij kneep er even in. Zo bleven ze zitten tot ze bij hun park waren.

Hoofdstuk 12

ER WAS WEER EEN ANDERE POLITIEMAN GEKOMEN. Voor zo'n klein korps wisten ze toch een behoorlijk aantal verschillende mensen te sturen, bedacht Daniëlle, waarna ze de man de hand schudde en zich voorstelde.

Hij heette Tom Zeeman en verontschuldigde zijn collega, die iets verlaat was. 'Wil je koffie?' vroeg hij, en Daniëlle vond het prettig om getutoyeerd te worden.

'Ik neem zelf in elk geval wel', zei de agent met een glimlach. 'De koffie is hier stukken beter dan op het bureau.'

Daniëlle vroeg om cappuccino en de man verliet de ruimte, die zonder zijn aanwezigheid ineens ongewoon stil was. Gijs mocht niet mee, daarover was de politie duidelijk geweest. Ze wilden met Daniëlle alleen spreken. Ze hadden het vriendelijk en zacht gebracht, niet hard of ruw. Ze voelde zich ook niet verdacht van wat dan ook. Ze had ingestemd, ook al had ze aan de blik in Gijs' ogen gezien dat de gang van zaken hem niet beviel.

Ze keek om zich heen. Er stond een lege bar en aan het plafond hingen lampen. De evenementenzaal, had ze op een bordje bij de deur gelezen. Ze schatte dat er een man of vijftig in paste. De tafel waaraan ze zat kwam uit het restaurant, er zat een kaartje op met het tafelnummer. Blijkbaar had het personeel die in allerijl verplaatst. Ze was blij dat de politie begrip had gehad voor haar wens om niet in hun eigen huisje te praten.

'Ik wil ook wel meegaan naar het bureau', had ze gezegd, maar toen was dit zaaltje naast het restaurant al geregeld.

De agent keerde terug met koffie. Hij had ook een collega bij zich. Daniëlle had hem eerder ontmoet, maar ze kon zich zijn naam niet herinneren. Arnoud? Albert? Het was iets met een A.

Ze roerde in haar koffie, het schuim vermengde zich met het zwart tot een lichtbruine vloeistof. 'Gaat het met die brandwond?' vroeg agent Zeeman. 'Is de stoel niet te hard?'

'Het gaat wel', zei Daniëlle en ze moest bijna huilen om zijn bezorgdheid. Zonet, bij aankomst in hun huisje, had ze haar tranen ook al niet kunnen bedwingen. Misschien had de huisarts gelijk. Zo'n brand hakte erin.

'We willen graag weten wat er vandaag precies is gebeurd', zei de agent nu. 'Wat we weten, is dat jij in de caravan van Mitchell Rijks bent geweest en dat die caravan toen is ontploft. En daar houdt onze kennis op.'

'Daarna', zei Daniëlle.

'Wat?'

'Ik ben in de caravan geweest en die is daarna ontploft. Niet toen ik erin stond.'

De agent leunde achterover. 'Waarom neem je ons niet even mee in de gebeurtenissen? Om te beginnen: wat was de reden van je bezoek? Ons lopende onderzoek laat zien dat jullie elkaar al lange tijd kenden en momenteel niet op goede voet stonden met elkaar. Zo'n drie kwartier voor de brand heb je gebeld met een van mijn collega's om melding te maken van een bedreigend app-bericht van Mitchell.'

Daniëlle knikte. 'Dat klopt. Die collega zei dat het aan het dossier zou worden toegevoegd en dat er opnieuw contact met Mitchell opgenomen zou worden. Dat was al eerder gebeurd en ik wist dat het weinig zou opleveren.'

'Wat wilde je dat het zou opleveren?'

'Arrestatie. Dat hij opgepakt zou worden voor zijn dreigementen en die niet tot uitvoer zou kunnen brengen.'

'En wat ging je dan bij hem doen? Proberen hem op andere gedachten te brengen?'

Daniëlle glimlachte zonder vreugde. 'Mitchell is niet iemand die zich op andere gedachten laat brengen.' Ze sloeg haar blik neer. 'Was. Mitchell was dat niet.'

Half verwachtte ze dat de agent zou zeggen dat de identificatie nog moest plaatsvinden, maar dat zei hij niet. Het was ook de vraag wie ze voor de gek zouden houden. Mitchell was als enige in die caravan geweest.

'Wat ging je doen?' herhaalde de agent zijn vraag.

'Bewijs verzamelen. Toen we eerder op het bureau waren, zei je collega dat alleen hard bewijs ertoe zou leiden dat hij werd opgepakt. Ik kon geen appjes laten zien waarin hij dat geld eiste, omdat hij slim genoeg was om dat alleen maar mondeling te doen. Daarom wilde ik ons gesprek opnemen, zodat jullie zouden horen dat hij het echt zei.'

De agent staarde haar aan. 'En is dat gelukt?'

Daniëlle tikte tegen haar telefoon, die voor haar op tafel lag. 'Ik heb de opname gemaakt.'

Ze opende de dictafoon en tikte op het laatste bestand. Dat begon met geluiden van buiten, geknerp van haar schoenen op de oprit en daarna op de troep op het gras. De geluidskwaliteit werd beter toen ze binnenkwam. Ze sloot haar ogen toen ze Mitchells stem hoorde. Even was ze terug, toen en daar. Ze kon de hitte weer voelen, de geuren weer ruiken. Ze zag zijn gezicht, de kou in zijn ogen.

Alles stond erop. Het gesprek was goed hoorbaar, zijn dreigementen lieten niets aan duidelijkheid te wensen over. De politiemannen maakten beiden aantekeningen in hun opschrijfboekjes. Daniëlle kromp ineen bij de knal van de ontploffing. Een paar seconden ruis, toen stopte de opname. Ze keek de agenten een voor een aan.

'Hij duwde me tegen het aanrecht, waardoor er een pan kokend water omviel. Het gas bleef aanstaan en...' Ze haalde diep adem en dacht aan wat Gijs had gezegd. Niets te verbergen, dus niets achterhouden. 'Hij bedreigde me en duwde me en dus ben ik snel weggerend. Ik weet niet of hij het gas heeft uitgedraaid.'

'Oké', knikte Tom Zeeman, zonder veel te laten merken. Hij knikte in de richting van de telefoon. 'Aaron, kan jij zorgen dat deze opname in ons bezit komt?'

Aaron, dat was het. Daniëlle schoof over de tafel haar telefoon naar hem toe.

'En nu?' vroeg ze, toen er een stilte viel. 'Hoe gaat het nu verder?'

'Nu zijn er twee lopende onderzoeken die we zullen afronden zodra het kan', zei Tom Zeeman. 'Het ene is het onderzoek rondom de bedreigingen van Mitchell, het andere is het onderzoek naar de brand.'

Daniëlle zei niets terug. Het eerste onderzoek zou met de dood van Mitchell ongetwijfeld stoppen. Dat hij inderdaad schuldig was aan afpersing en bedreiging was waarschijnlijk slechts een formele kwestie, een laatste regel in het dossier.

'De opname spreekt wat betreft de brand wel voor zich, toch?' vroeg ze, omdat ze behoefte had aan een voorzet. Iets van geruststelling. 'Ik bedoel: ik heb de caravan verlaten.'

De agent trok even met zijn mond, het begin van een glimlach die niet doorzette. 'Het is absoluut een zeer belangrijke bijdrage', zei hij. 'Op dit moment wordt in de resten van de caravan nog onderzoek gedaan door onze collega's en door de brandweer. Het is verrassend hoe nauwkeurig de oorzaak van een brand vaak kan worden bepaald.'

'Het moet door het gas zijn gekomen.'

Voor het eerst deed de andere agent zijn mond open. 'Dat zal blijken uit het onderzoek.' Hij keek haar aan, zijn ogen wat samengeknepen. 'Het waren wel serieuze bedreigingen. Dat moeten we ook niet vergeten.'

Daniëlle voelde een kleine steek in haar buik. 'Maar ik heb het gas niet aangezet.'

De agent glimlachte, maar het was een strakke lach, geen warme. 'Bedreiging van een kind kan mensen tot onvoorstelbare dingen aanzetten.'

Daniëlle slikte moeizaam. Ze wist niet wat ze terug moest zeggen en staarde naar haar handen. Aarons telefoon ging. Hij keek op het scherm en nam zijn mobiel toen mee naar een hoek van de ruimte, waar hij onhoorbaar de oproep beantwoordde.

Toen hij weer aanschoof, keek hij zijn collega veelbetekenend aan. Daniëlle probeerde die communicatie te ontcijferen, maar slaagde daar niet in.

'Ik verwacht dat we morgen of overmorgen de resultaten van het brandonderzoek wel hebben', ging Tom Zeeman verder. Zijn stem klonk zachter, Daniëlle had het idee dat hij beter begreep dat de oorzaak van de brand een ongeluk was. 'En wat betreft het onderzoek naar Mitchell Rijks: als blijkt dat hij inderdaad om het leven is gekomen, kunnen we ook dat snel afronden.'

'En die kale man?' vroeg Daniëlle.

De agent keek haar vragend aan. 'Welke kale man?'

'Die op ons terras stond en zei dat we het moesten leveren.'

'Ah, ja.' De agent knikte nu hij het zich weer herinnerde uit het dossier. 'We zullen alle onderdelen van het onderzoek nog nalopen voor we het sluiten, maar aangezien we ervan uit zijn gegaan dat de verschijning van deze man verband hield met de activiteiten van Mitchell Rijks, kunnen we aannemen dat ook zijn aandeel hier stopt.'

Daniëlle knikte, al bleef ze een onrustig gevoel houden. De connectie tussen Mitchell en de man was niet bevestigd, niet door Mitchell en niet door de politie. Mitchell had zich van de domme gehouden. Hij kende die man niet, het had niets met hem te maken, dat had hij de hele tijd gezegd.

Aan de andere kant had hij wel gesproken over een bepaalde investering van hem die hoger was uitgevallen. Hij had geld nodig gehad, en kennelijk dringend. Dat hij ontkende dat die man iets met hem te maken had, zei feitelijk niets. Als hij zijn verleden na de gevangenisstraf geen gedag had gezegd, bevond Mitchell zich niet in kringen waar je opzichtig met elkaar omging. Daniëlle had moeite zich voor te stellen dat de investering waarover hij had gesproken, te maken had met zijn klussenbedrijf. In gedachten kwamen plaatjes voorbij van de oude bestelauto, de vervallen loods. Er leek sowieso al jaren niet te zijn geïnvesteerd in het bedrijf.

Het was best logisch, als ze verder dacht. Mitchell, die een verleden had van drugshandel, runde nu een klussenbedrijf dat er niet erg succesvol uitzag, al had hij diverse klanten op het park. Ze had laatst iets gelezen over criminelen die na een gevangenisstraf linea recta terugvielen in hun oude activiteiten. Het was misschien ook niet makkelijk om dat verleden los te laten, wanneer je vanuit de gevangenis naar buiten liep met niets. Een baan vinden, zelf iets opstarten, op een legale manier geld lenen – allemaal moeilijk met een fiks strafblad. En als dan je oude bekenden opdoken en een klus voor je hadden, die je tientallen, honderden keren eerder had gedaan, ging je misschien wel voor de bijl. De pakkans was klein, de betaling groot.

De investering was hoger uitgevallen, had Mitchell gezegd. Er was genoeg waarin je je geld kon investeren als je liever buiten de wet om werkte. Een partij drugs om te verhandelen, een kansrijke smokkelroute. Daniëlle was niet bekend in die kringen, maar zelfs zij als leek wist dat het om hoge bedragen ging, en ook om hoge rendementen. Mitchell had met het Duitse echtpaar afgesproken dat hij commissie kreeg over de verkoop van de woning. Een bedrag dat kennelijk niet toereikend was voor zijn investering, hetzij doordat het te laag was, hetzij doordat hij het aan andere dingen had uitgegeven. Maar hij had wel zijn woord gegeven aan iemand anders. De kale man? Dat was de meest logische optie.

'Wat als hij alsnog terugkomt om het geld te halen dat Mitchell hem had toegezegd?' vroeg Daniëlle, niet gerust op de gang van zaken.

De agent knipperde even. 'Dan komt hij niet erg ver.'

'Hij heeft eerder geprobeerd het bij ons te halen. Kennelijk had Mitchell hem al naar ons gestuurd.'

'Dat is een theorie', zei de agent. 'Maar deze wijkt eerlijk gezegd wel af van de normale werkwijze van criminelen. Dit soort investeringen gebeurt onder de radar, daar staat of valt het succes van de operatie mee. Hoe minder mensen ervan weten, hoe beter.'

Daniëlle knikte langzaam. 'Maar toch stond hij in onze tuin.'

'Het kan zijn dat Mitchell hem heeft gestuurd, of dat hij zelf heeft uitgedokterd dat jullie te maken hebben met de geldstroom die Mitchell zijn kant op wil sturen. Maar na alles wat er vandaag is gebeurd, weet deze man ook wel dat jullie in nauw contact staan met ons. En dat wij graag willen weten wat er speelt, als het inderdaad om een criminele geldstroom gaat. Hij zal beter weten dan zichzelf weer zichtbaar te maken.'

Daniëlle beet op haar onderlip. De woorden van de agent klonken logisch, ze wilde alleen dat die het onrustige gevoel in haar zouden verdrijven.

'Als ik een wilde gok mag doen, zou ik zeggen dat hij nu hard op zoek is naar een nieuwe investeerder voor wat het ook was waar Mitchell en hij aan werkten.' Hij blikte vluchtig naar zijn collega. 'Gelukkig hebben we een team voor het opsporen van dit soort criminaliteit. We zullen onze informatie vanuit dit onderzoek zeker aan hen overdragen.'

Daniëlle knipperde een paar keer. De wond op haar rug begon branderig te trekken. Ze verschoof, maar daar werd het niet beter van.

'Wat ons betreft zijn we klaar', zei Tom Zeeman, alsof hij doorhad dat het zitten haar moeite begon te kosten. 'We gaan verder met de beide onderzoeken en als er nieuws is, laten we je dat zo snel mogelijk weten.'

Daniëlle stond op. Beet even op haar lip om de pijn te trotseren. Paracetamol mocht ze slikken, had de dokter gezegd. En als de pijn te erg werd, kon ze ook wel iets sterkers krijgen.

Ze gaf beide agenten een hand en liep weg met stramme passen. In de deuropening draaide ze zich om.

'Is het hem?' vroeg ze.

'Wie?'

'Mitchell. Is het al zeker dat het gevonden lichaam inderdaad van hem is?'

Tom Zeeman keek terug, hij aarzelde even. 'We hebben dit nog niet naar buiten gebracht, dus ik wil je vragen om het voor jezelf te houden. Maar het is hem inderdaad.'

Een paar seconden lang bleven ze elkaar aankijken. Toen knikte Daniëlle kort, draaide zich om en trok de deur achter zich dicht. Het nieuws kon haar onmogelijk nog verbazen, maar toch raakte het haar. Niet in haar hart, niet als schok, maar ergens diep vanbinnen, waar ze niet bij kon. Een dof gevoel, als een triest einde van een strijd die nu sowieso alleen maar verliezers kende.

In haar eentje liep ze terug naar het huisje. Gijs had drankjes klaargezet en borrelhapjes. Daniëlle keek ernaar zonder trek. Hij sloeg zijn armen om haar heen. 'Praten is belangrijk', zei hij, toen Daniëlle zei dat ze liever even naar bed ging. Alleen zijn, nadenken. 'We staan hier samen in, we zijn een team. Kom.' Hij nam haar mee naar de loungebank, gaf haar een kleurrijk drankje dat ze niet kende.

'Zit er alcohol in?'

Hij schudde zijn hoofd. 'Dat leek me wat heftig na zo'n dag.'

Ze kroop tegen hem aan. Elin naast haar, Siem hij hen allebei op schoot. Daniëlle stopte haar neus in het haar van haar dochter en daarna in dat van haar zoontje. Ze waren er nog, alle vier. Samen. Dat was het enige wat telde.

Hoofdstuk 13

'Het begint al te genezen.' De huisarts stroopte haar plastic handschoenen af en gooide ze in de prullenbak. De klep viel dicht met een klap. 'Ik heb het opnieuw ingesmeerd en afgedekt, maar het ziet er op zich goed uit.'

Daniëlle knikte en trok haar T-shirt weer aan. 'Hoelang duurt het nog voordat het verband eraf mag blijven?'

De arts tuitte haar lippen en keek nadenkend. 'Dat moeten we per dag bekijken, maar als ik een inschatting moet doen, zou ik zeggen een dag of drie. Dan mag je het ook weer natmaken bij het douchen.'

'Dat gaat dan toch sneller dan ik had verwacht.'

'De huid is veerkrachtiger dan je denkt.' De arts ging

achter haar computer zitten en vulde wat dingen in. Daniëlle keek rond in de spreekkamer. Dit was de derde keer dat ze hier was en de ruimte begon al vertrouwd aan te voelen.

Twee nachten waren verstreken. Twee nachten van weinig slapen, veel praten en proberen te verwerken wat er allemaal was gebeurd. Steeds beleefde ze het moment van de ontploffing opnieuw. Natuurlijk had ze Mitchell tot stoppen willen brengen, dat was het doel van haar bezoek geweest. Maar wel op de route die via de politie leidde. Betrokken zijn bij iemands dood was heftig.

Gijs was nuchterder. 'Het is jouw schuld niet. Er was met de brandveiligheid in die caravan van alles mis, dat heeft de brandweer zelf gezegd na het onderzoek. En bovendien heb je niet moedwillig het gas aangezet.'

De brandweer had het onderzoek afgerond en had vastgesteld dat de oorzaak van de brand inderdaad een gasexplosie was. De politie had naar aanleiding van de geluidsopname geconcludeerd dat Daniëlle niet schuldig was aan de brand en had dat onderzoek gesloten. Inmiddels hadden Daniëlle en Gijs van Tom Zeeman te horen gekregen dat er een kluis was gevonden in de caravan, die de politie had meegenomen. De inhoud ervan werd nog onderzocht. Daniëlle hoopte dat daarmee ook meer duidelijkheid zou komen over de betrokkenheid van de kale man. Dat voelde als een los draadje dat moest worden afgehecht, ondanks de voorspelling van de politie dat het onwaarschijnlijk was dat hij nog zou opduiken.

'Heb je nog genoeg zalf en desinfectie?' vroeg de huisarts. Daniëlle keek op, haar gedachten verdwenen naar de achtergrond. Ze knikte. 'Nog voor een dag of drie, denk ik.'

'Morgen kun je wel overslaan, ik wil je graag overmorgen terugzien', zei de dokter. 'Bij de assistente kun je terecht voor een nieuwe afspraak. En als je je in de tussentijd zorgen maakt, kun je natuurlijk bellen.'

Daniëlle knikte en bedankte haar. Ook al kende ze haar nog maar net, ze voelde zich op haar gemak bij de vriendelijke dokter. Een eiland vol toeristen leek haar niet altijd de leukste plek om arts te zijn, maar deze huisarts leek voor iedereen een vriendelijk woord te hebben, was haar in de wachtkamer opgevallen.

Even later stond ze buiten en liep naar de auto. Gisteren had Gijs haar vergezeld naar de huisarts terwijl ze de kinderen toch maar even bij de buren hadden gelaten, maar vandaag was ze alleen gegaan. Hij had de kinderen meegenomen naar het zwembad en dat vond ze meer waard. Ze kreunde even toen ze ging zitten, de leuning van de stoel was warm. Een paar seconden, toen trok de pijn weg. Ze startte de auto en reed naar het park.

Het liep tegen lunchtijd en ze besloot om broodjes mee te nemen van de kampwinkel. Ze bestelde pistoletjes en krentenbollen en daarna liep ze weer naar buiten, de warmte in.

'Ha Daniëlle.'

Ze keek om, haar hand al op het portier. Achter haar stond Ernst. Ze had hem tot nu toe alleen op de borrel gezien. Deze keer droeg hij een overhemd en een lange broek, alsof hij aan het werk was.

'Hai', zei ze.

'Ik heb gehoord wat er is gebeurd.' Hij trok een serieus gezicht, mondhoeken naar beneden, medeleven in zijn ogen. Een gezicht dat ze deze dagen nogal vaak zag. 'Wat verschrikkelijk.'

Ze boog haar hoofd. 'Ja', zei ze, hoewel het niet duidelijk was waar hij precies op doelde. De brand, waarschijnlijk. De bedreigingen en chantage waren niet bekend, voor zover zij wist. Hoewel, het was een klein park, en een klein eiland, en roddels verspreidden zich snel.

'Het was zo'n goede jongen', zei Ernst.

Daniëlle kon het niet opbrengen dat te bevestigen. 'Het is een noodlottig ongeval', was het enige wat ze kon bedenken, al leek dat houterige zinnetje zo te zijn weggelopen uit een rouwadvertentie.

'Bizar ook dat de politie nu de verkoop van jullie huisje moet onderzoeken.'

Daniëlle keek hem aan. 'Waar heb je het over?'

'Het onderzoek.' Haar verbazing leek hem op zijn beurt te verwonderen.

Daniëlle gaf geen antwoord. Zo ontstonden roddels, dat begreep ze ook wel. 'Voor zover ik weet, is het onderzoek naar de brand nog gaande en komt de politie later pas met de uitkomsten.'

'Als je wil weten hoe het zit, is er vaak een simpele les.' Ernst trok even met zijn mond. '*Follow the money.*'

Daniëlle knipperde een paar keer. Hij praatte als in een politieserie. 'Welke *money*?' vroeg ze.

'Dat van hem en dat van jullie, toch? Aangezien die twee stromen elkaar geraakt lijken te hebben.'

'Wij hebben het huisje niet van Mitchell gekocht', zei Daniëlle.

'Nee, maar hij was er wel bij betrokken.'

Daniëlle keek wat ongemakkelijk om zich heen. Ze begreep best dat Ernst wilde weten wat er precies was gebeurd, maar ze had geen behoefte om alles met hem te delen.

'Voor zover ik weet was het een ongeluk. Ik weet niets over geldstromen.'

Ze was geen goede leugenaar en ze hoopte dat Ernst dat niet merkte. Zijn opdringerigheid was vervelend, al leek hij vooral uit te zijn op een goed verhaal.

'Ach ja.' Hij knikte, er lag iets triests in zijn blik. 'Hoe dan ook, ik hoop dat jullie ondanks alles een fijne eerste vakantie hebben in jullie huisje.'

Daniëlle wist niet goed wat ze daarop moest zeggen. Ernst zei gedag en liep weg. Ze stapte in de auto, waar het zo warm was dat het leer van de stoelen een overheersende geur uitwasemden. De airco koelde haar verhitte gezicht.

Follow the money.

Maar waarheen?

Het was te veel. Het knetteren van de hete kolen, de rook die omhoogkringelde, de geur van verbrand vlees. Hoe konden mensen dit waarderen?

De aanblik van de barbecue had haar maag dichtgeschroefd. Om niet onbeleefd te zijn, had Daniëlle een stukje vlees genomen, dat ze nu heen en weer schoof op haar bord. Ze had een salade gegeten die als een steen in haar buik leek te liggen.

'Vind je het niet lekker?' vroeg Sanne, de buurvrouw die hen zo gastvrij had uitgenodigd. 'Ik heb anders nog wel...'

'Nee, nee joh.' Daniëlle zette een glimlach op. 'Het is heerlijk. Wat ontzettend gezellig dat jullie ons hebben uitgenodigd.'

'Ja, onze kinderen hebben elkaar helemaal gevonden, dus ik dacht: de hoogste tijd om eens kennis te maken.'

Daniëlle knikte. Siem en Elin hadden de afgelopen dagen vaak gespeeld met Lola en Mees, de kinderen van een paar huisjes verderop. Toen Sanne, hun moeder, had gevraagd of ze met het hele gezin kwamen eten, had Gijs meteen ja gezegd.

'Ja.' Daniëlle knikte nog maar eens en stopte voor de vorm een hapje vlees in haar mond, dat daar onmiddellijk in een bal elastiek leek te veranderen. Hoe ze ook kauwde, ze kreeg het niet weg. Het was prima vlees, en goed bereid, dat proefde ze wel. Maar elke keer als ze naar de barbecue keek, naar het vlees dat omkrulde op het gloeiend hete rooster, overspoelde misselijkheid haar.

'Gaat het?' vroeg Gijs, die naast haar kwam zitten. Sanne was weggelopen om een aanvaring tussen haar kinderen te beslechten.

Daniëlle knikte en slikte de hap uiteindelijk moeizaam door. 'Ja. Het is alleen... Die barbecue...'

Gijs keek naar het ding en daarna naar haar. 'Wat is daarmee?'

'Het vuur, die rook. Het vlees...'

'O.' Hij fronste. 'Daar heb ik ook niet over nagedacht.'

'Ik probeer mezelf te vertellen dat het onzin is, maar ik kan het niet los zien van elkaar.'

'Probeer een beetje te genieten', zei Gijs. 'Ik vind het wel echt gezellig, jij niet?'

'Ja.' Daniëlle knikte. 'Leuke mensen.'

Ze slaagde erin nog een hap vlees te nemen en daarna zette ze haar bord weg. Gijs liep weg om Leon te helpen met barbecueën en Sanne kwam weer terug.

'Hoe gaat het met je rug?' vroeg ze. Het was voor het eerst dat ze over de brand begon. Daniëlle had gehoopt het onderwerp te kunnen vermijden, maar ze had al gemerkt dat het op het park erg leefde.

'Siem vertelde dat je daar gewond bent geraakt', zei Sanne verontschuldigend. 'Maar als je er niet over wil praten...'

'Nee, het is oké', zei Daniëlle. Ze wilde niet bot overkomen. 'Het gaat steeds beter, de wond geneest goed. Gelukkig is het niet gaan ontsteken.'

'Je zoon zei dat je was gevallen?'

Daniëlle glimlachte kort. 'Ja, dat hebben we de kinderen verteld om het minder heftig te maken. Ik wil niet dat ze zich zorgen maken of dat ze gaan malen over wat er had kunnen gebeuren, als ze weten dat ik dicht bij de brand ben geweest.'

'Ah.' Sanne knikte. 'Ja, logisch. Kinderen maken soms de gekste verhalen in hun hoofd.' Ze leunde een beetje naar Daniëlle toe. 'Het was nogal een figuur hè, die man die is omgekomen.'

Daniëlle was blij dat dit gedeelte van het verhaal, het

gedeelte van haar betrokkenheid bij Mitchell, dan weer niet wijd bekend was op het park. Ze haalde even haar schouders op. 'Dat heb ik ook gehoord', zei ze zo luchtig mogelijk. 'Ik kende hem niet goed. Maar hij was onze klusjesman, dus daarom was ik bij zijn bedrijf.'

Dit was het verhaal dat ze naar buiten bracht en Sanne nam het meteen aan. 'Ik had al begrepen dat hij jullie huisje een tijdje heeft beheerd. Maar nu hij dood is, blijkt ineens dat het niet zo'n lieverdje was. Hij heeft zelfs een tijdje in de gevangenis gezeten.'

De plaatselijke media hadden wat research gedaan en al vrij snel was het bericht naar buiten gebracht dat Mitchell een crimineel verleden had en veroordeeld was geweest voor drugshandel.

'Kijk maar uit', zei Sanne met een lachje. 'Voor je het weet graaf je nog een partij drugs op in jullie tuin.'

Daniëlle deed haar best om te lachen om de grap. Gelukkig had Sanne niet door dat het geforceerd was.

'Dat zal wel meevallen', zei ze toen. 'De eigenaars waren twee Duitsers van in de tachtig.'

'Aardige mensen', knikte Sanne. 'Toen wij hier zes jaar geleden voor het eerst kwamen, heb ik ze ontmoet. Heel vriendelijk, heel rustig. Je zag ze die zomer bijna niet, want ze waren ongeveer de hele dag op pad.'

'Geen wonder dat ze nu zijn gaan reizen dan', zei Daniëlle.

Sanne keek opzij. 'Reizen?'

'Ja, daarom hebben ze het huisje verkocht. Ze wilden wat meer rondreizen. Duitsland, Europa, gewoon wat mooie plekken zien.'

'Echt?' Sanne keek nadenkend voor zich uit. 'Dat verbaast me wel, want twee jaar geleden heb ik ze nog gezien en toen waren ze allebei behoorlijk slecht ter been. Een van de twee had een nieuwe heup gekregen, ik weet niet meer precies wie. Dat jaar kwamen ze hun huisje juist bijna niet uit.' Ze knipperde een paar keer. 'Toen ik hoorde dat het te koop kwam, dacht ik juist dat dat was omdat ze niet meer naar Texel konden komen vanwege hun gezondheid.'

'Tja', zei Daniëlle. Ze slikte moeizaam. Het lukte haar om luchtigheid in haar stem te leggen, ook al voelde ze haar hart ongewoon hameren. 'Ik weet het niet.'

'Nou ja, het maakt ook niet uit', zei Sanne opgeruimd. 'Het gaat erom dat jullie een heerlijk huisje op een prachtige plek hebben gekocht. Nog wat rosé?'

Ze liep weg om de fles te halen. Daniëlle staarde voor zich uit. Ze keek toe hoe Sanne haar glas bijvulde. Probeerde zich te concentreren op het gesprek, dat nu tussen de vier volwassenen ging. Dat was prettig, dan kon ze zich wat afzijdig houden. Er leek een brom in haar hoofd te zitten die haar belette om te luisteren en na te denken tegelijk. Haar gedachten wonnen het van het gesprek. Ze liet ze gaan. In gedachten hoorde ze Mitchells stem weer. Ze zijn op reis, zo had hij het letterlijk gezegd. Nonchalant, afstandelijk. Als ze eerlijk was, had ze daar meteen een vreemd gevoel bij gekregen. Maar uiteindelijk had ze het maar gewoon geloofd. Of misschien had ze het naast zich neergelegd. Afgedaan als niet relevant. Maar klopte dat wel?

'Wil je gaan?' vroeg Gijs. Ze hadden een tijd zitten praten en het begon nu donker te worden. Een sliert vrolijk gekleurde lampjes verlichtte de veranda en Sanne had de windlichten in de tuin aangestoken. De kinderen vermaakten zich met een spel met badmintonrackets en tennisballen, al zag Daniëlle dat Siem moe begon te worden. Dat gold ook voor haarzelf.

'Ja, laten we gaan', knikte ze en ze stond op. Nadat ze Sanne en Leon uitgebreid hadden bedankt en Elin met enige moeite hadden losgeweekt van haar vriendinnetje, liepen ze naar hun eigen huisje. Er zaten vier huisjes tussen het huisje van Sanne en Leon en dat van hen. Tijdens de korte wandeling over het park hoorde Daniëlle muziek en gelach, de geur van vele vuurkorven vulde de lucht. Kruidige rook die in haar neus prikte. Ze dwong zichzelf niet verder te denken. De geur die werd verspreid door gedroogd haardhout, was niet te vergelijken met de verbranding van het triplex en aluminium van de caravan. Dat had anders geroken, veel chemischer.

'Oké jongens', zei Gijs, toen ze hun huisje bereikten. 'Het is al laat en jullie gaan meteen je tanden poetsen.'

Ze liepen naar de voordeur. Gijs pakte de sleutel. Daniëlle keek om zich heen. Ondanks het tijdstip had de dag zich nog niet helemaal gewonnen gegeven. Het schemerde nog, al werd het nu wel in rap tempo donker. Maar in het laatste licht kon ze hun tuin nog onderscheiden. De kleurige bloemen die ze hadden geplant en die ook zacht werden beschenen door de tuinverlichting, die Gijs had aangelegd. Ze moesten niet vergeten de bloemen morgen water te geven.

De voordeur ging open en de kinderen liepen naar binnen, gevolgd door Gijs. Daniëlle wilde ook het huisje binnenstappen, maar op het laatste moment hield iets haar tegen. Ze wist niet goed wat het was, alleen dat er iets niet helemaal klopte. Ze knipperde en keek nog eens goed naar de bloemen.

De tuinlamp, zag ze toen. Langs het pad naar de nieuwe tuinpoort stonden drie lampen, op precies evenveel afstand van elkaar, want Gijs was een perfectionist. Nu brandden alleen de eerste en de derde lamp. Terwijl Gijs de kinderen naar de badkamer dirigeerde, liep Daniëlle naar het middelste lampje. Ze knielde en zette het scheefgezakte ding overeind, maar het licht bleef uit. Met haar vinger streek ze over het kapje, terwijl ze naar de bloemen naast de lamp keek. Ze fronste en terwijl haar hersenen het beeld dat ze zag nog verwerkten, werd haar mond droog. Haar ademhaling begon onmiddellijk te versnellen. De paarse blaadjes, die ze bij het weggaan vanavond nog had bewonderd, lagen vertrapt tegen de aarde. Het steeltje was geknakt. Met een ruk keek ze op.

Toen pas zag ze het. De tuinpoort bewoog heen en weer in een zuchtje wind. Ze kwam zo snel overeind dat ze een paar seconden moest bijkomen van de duizelingen in haar hoofd. Tijd die ze niet nam, waardoor ze bijna misstapte toen ze naar de deur liep. Ze liet haar vinger over het slot gaan. Kapot, versplinterd.

'Gijs!' riep ze, hard, bijna gillend, ondanks het tijdstip.

Hij stond vrijwel meteen achter haar, alarm in zijn stem. 'Wat is er?'

'Hier.' Daniëlle wees met een trillende vinger. 'Het slot is...'

Gijs boog voorover. Vloekte zacht. Pakte zijn telefoon om bij te lichten. 'Dit is geforceerd', zei hij. 'Het hout is kapot en het slot is helemaal verbogen.'

'Maar...' Daniëlle keek hem aan. Niet alleen haar handen, ook haar knieën begonnen nu te trillen. Gijs duwde de poort verder open en liep met kordate passen de achtertuin in. Daniëlle wilde hem terugroepen, maar haar stem weigerde. Ze bleef staan, doodstil, luisterend.

Binnen een paar seconden was Gijs er weer. 'Niemand', zei hij, bijna grommend. 'Ik ga de politie bellen.'

'Eerst de kinderen naar bed', zei Daniëlle.

Werktuiglijk hielp ze met tandenpoetsen, stopte Elin en Siem in, gaf kusjes op hun voorhoofd. Het voorlezen sloegen ze maar even over, het was al laat. Gelukkig kreeg ze geen protest. Het lukte haar om niets te laten merken, al wist ze zelf niet eens hoe. Zodra de slaapkamerdeuren dicht waren, liep ze naar de woonkamer en liet zich op de bank zakken. Gijs kwam binnen via de achterdeur, die hij dubbel op slot draaide. 'De politie is onderweg', zei hij en kwam naast haar zitten.

Daniëlle voelde zich rusteloos en stond weer op. Ze ging voor het raam staan en staarde naar buiten, de tuin in. 'Is er iets weg?' vroeg ze en het was een vreemde gewaarwording om te merken dat ze hoopte dat het antwoord ja was. Diefstal was beter. Niet persoonlijk. Niet gericht.

Gijs schudde zijn hoofd. Natuurlijk, wie zou er nu de moeite doen een deur te forceren als je bij vrijwel ieder ander huisje op het park zo naar de achtertuin liep?

'Ze zeiden toch dat het nu voorbij zou moeten zijn', zei ze toen. Haar keel zat dicht. Het was alsof het kleine beetje lucht dat ze de afgelopen dagen had gekregen, meteen weer was verdwenen. De dood van Mitchell had ze niet gewild, maar het betekende natuurlijk wel dat hij hun niets meer kon doen. Nadat de eerste schok was gezakt, was ze zich steeds meer gaan realiseren dat ze veilig waren. Dat die vreemde man zich niet meer had laten zien, had haar ook het vertrouwen gegeven dat de politie gelijk had. Dat hij een contact van Mitchell moest zijn geweest, iemand die na diens dood bij hen ook niets meer te zoeken had.

'Denk je dat het hem was?' vroeg ze aan Gijs, hoewel ze allebei het antwoord wisten.

Gijs haalde diep adem. 'Dit moet echt stoppen.'

Er stopte een auto voor de deur. 'Dat moet de politie zijn', zei Gijs en hij liep naar de voordeur.

De dienstdoende agent was alleen, in gezelschap van een herder. Hij stuurde de hond de tuin in om te zoeken, maar al snel kwam het dier terug. De agent aaide hem kort en bracht hem naar de auto, die op het pad geparkeerd stond. Opzichtig, zelfs in het donker.

Daniëlle liep naar buiten. De agent liep rond, stelde vragen aan Gijs. Hij maakte foto's van het geforceerde slot en de voetstap in het bloemperk. 'Kunnen jullie daar wat mee?' vroeg Gijs. 'Zo'n voetstap moet toch helpen om de dader op te sporen?'

De man keek hem aan. 'Het is een spoor. Alleen, aangezien er niets is gestolen...' Hij maakte een gebaar dat van alles kon betekenen. 'Ik maak een rapport op van wat ik hier heb aangetroffen. Als u wilt, kunt u morgen op het bureau aangifte doen.'

'Is dat alles?' protesteerde Gijs. 'Het onderzoek loopt nog, de recherche zou toch op z'n minst...'

'Sorry, ik weet niets van een onderzoek', zei de agent. Het viel Daniëlle nu pas op hoe jong hij was. 'Ik begreep wel van de meldkamer dat jullie eerder zijn lastiggevallen.'

'Zo kun je dat wel noemen', zei Gijs nu met een stem waaruit de energie leek weg te vloeien. 'Laat maar, jij kunt er ook niets aan doen. Wij komen morgen naar het bureau.'

De agent knikte en wenste hun succes, al wist Daniëlle niet precies waarmee. Toen de auto was weggereden, liepen ze weer naar binnen. 'Laten we maar gaan slapen', zei Gijs, en Daniëlle knikte, maar toen ze even later in bed met open ogen in het donker staarde, wist ze dat ze vannacht geen moment de slaap zou kunnen vatten.

Hoofdstuk 14

'Willen jullie koffie?' vroeg Tom Zeeman en Daniëlle knikte gretig. Het zou haar vierde kop worden, ook al dronk ze er normaal gesproken één, maximaal twee. Maar vandaag kende ze geen limiet. Als ze vannacht anderhalf uur had geslapen, was het veel.

Daniëlle was blij dat ze de kinderen even bij Sanne en Leon hadden kunnen achterlaten.

'Hè, wat eng', had Sanne gezegd toen Daniëlle had verteld dat iemand de tuinpoort had geforceerd. 'Ik snap wel dat je daar aangifte van wil doen.'

Daniëlle had geknikt, zo luchtig mogelijk. 'We zijn vast zo weer terug.'

De politieman zette twee bekertjes neer en legde er wat

staafjes suiker en melk naast. Daniëlle knikte dankbaar. De tweede agent sloot aan, hij leek een vast koppel met Tom Zeeman te vormen.

'Goedemorgen', zei Aaron, vriendelijker dan Daniëlle van hem gewend was.

Zijn collega nam het woord. 'Jullie hebben gisteravond contact gehad met mijn collega, omdat er sprake was van een poging tot inbraak', zei hij.

Daniëlle knikte. 'De poort van onze tuin was geforceerd, terwijl wij een paar huisjes verderop op bezoek waren. Het slot is kapot.'

'Maar er is niets gestolen?'

'Nee, en er is ook niet geprobeerd om de achterdeur van het huisje te forceren.'

De agent zweeg even. Hij keek nadenkend naar het scherm van de computer. 'Normaal gesproken zou ik zeggen dat er met deze melding weinig aan de hand is, maar in jullie geval is het toch goed om er serieus naar te kijken. Na alles wat er is gebeurd, bedoel ik.'

Daniëlle knikte en naast zich zag ze Gijs hetzelfde doen. Het probleem was alleen dat ze maar weinig informatie konden geven. Nee, er was niets weg. Nee, ze hadden niemand gezien. Nee, ook niets gehoord. Nee, niemand had contact opgenomen. Als dat met die deur niet was gebeurd, zouden ze zeker denken dat die kale man uit hun leven was verdwenen. Maar nu...

Ja, het kon natuurlijk toeval zijn, knikte Daniëlle toen Tom Zeeman die optie noemde. Wel vreemd dat een gelegenheidsdief dan de moeite nam die deur te forceren en niets mee te nemen. Dat hij niet eens probeerde om in het huisje in te breken. Als het een toevallige dief was, wat had die dan gedacht te vinden in de tuin?

'Misschien is hij gestoord voor hij kon inbreken', zei de agent. Hij keek hen om beurten aan. Daniëlle nam een slokje van haar koffie, die waterig smaakte, maar de cafeïne hielp in elk geval.

'Wat gaan jullie nu doen?' vroeg Gijs, toen ze alle formaliteiten rondom de aangifte hadden afgehandeld. 'Want met deze nieuwe ontwikkelingen lijkt mij dat het onderzoek niet zomaar kan worden gesloten.'

Er klonk een kort klopje op de deur, een agente stak haar hoofd om de hoek. Aaron stond op en verdween, hij sloot de deur achter zich. Tom Zeeman sloeg het tafereel gade. 'Het onderzoek is zeker niet afgerond', zei hij. Hij leek een paar seconden te aarzelen. 'We hebben in de caravan van Mitchell Rijks een aantal interessante aanknopingspunten gevonden. Mogelijk komen we daarmee verder in andere onderzoeken.'

'Zijn criminele activiteiten', knikte Gijs.

'We hebben onze vermoedens.' De agent ging verzitten. 'In dat licht wilde ik jullie sowieso nog spreken. Het was mijn plan om te vragen of jullie vandaag naar het bureau konden komen.'

Daniëlle keek hem aan, op haar hoede. 'Wat is er dan?'

De agent schudde zijn hoofd, zijn blik had iets geruststellends. 'Het gaat om wat feitelijkheden, die we niet helemaal helder krijgen. Feitelijkheden rondom de verkoop van het huisje.'

'Wij hebben het huisje niet van Mitchell gekocht', zei Gijs.

'Nee, jullie hebben het gekocht van Elisabeth en Wernd Kirchner, en zij hebben op hun beurt Mitchell gevraagd om, tegen betaling van een percentage van de verkoopprijs, de verkoop in gang te zetten en te begeleiden. Mitchell heeft daarop weer makelaar Berend Schouten ingeschakeld.'

'Ja', knikte Gijs. 'Zo is het gegaan, ja. Wij wisten niet van Mitchells betrokkenheid tot hij ineens opdook met het verhaal dat hij te weinig aan de verkoop had verdiend.'

'Het lijkt erop dat het verhaal mogelijk iets anders in elkaar zit', zei Tom Zeeman. Hij keek op toen de deur opengging en zijn collega weer aanschoof. Daniëlle vroeg zich af waarom die er elke keer bij zat, als hij toch amper iets zei.

'Hoe bedoel je?' vroeg Gijs.

'Door wat wij in de caravan hebben gevonden, hebben we aanleiding gezien om de verkoop van het huisje eens wat meer te belichten. Inmiddels hebben we vastgesteld dat het geld voor het huisje nog altijd op de rekening van de notaris staat. Het is niet naar de verkopers gegaan en er is geen afdracht van commissie geweest. Hoewel die laatste op een andere manier kan zijn betaald.'

'Maar waarom is het geld niet gewoon betaald aan de eigenaars?' vroeg Gijs.

'Tja.' Het was voor het eerst dat de andere agent, Aaron, zich in het gesprek mengde. 'Dat is ook onze vraag.'

'Er blijken wat handtekeningen te ontbreken', zei Tom Zeeman. 'Tot die er zijn, kan de notaris het niet overmaken.'

'Van ons?' vroeg Daniëlle.

'Nee, van de oude eigenaars. We proberen met hen in contact te komen.' Hij kneep zijn ogen even samen. 'Dat is nog niet gelukt, deels omdat we ook de Duitse politie moeten inschakelen. Daar gaat even wat tijd overheen. Dit zijn geen mensen die je makkelijk online vindt, wat gezien hun leeftijd natuurlijk ook wel verklaarbaar is.'

'En ze zijn natuurlijk op reis.'

'Ja.'

'Ik heb een mailadres', zei Daniëlle. 'Misschien helpt dat?'

'Graag.' De agent liet zijn vingers boven het toetsenbord zweven terwijl Daniëlle in haar telefoon zocht. Daarna las ze het adres voor en spelde het voor de zekerheid. 'Dit is ook het enige wat wij hebben', zei ze toen. 'Geen telefoonnummer.'

'Maar wat heeft dit met Mitchell te maken?' vroeg Gijs. 'En met ons? Wij hebben betaald en hij heeft zijn geld misschien wel op een andere manier gekregen.'

Tom Zeeman knikte. 'Dat klopt, maar het lijkt erop dat hij afspraken heeft gemaakt voor heel wat meer geld dan het commissiebedrag. Vandaar dat hij ook bij jullie aanklopte. En als die afspraken, zoals wij vermoeden, te maken hebben met het financieren van grootschalige criminaliteit, willen wij graag het naadje van de kous weten.'

Daniëlle nam nog een slok van de koffie, die inmiddels lauw begon te worden. 'Dat Mitchell geld nodig had, was wel duidelijk, ja.'

'We denken dat we het contact met wie hij zakendeed, inmiddels ook in beeld hebben.'

'Wat voor contact is dat?' vroeg Gijs op zijn hoede.

'Daarover kan ik helaas geen uitspraken doen. Maar hij is gearresteerd.'

'Is hij kaal?' vroeg Daniëlle.

De agent schudde zijn hoofd. 'Nee, en hij verbleef ook niet op het eiland. Het is overigens een redelijk bekende naam in het milieu en zeker niet iemand die zelf op bezoek zou gaan om geld op te halen.' Hij keek van de een naar de ander. 'Wij gaan er nog altijd van uit dat de man die eerder iets kwam halen bij jullie, direct aan Mitchell was gelinkt. En daarom ook niet meer zal opduiken.'

'En de deur dan?'

De agent haalde diep adem. 'Ja, de deur. Daar moeten we onderzoek naar doen.'

Ze stelden nog wat vragen, Daniëlle hoopte meer informatie te krijgen, maar de twee politiemannen hielden zich op de vlakte. Uiteindelijk namen Gijs en Daniëlle afscheid en reden terug naar het park. Onderweg zeiden ze niet veel. Daniëlle moest de informatie op zich laten inwerken. Het voelde als losse flodders die door haar hoofd schoten. Ze had moeite om de lijn erin te zien, het verband. En moeite om ze te plaatsen. Waar stonden zij in het hele verhaal? Grootschalige criminaliteit, financiering – het had allemaal zo weinig met hun leven te maken. Ze keek naar Gijs, die zijn blik op de weg hield. Hij had maar weinig gezegd sinds ze het bureau hadden verlaten. Ze kon aan hem zien dat hij zich zorgen maakte.

'Zullen we iets leuks gaan doen?' vroeg ze. 'Het is pas halfelf, de dag ligt nog voor ons.'

'Naar het strand?' stelde Gijs voor. 'Daar zijn we de laatste dagen helemaal niet geweest.'

Daniëlle stemde in en toen ze bij de buren de kinderen ophaalden, besloten Sanne en Leon spontaan om aan te haken. Het duurde even voordat alle spullen waren gepakt, maar uiteindelijk konden ze op pad. Daniëlle keek vertederd toe hoe Elin en Lola hand in hand liepen, alsof de vriendinnetjes elkaar al jaren kenden.

Het was nog niet zo druk op het strand en ze zochten een plek niet ver van de zee. De mannen gingen met de kinderen zwemmen, Daniëlle en Sanne installeerden zich op hun handdoeken. Ze zaten een tijdje te praten, tot de gespreksstof wat opdroogde en Daniëlle haar boek uit de tas haalde. Sanne pakte haar telefoon. Daniëlle probeerde zich op de woorden te concentreren, maar dat lukte niet. Elke keer dwaalde haar blik af naar de kinderen die in het water speelden. Haar gedachten tolden intussen maar door. Het gesprek met de politie was in haar hoofd inmiddels tientallen keren opnieuw afgespeeld.

Het was Sanne die de stilte tussen hen doorbrak.

'Jeetje', zei ze met iets van schrik in haar stem. 'Wist je dit?'

'Wat?' vroeg Daniëlle. Ze keek naar de branding en zag Elin en Lola tevoorschijn komen uit een golf. Zelfs van een afstandje kon ze het luide gegrinnik van de meisjes horen.

'Die man die is omgekomen bij die brand in die caravan...'

Daniëlle keek met een ruk opzij. 'Wat is daarmee?'

'Hier. Dit is een bericht op een lokale nieuwssite.' Sanne

las voor vanaf haar telefoon. 'De politie wist na de brand de kluis van het slachtoffer veilig te stellen. Inmiddels is gebleken dat in de kluis de paspoorten zijn gevonden van een Duits echtpaar voor wie Mitchell Rijks het vakantiehuisje heeft beheerd en later verkocht. Bronnen binnen de politie bevestigen dat op deze paspoorten bloedsporen zijn aangetroffen.'

Daniëlle staarde haar buurvrouw ademloos aan.

'Heftig, hè?' zei Sanne, die niet besefte hoe groot de impact van deze woorden op Daniëlle was. 'Dus toch niet zo'n lieverdje, kennelijk.'

'Mag ik even lezen?'

Met een trillende hand pakte Daniëlle de telefoon aan. Ze las de passage die Sanne had voorgelezen wel vijf keer opnieuw.

'Ik eh...' Ze stond op en zocht driftig in haar tas naar haar telefoon. 'Ik moet even bellen.'

Ze voelde Sannes verwonderde blik in haar rug prikken toen ze opstond. Ze liep naar Gijs. Hij stond alleen omdat Leon net met de kinderen in de golven was gedoken. Snel liet ze hem het nieuwsbericht lezen. Hij keek haar aan met grote ogen.

'Ik ga die Zeeman bellen', zei ze. 'Ik moet weten wat dit te betekenen heeft.'

'Waarom weet die site dit wel en wij niet?' vroeg Gijs. 'We hebben die man vanochtend nog gesproken.'

Daniëlle haalde kort haar schouders op, terwijl de telefoon al overging. Het duurde even voor ze de agent te pakken had. 'Ik weet wel waarvoor je belt', zei hij. 'Het was niet onze bedoeling om die informatie naar buiten te brengen.'

'Nee', zei Daniëlle. 'Maar het is nu wel bekend. En ik wil graag weten wat dit precies betekent.'

'Dat weten we nog niet. Het onderzoek loopt nog.'

'Ik hoor niet anders dan dat het onderzoek nog loopt. Maar ik wil weten waarbij we betrokken zijn geraakt.'

De agent was even stil. Toen haalde hij hoorbaar diep adem en zei: 'Ik kan het je echt niet vertellen, omdat we het op dit moment zelf niet weten. De vondst van de paspoorten was voor ons al een grote verrassing, de ontdekking in het lab dat het bloed erop afkomstig is van de eigenaars nog meer.'

Hij besefte niet dat hij hiermee toch meer informatie gaf, realiseerde Daniëlle zich. Op de site was alleen gesproken over bloedsporen, niet van wie die afkomstig waren.

'Maar ze zijn op reis', zei ze. 'Zonder paspoorten.'

'Dat beschouwen wij ook zeker als een punt van aandacht.'

Daniëlle dacht terug aan de woorden van Sanne. 'Onze buurvrouw zegt dat ze sowieso slecht ter been waren tijdens het laatste jaar dat ze hier waren.'

'Die informatie is bij ons bekend. Maar het is ons werk om onderzoek te doen, en daarna pas conclusies te trekken.'

'Denken jullie dat Mitchell...' Daniëlle voelde zich duizelig bij haar eigen gedachte. 'Dat hij misschien...'

'Zoals ik al zei: het is ons werk om dingen uit te zoeken. Daar houden wij ons op dit moment mee bezig.'

Ze hing op. Het zand voelde te heet aan haar voeten, de golven waren te luid. De wind streek langs haar huid en deed haar huiveren. Zo hard dat het pijn deed. Ze voelde zich opgejaagd. De geluiden van de vogels, het ruisen van de schelpen in de branding, zelfs het gejoel van de kinderen – het kwam allemaal binnen als een vinger op een open zenuw.

Ze sloot haar ogen. Paspoorten, bloed, onderzoek… de woorden centrifugeerden door haar hoofd. Mitchell die… Ze schudde haar hoofd. Dat kon niet. Hij was geen lieve jongen, echt niet. Maar dit… dit was wel iets anders. En waarom zou hij die mensen iets aandoen, als hij toch geld zou verdienen aan de verkoop.

Gijs was naar haar toe gelopen. 'En?'

Ze vertelde hem wat de agent had gezegd. 'Ik vind het een raar verhaal', zei ze erbij. 'Ik kan het eigenlijk ook niet echt geloven.'

Hij schudde zijn hoofd. Daarna pakte hij zijn telefoon en liet haar een ander nieuwsbericht lezen, van ongeveer dezelfde strekking. 'De media hier zitten er natuurlijk bovenop.' Hij trok Daniëlle tegen zich aan. 'Misschien moeten we proberen het even van ons af te zetten. Ik heb het gevoel dat ons hele leven er nu door wordt bepaald. We zijn heerlijk met onze kinderen op het strand, laten we daarvan genieten.'

Daniëlle leunde tegen zijn borst. 'Dat wil ik heel graag', zei ze. Achter Gijs aan liep ze naar de plek waar de kinderen bij de waterlijn speelden. Elin en Lola lagen op hun buik op het natte zand en lieten de golven over zich heen spoelen. Siem en Mees bouwden een groot zandkasteel met hoge torens, die telkens instortten. Daniëlle ging naast haar zoontje zitten en begon ook te bouwen. Gijs had gelijk, het was beter om er niet de hele tijd aan te denken. Het van zich af te zetten. Ze had alleen geen idee hoe.

Hoofdstuk 15

'Probeer wat te ontspannen.' Gijs legde zijn handen op Daniëlles schouders en masseerde haar spieren. Die waren zo stijf dat zijn aanrakingen alleen maar pijn deden. 'Je schouders lijken wel van beton.'

Ze draaide zich om en keek hem aan. 'Het lukt me gewoon niet om er niet aan te denken.'

'Zo meteen wel', zei Gijs. Zijn stem was vol vertrouwen, maar Daniëlle zag aan zijn blik dat hij zich ook nog steeds zorgen maakte. 'We gaan lekker de zee op. Wat kan daar nu gebeuren?'

'Je hebt gelijk', zei Daniëlle en ze glimlachte terug.

Het had Gijs de nodige moeite gekost om haar die ochtend te overtuigen. Daniëlle wilde liever thuisblijven. Hoe groter haar nervositeit en onzekerheid waren, hoe kleiner ze haar wereld wilde maken. Deur op slot, kinderen op maximaal twee meter afstand – daar voelde ze zich prettiger bij. De boot was niet groot, maar er gingen toch enkele tientallen mensen op. 'Wat als hij weer opduikt?' had ze gezegd. 'Dan kunnen we geen kant op.'

'Maar hij ook niet', was Gijs' antwoord geweest. 'We weten nog steeds niet wat hij wil of wat hij van plan is, en of hij überhaupt nog in de buurt is. Maar ik kan me niet voorstellen dat iemand als hij het prettig vindt om zich op een plek te begeven waar hij niet kan verdwijnen. Want dat heeft hij tot nu toe elke keer gedaan. Hij duikt op, hij zegt iets tegen ons, of niet, en daarna lost hij zo ongeveer op in het niets.'

Daar moest Daniëlle hem gelijk in geven. Als er iets zou gebeuren, waren er veel te veel getuigen. Bovendien zou de politie op de wal staan te wachten tegen de tijd dat de boot weer aanmeerde.

Zo was het Gijs uiteindelijk gelukt om haar te overtuigen. Vooral Siem had staan juichen toen ze hadden verteld dat ze zouden gaan varen met een garnalenkotter. En nu verrekte hij zijn nek bijna om alles te kunnen zien.

'Wauw mam, moet je zien!' wees hij enthousiast. 'Al die meeuwen. Dat is echt gaaf om te zien.'

Daniëlle grinnikte. 'Ja joh, die beesten zijn zo gewend dat ze hier te eten krijgen. Die gaan nooit meer zelf naar eten zoeken.'

'Zou ik ook doen als ik een meeuw was', zei Elin. 'Lekker makkelijk toch?'

Daniëlle staarde naar de vogels, die krijsend achter de

boot aan vlogen. Ze keek naar de netten aan de zijkant, waar de garnalen mee opgevist werden. Het was mooi om te zien. Al dat ambacht dat eruit straalde. De authenticiteit van het vak. De garnalenvisser die er met veel passie over kon vertellen, ook al moest dit de honderdste, de duizendste keer zijn dat hij de zee op ging. Hij leek er verschrikkelijk van te genieten.

Dat deed ze zelf ook, dat genieten. Tot haar verbazing merkte ze dat het haar steeds beter lukte om te ontspannen. Misschien kwam het door de boot, dat afgesloten stuk waar niemand bij hen kon komen. Ze had ieder gezicht op de boot al bekeken. Hij was er niet.

Misschien kwam het ook door de tijd die was verstreken sinds dat met Mitchell was gebeurd. De scherpe randen van haar gevoel begonnen af te nemen. De diepte leek eruit te gaan. Ze kon het plaatsen. Het was niet haar schuld. En, hoewel het geen mooie gedachte was, de dood van Mitchell had ook de dreiging weggenomen. Ze had het liever anders gezien. Hij in de gevangenis, waar je thuishoorde als je dit soort dingen deed. Waar het rechtssysteem voor genoegdoening zou zorgen. Maar het was nu eenmaal zo gelopen, en hij kon haar niets meer doen.

'Mooi hè', zei Gijs, die naast haar kwam staan. 'En in de verte zie je de zeehondjes. Het blijven toch geweldige beesten.'

Ze volgde zijn blik en zag inderdaad de kopjes boven de golven uit komen. 'Wat heerlijk dat we hier zo vaak vakantie zullen kunnen vieren', zei ze.

'Ja.' Hij haalde diep adem. 'Ik hoop dat de vakantie nu

eindelijk eens een keer kan beginnen. Nu we al dat gedoe achter ons hebben gelaten.'

'Nou, dat hoop ik ook.'

De tocht duurde ruim twee uur en toen ze terugkwamen, voelde Daniëlle zich rozig. Ze likte aan haar lippen, die zout smaakten door de wind. De kinderen waren uitgelaten, maar ook moe. Onderweg terug naar het huisje viel Siem in slaap. Ze keek vertederd naar hem op de achterbank.

Toen ze de afslag naar het park namen, schrok hij weer wakker. 'Gaan we zwemmen?' vroeg hij. Daniëlle grinnikte. Er waren maar een paar dingen in zijn leven waar hij zich druk om maakte. Wat was dat toch heerlijk als je een kind was.

'Ja, laten we zo gaan zwemmen', zei ze.

'Wat is daar nu aan de hand?' vroeg Gijs. Daniëlle volgde zijn blik naar het zwembad, waar twee auto's van de politie stonden. Op hetzelfde moment ging haar telefoon. Ze nam op.

'Tom Zeeman', zei de inmiddels bekende mannenstem aan de andere kant van de lijn.

Daniëlle schrok. 'Hallo.'

'Ik dacht: ik bel zelf even. Voordat jullie weer iets uit de media moeten vernemen.'

'Dat waardeer ik', zei Daniëlle. Ze hoorde hoe haar eigen stem klonk. Stijfjes, dichtgeknepen. 'Zijn er ontwikkelingen?'

'Ja, die zijn er. De reden dat ik bel, is ook dat jullie misschien vanmiddag op het park iets zullen merken van die ontwikkelingen.'

'Hoe bedoel je?'

'We zullen ter plekke onderzoek doen.'

'Waarnaar?'

'Er heeft zich een getuige bij ons gemeld.'

Daniëlle stokte even. 'Een getuige?' herhaalde ze toen, omdat ze niet goed wist wat ze anders moest zeggen. 'Waarvan?'

'Daar kan ik in het kader van het onderzoek helaas niets over zeggen.'

Ze stelde meer vragen, maar hij kon of wilde geen antwoorden geven. Daniëlle keek naar Gijs, die vragend terugkeek. Ze schudde kort haar hoofd en gebaarde met haar blik naar de kinderen.

'Zo te zien is het zwembad dicht', zei Gijs. 'Kom, we rijden naar het huisje.'

'Wacht even. Ik loop wel.' Daniëlle stapte uit. Ze hoorde Gijs praten, maar ze sloot het portier. Er zat een zoem in haar hoofd. Ze liep naar het hek, waar zich inmiddels een groepje had verzameld.

'Ik heb gehoord dat het om een trekker gaat', zei een man naast haar. 'Iemand schijnt hem 's nachts met een trekker in de weer te hebben gezien.'

Ze wilde niet kijken, maar ze deed het toch. De plek was afgezet met linten. Geen schermen, hoewel ze dat eigenlijk wel had verwacht. Agenten liepen heen en weer, ieder met een eigen taak. Koppels overlegden met elkaar, twee mannen wezen een plek aan, iemand bediende een apparaat dat iets weg had van een kleine graafmachine, maar dan zonder de graafarm.

'Ze doen een bodemmeting.' De man naast haar wilde graag de brenger van informatie zijn, merkte ze. Informatie die al dan niet klopte.

Daniëlle keek naar hem en daarna weer naar het apparaat. 'We willen uitsluiten', hoorde ze de stem van Tom Zeeman weer in haar hoofd. 'Het is een betrouwbare tip', had hij ook nog gezegd.

Uitsluiten. Betekende dat dat de politie eigenlijk niet geloofde dat ze iets zouden vinden? Of was het niet meer dan een formulering? De sensatie indammen, voordat die de overhand zou nemen? Dat laatste leek haar ineens logisch. De politie wilde niet uitsluiten. De politie wilde vinden. En ze had het idee dat wanneer er geen redelijk vermoeden was dat er iets te vinden viel, deze hele operatie niet zou worden opgetuigd.

Maar wat zochten ze dan? Misschien iets wat met drugs te maken had. Een lading cocaïne? Drugsafval? Ze had weleens gelezen dat dat afval overal maar werd gedumpt, liefst zo ver mogelijk buiten het zicht van de politie. Had Mitchell de aanleg van het zwembad gezien als een mooie manier om van een heleboel ballast af te komen?

Er kwam een busje aanrijden. Zwarte letters op een witte ondergrond. *Forensische opsporing.* Daniëlle voelde zich meteen misselijk. *Forensisch.* Het enige waarmee ze dat associeerde was dood.

Maar dat betekende het natuurlijk niet. Zaken opsporen die te maken hebben met criminaliteit, dat was de betekenis. Natuurlijk waren ze hier, dat zou haar niet moeten verbazen. Er stapten drie mannen uit, twee vrouwen. *Forensisch.*

Haar maag kromp ineen. Ze dacht aan de bloedvlekken op de paspoorten.

Gijs was achter haar opgedoken. De auto stond verderop, zijn portier open.

'Zullen we naar het huisje gaan?' vroeg hij. 'Er is hier niets te zien en de kinderen hebben zin in een boterham.'

Ze knikte. Ze liepen terug naar de auto. Siem was boos, omdat hij ook wilde kijken. De belofte van iets lekkers in het huisje deed zijn humeur opklaren, al was Daniëlle er eigenlijk op tegen om eten als middel in te zetten. Maar nu werkte het.

'Waarom is het zwembad dicht?' vroeg hij toen ze verder reden. 'Waarom is er politie?'

'Dat weet ik niet precies', zei Daniëlle. 'Misschien is er ingebroken?'

Dat vond Siem een spannende gedachte, dat zag ze aan zijn gezicht. Je moest eens weten, dacht ze. Of eigenlijk beter van niet.

'Dan gaan we toch lekker naar het strand', zei Gijs. 'Of we blijven in het huisje. We kijken wel even.'

Gijs parkeerde voor de deur. Ze stapten uit en gingen naar binnen. Daniëlle gooide de tuindeuren open. Ze speelden in de tuin, lunchten. Daniëlle deed haar best om betrokken te zijn, opgewekt, de moeder die de kinderen verdienden. Maar al die tijd leek het alsof ze onder een stolp zat. Een stolp waarin de beelden weerkaatsten die ze net had gezien. De machine, de agenten. Het zwembad. De trekker die ze niet had gezien, maar die er in haar hoofd bij hoorde. Mitchell.

Ze schudde haar hoofd. Het had geen zin om zich allerlei wilde ideeën in haar hoofd te halen. Dat deden de mensen bij het zwembad al.

De kinderen lunchten snel. Ze hadden haast om naar hun vriendje en vriendinnetje te gaan. 'Mogen we naar Lola en Mees?' vroeg Elin, haar mond nog vol van de laatste hap brood.

'Ik loop wel even mee naar het pad', zei Daniëlle. Geen seconde wilde ze hen uit het oog verliezen. 'Waarom vragen jullie niet of ze hier komen spelen?'

Even later was het geregeld. De vier kinderen renden joelend de tuin van het huisje in. Daniëlle ruimde de tafel van de lunch af en ging op de bank zitten. Nu de kinderen zich vermaakten, kon ze een boek gaan lezen. Het kostte haar een halfuur om één bladzijde te lezen en aan het einde ervan had ze geen idee wat erop stond.

'Ik wil toch nog even naar het zwembad', zei ze tegen Gijs. 'Ik kan me nergens op concentreren.'

Hij knikte. 'Maar wat hoop je te zien?'

'Ik weet het niet. Het laat me niet los.'

Ze liep naar het zwembad, waar de groep toeschouwers nog groter was geworden. 'Ze zijn aan het inpakken', hoorde ze iemand zeggen.

'Is er iets gevonden?' vroeg een ander, maar daarop kwam geen antwoord. Daniëlle wilde dat ook weten. Ze overwoog om Tom Zeeman te bellen, maar ze deed het niet. Als er nieuws was, zou ze het wel horen. Als hij er iets over mocht zeggen.

Ze liep toch maar weer terug naar het huisje. 'Ze gaan weg', zei ze tegen Gijs. 'Het onderzoek zit er kennelijk op.'

'Hebben ze iets gevonden?'

'Geen idee. Dat zullen ze niet aan het publiek vertellen, denk ik.'

'We moeten proberen om het een beetje los te laten', zei hij. 'Het onderzoek kan nog wel lang duren. Wie weet wat voor gekke tips ze nog meer binnenkrijgen.'

Daniëlle knikte. 'Dat is wel makkelijker gezegd dan gedaan. Het zit gewoon de hele tijd in mijn hoofd. Wat als hij die mensen...'

'Nee', zei Gijs. 'Zo moet je niet denken. Het is veel te vroeg om daaraan te denken.'

'Ja, maar ja...' Ze keek hem aan. 'Ik weet het niet. Je gaat toch al die rare scenario's uitdenken.'

'Ja,' zei hij, 'maar je maakt jezelf er alleen maar gek mee.' Hij keek haar aan. 'Ik wil eigenlijk zo even naar de bouwmarkt gaan, om het slot van de tuinpoort te repareren.'

'Zal ik meegaan?' vroeg ze. 'Zal ik Lola en Mees naar huis brengen?'

Hij keek twijfelend. 'Ze zijn juist zo heerlijk aan het spelen met z'n vieren.'

'Ik kan ook wel even hier blijven.'

'Of je gaat even bij Sanne en Leon zitten?'

Daniëlle schudde haar hoofd. 'Nee joh, ik kan toch hier blijven?' Ze zei het met meer vertrouwen dan ze voelde. Ze wilde niet alleen zijn, maar ze dwong zichzelf. Als ze toegaf aan haar angst, was ze nergens meer. Het was klaarlichte dag, er liepen voortdurend mensen over het pad voor het huisje. Wat kon er gebeuren?

'Bel me als er iets is', zei Gijs en hij ging weg. Even voelde het raar. Ze deed de voordeur op slot, verklaarde zichzelf voor gek en draaide de sleutel weer de andere kant op. Nu het tuinhek geen slot had, maakte het feitelijk toch niets uit.

Er klonk een klopje op de deur dat haar hartslag omhoogjoeg. Haar hand trilde toen die naar de klink ging. Ze deed de deur een klein stukje open.

'Hoi', zei Sanne. 'Ik wilde even checken of het allemaal goed gaat. Zijn Lola en Mees lief?'

'Ja', zei Daniëlle en ze probeerde te verbergen dat ze hijgde van schrik. 'Het gaat prima.'

'We vroegen ons ook af of jullie vanmiddag een borreltje willen komen drinken?'

'Gezellig', zei Daniëlle. 'Maar het is onze beurt om jullie uit te nodigen. We hebben de vorige keer ook al van jullie gastvrijheid gebruikgemaakt. Gijs repareert zo het slot van de poort en dan misschien daarna...'

'Het maakt ons niet uit, hoor', zei Sanne. 'Wij hebben alles al in huis, en als Gijs nog wil klussen, is het misschien lekker om daarna gewoon neer te ploffen?' Ze grinnikte even. 'Als hij een beetje op Leon lijkt, loopt zo'n klusproject altijd vreselijk uit.'

Daniëlle trok een gezicht. 'Nou graag', zei ze toen. 'Maar de volgende keer regelen wij het.'

'Prima.' Sanne keek opgeruimd. 'Tot straks dan.'

'IJsthee?' Sanne hield een kan omhoog waar een gele vloeistof in zat. 'Ik heb hem zelf gemaakt.'

'Klinkt goed', zei Daniëlle en ze knikte dankbaar. Sanne

schonk in en Daniëlle nam een slok. Het smaakte zoet, naar aanmaaklimonade met te weinig water erbij.

'Te zoet?' vroeg Sanne, die haar blik las. 'Ik ga elke keer de fout in met de suiker. Wacht, ik doe er meer water bij.' Ze pakte Daniëlles glas, schonk er wat van de ijsthee uit en lengde het restant aan met water uit een andere kan.

'Veel beter', zei Daniëlle met een grijns. 'Echt lekker.'

Ze raakten aan de praat over de kinderen en daarna over het onderzoek bij het zwembad. 'Ik hoorde iets over een trekker', zei Sanne huiverend. 'Geen idee wat dat te betekenen heeft, maar je moet je fantasie niet op hol laten slaan.'

'Nee', zei Daniëlle, die zich op de vlakte hield. 'Dan ga je alleen maar rare Netflix-series voor je zien.'

Ze keek naar de meisjes, die een spelletje deden met een zelfbedacht liedje en een bepaald ritme waarin ze in hun handen moesten klappen. Kennelijk ging het elke keer mis, maar ze hadden de dikste lol.

'Grappig hoe die meisjes elkaar hebben gevonden', zei Sanne.

'Zeker', antwoordde Daniëlle. Ze keek op haar telefoon. Geen gemiste oproepen, geen berichten. Ze was veel te onrustig om te kunnen ontspannen. Misschien moest ze toch zelf even naar Tom Zeeman bellen. Even vragen hoe het ervoor stond. Ze was er immers bij betrokken. Hij had haar eerder toch zelf ook gebeld voor een update?

'Ik moet even bellen', zei ze en ze stond op. Ze liep naar de voorkant van het huis.

De agent nam op na twee keer overgaan. 'Zeeman.'

'Hallo, je spreekt met Daniëlle van Dijk. Ik eh...' Ze wist niet goed hoe ze moest beginnen. 'Ik zag dat het onderzoek was afgerond en ik dacht...'

De agent zei ook niets.

'Ik wilde gewoon graag weten of er iets uit gekomen was.'

'Dat begrijp ik', zei Tom Zeeman. 'En ja, er is iets uit gekomen, maar we zijn zelf nog niet zover dat we weten wat dat precies is. En ik kan het niet delen met je. In het kader van het onderzoek, begrijp je.'

Hij leek het oprecht vervelend te vinden dat hij niets kon zeggen.

'Ja', zei Daniëlle. 'Dat begrijp ik.'

'Zodra het kan, laat ik het je weten', zei hij.

Ze hing op. Er was iets uit gekomen. Het zwembad, het graafmachientje, forensische opsporing... En er was iets uit gekomen. In haar hoofd buitelden de conclusies al over elkaar. Geen van alle scenario's om blij van te worden.

Zou 'er ligt niets bij het zwembad' ook een uitkomst kunnen zijn, zoals Tom Zeeman die bedoelde? Of had hij dan gezegd dat er niets uit was gekomen?

Ze wist het antwoord op die vraag zelf ook wel.

'Gaat het?' vroeg Sanne, toen ze de tuin weer in kwam. 'Je ziet er een beetje geschrokken uit. Was het een vervelend telefoontje?'

Daniëlle schudde haar hoofd. 'Nee joh, nee.'

Sanne keek haar aan, maar zei niets. Daniëlle wendde haar blik af en keek naar de meisjes. Ze ging weer zitten en luisterde naar het gesprek tussen Gijs, Sanne en Leon. Sanne had al een glas neergezet en schonk nu wijn in.

De tijd gleed voorbij. Daniëlle keek op haar horloge en schrok toen ze zag dat het al acht uur was. 'We moeten echt gaan', zei ze. 'Kijk hoe laat het al is.'

'Blijf anders gezellig barbecueën', zei Leon.

'Nee, deze keer is het bij ons', zei Gijs. 'Ik loop even naar de winkel en...'

'Als je nog naar de winkel moet, kan je net zo goed bij ons blijven', zei Sanne met een grijns. 'Ik heb de vreemde gewoonte altijd in te slaan voor een weeshuis. Ik heb veel te veel gekocht. Vlees, salades, dat krijgen we met z'n vieren nooit op. Ik ben juist blij als jullie blijven, dan kan ik de koelkast eens leegmaken.'

Daniëlle grinnikte. 'Oké dan. Ik help je wel met de salades maken.'

Ze liepen naar de keuken. Terwijl ze tomaten en komkommer stonden te snijden, kletsten ze over hun jeugd. Sanne kwam als kind ook al op het eiland, maar haar ouders hadden een stacaravan op een ander park. Ze hadden elkaar als kleine meisjes dan ook niet gekend, maar toen Daniëlle strandfeesten opnoemde die ze had bezocht, bleek dat Sanne er regelmatig ook was geweest.

'Kleine wereld', zei ze.

'Klein eiland vooral', antwoordde Sanne.

'Ik vind het leuk om onze kinderen nu dezelfde vakanties te geven waar ik vroeger zo van heb genoten', zei Daniëlle.

'Zeker.' Sanne knikte. 'Het is onze droom om hier een

huisje te kopen, net als jullie hebben gedaan. Maar dat is voorlopig nog een beetje boven het budget.'

'Wij hebben het gekocht van een erfenis', zei Daniëlle in een opwelling. Ze wist niet eens waarom ze het deelde. De wijn had haar wat ongeremder gemaakt.

'O.' Sanne keek haar aan met iets van spijt. 'Altijd een bitterzoete manier om een droom waar te maken.'

'Ja, maar mijn oma was al erg oud', zei Daniëlle. 'Ik ben blij dat we dit dankzij haar hebben kunnen doen, omdat ik vroeger altijd juist met haar en mijn opa hier op vakantie ging. Het voelt goed dat we iets moois met haar geld hebben kunnen doen.' En het geld van Gijs' vader, dacht ze, maar ze noemde het niet. Praten over geld paste sowieso niet bij haar.

Sanne keek haar van opzij aan. 'Ja, dat snap ik. Wel een flinke erfenis dan.'

Daniëlle ging er niet op in. 'Ik zet dit even buiten', zei ze, toen ze met haar mes de stukjes tomaat in de slakom had geschoven.

'Er ging iets mis', zei Gijs met een grijns. Hij stond naast de barbecue en hield twee delen van de barbecuetang omhoog.

Daniëlle grinnikte ook. 'Hoe krijg je dat nu voor elkaar?'

'Geen idee.'

'Ik haal onze tang wel even', zei Daniëlle. 'Wacht maar.'

'Nee, ik loop wel.'

Daniëlle keek naar Leon, die zijn hand onder de tuinslang hield. 'Verbrand?' vroeg ze.

Hij knikte met een pijnlijk gezicht. 'Het water helpt gelukkig wel.'

'Ik haal die tang zelf wel', zei Gijs opnieuw.

'En het vlees dan?' Ze wees naar de eerste stukjes, die sissend op het rooster lagen. 'Dat begint al aan te bakken. Hier, als je deze vorken gebruikt...' Ze overhandigde hem het bestek. 'Ik ben zo terug.'

Hij knikte. 'Maar als er iets vreemds is, moet je meteen terugkomen.'

'Dat beloof ik.'

Ze draaide zich om en liep de tuin uit. Op het pad waren meer mensen. Zie je wel, ze had niets te vrezen. Het was nog helemaal niet zo laat, het zou op dit tijdstip niemand lukken om ongemerkt hun tuin binnen te gaan. Bovendien zat er een nieuw slot op de poort.

En wat zou er moeten gebeuren? De politie bleef er maar van overtuigd dat de man niet meer zou opduiken. Inmiddels begon ze dat geloof over te nemen. Na die ene avond, na dat slot, was er ook niets meer gebeurd. Misschien was het inderdaad toeval. Misschien had iemand het plan gehad om via de achterdeur het huisje te betreden en was diegene gestoord bij zijn werkzaamheden. Er werd wel voor gewaarschuwd in de informatiebrochure voor huurders, die Daniëlle en Gijs bij aankomst hadden gekregen ondanks het feit dat ze eigenaars waren. Sluit ramen en deuren goed af. We doen er alles aan om Strandslag zo veilig mogelijk te maken, maar kunnen desondanks geen verantwoordelijkheid dragen... Standaardzinnen, maar uiteindelijk was het natuurlijk een open park waar iedereen in en uit kon lopen.

Ze naderde hun huisje. Het licht binnen hadden ze alvast aangedaan en de tuinverlichting gaf het geheel een gezellige aanblik. Voor de zekerheid controleerde ze de tuinpoort. Die was gewoon op slot.

Met de sleutel opende ze de voordeur en ze ging naar binnen. Ze liep naar de keuken en rommelde even in de la, op zoek naar de tang. Uiteindelijk zag ze hem liggen. Ze stak haar hand ernaar uit, maar op dat moment voelde ze hoe haar nekharen overeind gingen staan. Er klopte iets niet helemaal. Er was iets anders dan anders, maar ze wist niet wat.

Doe normaal, zei ze in gedachten tegen zichzelf. Hier moest ze echt mee ophouden. Ze maakte zichzelf gek.

Even haalde ze diep adem. Toen pakte ze de tang en duwde de keukenla dicht. Het vreemde gevoel bleef, ook al zag alles er hetzelfde uit. Op het aanrecht lagen spullen die daar niet hoorden, maar die waren blijven liggen toen ze weggingen. Zonnebrand, de pet van Siem, een felroze wokkel voor in Elins haar. Bananen die al slecht begonnen te worden. Morgen nieuw fruit kopen, maakte ze een mentale aantekening.

Het was iets in de lucht. Een verplaatsing, iets ongrijpbaars. Haar nekharen reageerden opnieuw, deze keer gevolgd door een huivering die over haar hele ruggengraat trok. Haar hart begon te bonzen. Ze reikte naar haar telefoon, die ze in de zak van haar rok had gestopt. Toch maar Gijs bellen.

Maar net toen ze met haar duim het scherm wilde ontgrendelen, hoorde ze een geluid. Deze keer had ze het zich niet verbeeld. Geen gevoel, dit was echt. Ze draaide zich met een ruk om. Gilde. Zo hard dat het pijn deed in haar eigen oren. Ze staarde naar hem als een geestverschijning. Open mond, grote ogen. Haar hart bonsde alle kanten op, zo hard dat ze vermoedde dat het het binnenkort zou begeven.

'Nee', bracht ze uit, en toen harder: 'Nee!'

Hij reageerde niet, staarde terug. Ze week achteruit, maar werd daarbij tegengehouden door de rand van het aanrecht, die nu pijnlijk in haar rug duwde. 'Wat doe je hier?' vroeg ze, maar haar stem beefde zo dat het niet erg verstaanbaar was.

Hij keek nog altijd onbewogen. Het licht van de spot in het plafond weerkaatste op de kale huid van zijn hoofd. 'Ik zei dat ik het kwam halen.'

'Het is hier niet', zei ze. 'Ik weet niet wat je wil. Mitchell is dood.'

'Ik ken geen Mitchell.'

'Jawel, die ken je wel. Ik weet hoe het zit, de politie heeft het allemaal verteld.' Bluffen moest ze. Hem laten weten dat hij was gezien. Doorzien. 'Mitchell is jou geld verschuldigd. Geld dat hij van ons wilde krijgen, maar hij krijgt niets van ons. Hij is dood, verbrand in zijn caravan.'

Het verhaal was warrig, dat hoorde ze zelf ook wel. Maar ze moest het zeggen, de man moest het weten. Al wist hij het misschien allang. Iedereen op het eiland wist dat Mitchell dood was, en helemaal als je met hem te maken had. Zijn naam was zelfs genoemd in de berichten. Als je hem googelde zag je alle berichten onder elkaar staan. Ze had dat al gedaan, maar was er snel weer mee opgehouden.

'Ik heb het geld niet voor je, ik weet niet wat je wil', probeerde ze maar opnieuw. 'Ik weet niet wat Mitchell je heeft beloofd.'

'Ik heb je gezegd dat ik het kwam halen.'

'Maar ik heb het niet. Je moet bij Mitchell zijn. Nee, niet.' Ze schudde wild met haar hoofd. 'Niet bij Mitchell. Er is niets meer, geen deal, geen investering, of wat het ook was dat jullie hadden.'

'Ik heb niets te maken met Mitchell.'

'Jawel, en hij is dood. Ik ga nu weg. Ik bel de politie.' Ze reikte weer naar haar telefoon.

Eén beweging, daarmee werd haar telefoon weggeslagen. Hij was sneller dan hij leek. Sloeg met zijn hand en schopte daarna met zijn voet. Ze zag de iPhone onder de bank schuiven.

'Ik wil het nu hebben', zei de man. Er trok een spiertje bij zijn oog. Hij was geïrriteerd. Deed een stap naar voren, waardoor Daniëlle weer naar achteren moest wijken. Ze draaide en raakte de tafel, nog verder naar achteren de muur. De man deed weer een stap naar voren. Met elke centimeter dat de ruimte tussen hen kleiner werd, leek de man veel groter te worden, veel dreigender.

Ze kneep haar ogen samen. Als ze onder zijn arm door dook en rende, zou ze misschien de voordeur kunnen halen. Die was niet op slot. Hij was groot, hij was sterk. Maar zij was snel.

Ze dacht niet verder na. Nu was hij er misschien niet op bedacht. Ze dook naar de grond, sprong opzij en met een katachtige beweging sprintte ze langs hem.

Eén seconde lang was ze ervan overtuigd dat ze het zou redden, toen was hij er weer. Greep haar bij haar armen en smeet haar tegen de muur. Hij ging tussen haar en de deur in staan, waardoor hij haar enige uitweg blokkeerde. De achterdeur zat op slot. De sleutel had ze in haar zak, maar dat zou te veel tijd kosten.

Toch maar weer praten. Hem overtuigen dat hij de verkeerde had. Ze wist niet hoeveel tijd er was verstreken sinds ze bij Sanne en Leon weg was gegaan, maar Gijs zou snel ongerust worden. Als ze tijdrekte, zou hij er zijn, dat wist ze zeker. Ze wist alleen niet hoeveel tijd ze nog had.

'Ik wil het nu', zei de man.

'Maar ik heb het niet. Laat me gaan, alsjeblieft.'

'Nee', zei hij. 'Deze keer niet. Ik kom halen wat van mij is.'

'Ik weet niet wie je bent en ik weet niet wat je wil.'

'Je weet niet wie ik ben?' Voor het eerst zag ze iets van emotie op zijn gezicht. Ze kon het niet goed duiden, het leek op minachting.

'Nee', zei ze. 'Ik weet niet wie je bent. Je hebt je nooit voorgesteld.'

'Je zou denken dat dat bij familie niet nodig was.'

'Familie?' Ze staarde hem aan. 'Waar heb je het over?'

'Familie, ja. Maar dat woord zegt je waarschijnlijk niets. En die man van jou al helemaal niet.'

Wat had Gijs hier nu mee te maken? 'Ik weet echt niet wat je bedoelt', zei ze. 'Zijn wij familie?'

Hij keek terug. 'Ja.'

Er schoot van alles door haar hoofd dat niet in elkaar

paste. Puzzelstukjes, losse onderdelen van wat misschien een machine zou kunnen zijn. Zou moeten zijn.

'Wij zijn geen familie. Hou op.' Ze schudde haar hoofd. 'Waar heb je het over?'

'René.'

'Ik ken geen René.'

'Ik heet René.'

'Maar ik ken geen René. Ik ken jou niet.'

'Ik ben de zoon van Gerard.'

Gerard? Ze zocht in haar geheugen, dat versmald was door de angst. Er was maar plek voor één ding en dat was haar uitweg. Vluchten. Ze bleef plannen. Als hij één stap naar links deed, als hij één stap naar rechts deed. Misschien, als ze snel was.

Gerard. Er rinkelde een bel, maar ze kreeg er geen vat op. Ze kende Gerard. Iets in haar hoofd sloeg erop aan.

'Gijs' vader?' vroeg ze toen, langzaam. 'Heb je het over mijn schoonvader?'

Hij staarde haar aan. Uiterlijk onbewogen, maar er was iets veranderd. Iets in zijn blik. Hij deed zijn mond open. 'Ja.'

'Ben jij de zoon van Gerard?' Ze begreep er niets van. 'Maar Gijs is... ook de zoon van Gerard.'

'Joh', zei de man.

'Ben jij zijn broer?' Ze kon het niet geloven. 'Is Ineke jouw moeder?'

'Ha.' Hij lachte, maar er was geen vreugde in te bekennen. 'Nee, dan had ik er niet zo bij gestaan, denk je wel?'

'Maar wie dan?' vroeg ze. 'Wie is dan je moeder?'

'Ria', zei hij. 'Maar die ken je niet, hè? Die wil je niet kennen. Jullie allemaal.'

Ria... Daniëlle kende de naam wel degelijk. 'Maar Gerard had toch helemaal geen kinderen met haar?'

Dat was niet de goede opmerking, ze zag het meteen. Hij stapte naar voren, woedend, alsof ze expres had geprobeerd zijn boosheid nog verder te verdiepen.

'Toch wel', zei ze snel. 'Hij had toch wel een kind met haar.'

De man, René, leek iets te kalmeren. 'Hij heeft in elk geval zijn best gedaan het nooit te laten merken. Misschien kan ik het jou niet eens kwalijk nemen.' In die woorden lag meer begrip opgesloten dan er uit zijn blik of stem naar voren kwam. 'Maar ik heb er echt recht op', ging hij verder. 'Ik heb er echt recht op.'

'Waarop? Ik kan... Ik ben toch niet Gerard? Ik kan toch niet goedmaken wat hij heeft gedaan?'

De irritatie keerde in alle hevigheid terug. 'Is dat wat je denkt? Dat het nog goed te maken is? Weet je hoe het is om op te groeien met een vader die jou ontkent? Weet je hoe het is om niet te mogen bestaan in de ogen van je eigen vader? Weet je hoe dat is?' Hij sloeg met zijn handen door de lucht. 'Nee, natuurlijk weet je dat niet! Jij met je gouden lepel in je mond, Gijs met de zijne. O, wat een warme familie. O, wat een gezelligheid. De kerstdagen met z'n allen. Weet je hoe het voelt om alleen te zitten met je moeder, die zo door verdriet wordt verscheurd dat ze de drank tot haar nieuwe beste vriend heeft benoemd?' Hij snoof hard. 'Nee, dat weet je niet, Daniëlle.'

Zoveel kou in haar naam toen hij die zo ongeveer uitspuugde. Kou die als een golf door haar lichaam trok. Ze probeerde het voor zichzelf op een rijtje te zetten. Gerard had een zoon met zijn eerste vrouw. Een zoon die ze niet kende. Ze wist niet eens of Gijs van zijn bestaan op de hoogte was. Waarschijnlijk niet, anders had hij het haar toch wel een keer verteld?

En die zoon stond nu voor haar en vond dat hij ergens recht op had.

Al die tijd had ze die kale man in haar hoofd gelinkt aan Mitchell. Zij had het zeker geweten, de politie had het zeker geweten. Hij kwam iets halen. Iets crimineels, wat van hem was. Wat Mitchell hem had beloofd. Waarschijnlijk had die gezegd: ga het daar maar halen, zij hebben het, maar het is van mij. Andere scenario's waren er gewoon niet geweest. Ze had niet verder gedacht. Kon ze zichzelf dat kwalijk nemen?

Ze schudde haar hoofd. Hoe had ze dit moeten weten? Hoe had ze moeten vermoeden dat Gijs een halfbroer had? Hoe had hij het zelf moeten vermoeden?

Ergens hadden de woorden van de man iets losgemaakt. Weet je hoe het is? Nee, natuurlijk wist ze dat niet. Maar het moest verschrikkelijk zijn.

'Laten we erover praten', zei ze. 'Laten we proberen om eruit te komen. Ik weet eigenlijk ook niet goed wat ik nu moet zeggen. Het moet vreselijk moeilijk voor je zijn geweest, al die jaren.'

'Ik hoef je medelijden niet.' Er zat vuur in zijn ogen. 'Ik wil alleen maar waar ik recht op heb.'

'Maar waar heb je dan recht op?'

'Dit.' Weer zo'n woest armgebaar waarmee hij om zich heen wees. 'Alles! Jullie hebben alles al en dan krijg je ook nog dit van hem.'

'Maar dit huisje hebben we gekocht met geld van mijn oma', zei ze. Dat was niet de hele waarheid, maar ze moest het proberen.

'Dat is niet waar. Jullie hebben geld van Gerard gekregen.'

'Maar niet zoveel dat...' Ze haalde diep adem. Ze moest haar verhaal volhouden. 'Dit huisje is gekocht van de erfenis van mijn oma.'

'Onzin. Zijn geld zit erin. Míjn geld.'

Kon hij het weten? Haar gedachten gingen razendsnel. Nee, dat kon hij niet. Hoe het zat met de erfenis van Gijs' vader wist alleen de notaris die bij de afwikkeling van de erfenis betrokken was geweest. En hij wist niet wat ze ermee hadden gedaan. De notaris die de aankoop van het huisje had begeleid, vroeg niet naar de precieze herkomst van het geld.

'Je weet helemaal niet hoe wij het huisje hebben gekocht', zei Daniëlle. 'En ik zeg je dat het geld van Gerard...' Ze had moeite zo'n leugen hardop uit te spreken, zonder iets te laten merken. Ze koos voor een andere formulering. Geen leugen, maar slechts een deel van de waarheid. 'We hebben het geld van mijn oma gebruikt.'

'Het kan me niet schelen.' René werd ongeduldig. 'Jullie hebben veel geld van hem gekregen. Geld waar ik recht op heb. Ik ben net zo goed zijn kind, net zo goed als Gijs.'

'Maar daar kunnen we dan toch over praten?' zei Daniëlle, half smekend. 'De notaris... Het testament...' Er kwam een ander woord in haar op. 'Kindsdeel, daar heb je recht op. We kunnen dat netjes regelen.'

Hij maakte een minachtend geluid. 'Dan moet iemand je wel erkennen als zijn kind.'

'O.' Daniëlle haalde diep adem. 'Maar we kunnen er toch uit komen. Ik weet zeker dat...'

'Ik kom halen waar ik recht op heb', zei hij en hij deed nog een stap naar voren. Greep haar bij haar armen. 'Hou op over praten, over regelen. Je geeft het me en je doet het nu.'

Haar adem was gestokt in haar keel. Zijn handen waren sterk, de plekken waar hij zijn vingers in haar vel duwde, stonden in brand. 'Maar ik kan je dat toch niet zomaar geven?' zei ze, kleintjes. 'Ik kan je toch niet zomaar het huis geven? Hier, de sleutel zit in mijn zak, die mag je hebben, maar dan? We moeten echt...'

'We moeten niets', zei hij. Zijn adem streek langs haar gezicht. 'Jíj. Jíj moet iets.'

'Maar ik kan toch niet...'

'Het kan me niet schelen wat je wel of niet kan, je regelt het maar.' Hij duwde haar nu tegen de muur. Zijn stem was scherp, als glas. Het voelde alsof ze zich er letterlijk aan sneed.

'Ik ga het voor je regelen, ik beloof het. Maar laat me alsjeblieft gaan.'

'Nee. Ik wil het nu.'

Wat dacht hij nu? Dat ze ergens in een kamer de waarde

van het huisje in contanten opgestapeld had liggen? Dat ze even een tas zou pakken en hem zijn deel zou meegeven? Hij was knettergek, dat was wel duidelijk. Dit hele plan van hem was niet doordacht. En misschien daarom wel zo gevaarlijk.

Ineens trok hij haar naar voren. Draaide haar om, om haar as. Duwde haar weer tegen de muur. Haar polsen hield hij achter haar rug in een houdgreep. Hij was nog veel sterker dan ze had gedacht. Haar huid stond in de fik, rekte, leek bijna te scheuren. Zijn adem zat nu in haar nek. Het rook zuur, een beetje bedorven.

'Nu', zei hij en ze walgde van de lucht. 'Ik wil het nu. Jullie hebben lang genoeg de tijd gehad, ik heb het vaak genoeg gevraagd.'

'Maar ik wist niet...'

'Je wist het niet, omdat je het niet wilde weten. Jullie hebben je kans gehad, Daniëlle. Jij en Gijs. Gijs weet niet wat pijn is, maar hij zal het nu weten. Omdat ik hem iets af ga pakken wat hij zal missen.'

Ze wist meteen wat hij bedoelde. 'Nee, alsjeblieft...' probeerde ze, half huilend. 'Alsjeblieft, laat me leven... Je krijgt wat je wil, echt. Maar ik moet eerst...'

'Je had het moeten hebben en je hebt het niet. Het is te laat.'

'Ik kan...'

Hij trok haar naar achteren, snel, met een ruk. Het was niet rationeel meer. Of misschien was het dat nooit geweest. Als hij erover nadacht, wist hij ook wel dat het geld hier niet was. Maar hij wilde uiting geven aan zijn pijn.

Genoegdoening, of wat het ook was. Pijn doen om die van hem te verdoven.

Ze voelde zijn onderarm tegen haar keel. Hij duwde, steeds harder. Ze voelde de sterke spieren in zijn arm bewegen. De vingers van zijn andere hand drukten tegen haar luchtpijp. Hij was sterk, zoveel sterker dan zij. Zelfs nog sterker dan ze had verwacht. Ze hapte naar lucht die niet kwam. Ze vroeg zich af of hij er genoegen in schepte. Of hij in staat was tot gevoelens. Misschien niet.

Het werd zwart voor haar ogen. De kinderen, dacht ze. De kinderen, dat was het enige wat telde. Ze zag ze voor zich, zo levendig dat ze ze bijna kon aanraken. Siem, met zijn bruine krullen. Elin met haar sproetjes. Voor hen wilde ze winnen. Ze vocht zich een weg terug naar het licht.

Hij duwde nog harder. Zijn vingers sneden haar adem af, zijn arm hield haar in de houdgreep. Ze trapte naar achteren, naar voren, opzij. Raakte hem, maar hij bewoog niet. Hoe langer hij haar vasthield, hoe rustiger hij leek te worden. Daadkrachtig ook. Er zat geen twijfel in zijn bewegingen.

Opnieuw trok het duister aan haar. Ze dacht weer aan de kinderen, maar die gedachte was niet meer genoeg. Ze zoog, gierend, piepend, maar lucht kwam niet meer. Het werd eerst grijs. Een dikke wolk van waaruit ze zich probeerde terug te vechten. Maar het donker was sterker. Grijs werd zwart, nog dieper, onpeilbaar. Wat kwam er na zwart? Ze wist het niet, maar ze zat er nu middenin. Haar hersenen vielen uit, deel voor deel. Als schakelaars die werden omgezet. Ze trapte nogmaals, maar de kracht was eruit. Haar spieren deden niet meer wat ze vroeg. Het donker bleef trekken, harder, dieper. Ze moest het opgeven. Hij won. Ze kon niet meer. Ze zakte verder weg, tot in een onpeilbaar diepe leegte.

Hoofdstuk 16

'DAAN! DAAN! O, MIJN GOD...' DE MANNENSTEM KWAM van ver. 'Ja, ze beweegt! Ze beweegt volgens mij. Daan, hoor je mij?'

Het leek alsof ze in een diep, diep moeras verzeild was geraakt. Ze probeerde te vechten tegen de sloot van duisternis, de diepe drek die haar omgaf en waar ze eigenlijk in terug wilde zakken, omdat het makkelijker was. Ze vocht tegen iets wat veel sterker was dan zij. Ze liet zichzelf weer wegglijden, omdat ze geen kracht had om terug te strijden.

'Daan!' hoorde ze weer. Weer die stem. Ze kende die stem. Ze moest terug. Probeerde haar ogen te openen, maar de duisternis was te zwaar.

Er zat iemand aan haar. Aan haar schouder.

'Meneer, u moet ons echt even ons werk laten doen.'

'Maar ik moet...'

'Dat begrijp ik, maar uw vrouw...' De rest van de zin kon ze niet verstaan. De stem klonk rustig. Vriendelijk. Niet bekend.

'Mama!' hoorde ze toen. En daarna opnieuw: 'Mama!'

Dat was het. Dat stemmetje. Er golfde nieuwe kracht door haar heen. De stem had iets losgemaakt wat sterker was dan de duisternis. Iets om voor te vechten. Ze kon geen adem halen, ze kon niet bewegen, maar dat ene stemmetje, dat ene woord maakte meer los dan ze had.

'Ja, ze heeft haar ogen open!' hoorde ze. Weer die mannenstem, die bekend klonk. Haar ogen zakten dicht.

Gijs, ze wist het weer. Ze deed haar mond open om het woord te vormen, maar dat lukte niet. Er lag een hand op haar arm.

'Meneer, u moet ons er echt even bij laten.'

'Ja, natuurlijk. Ja, sorry.'

Andere handen op haar lijf. Een felle, korte pijn in haar hand. 'Het infuus zit erin', zei weer een andere stem, een vrouw. Iemand onderzocht haar. Er was iets wat koud en hard voelde op haar borst.

'Mama!' Daar was het weer. Met alles wat ze in zich had, opende ze haar ogen weer. Ze zag groene en rode flitsen. Een blonde vrouw. Een man met zwart haar. Ambulance, wist ze. Wat deden die hier? Waar was ze eigenlijk? Als ze haar ogen maar langer dan een seconde kon openhouden, maar dat lukte niet.

'Misschien kunt u de kinderen het beste even meenemen', zei een vrouw. 'Ze mogen straks bij hun moeder, maar nu...'

Er klonk wat protest, toen werden de kinderstemmen zachter. Het lukte haar om haar ogen weer te openen. Ze zag nu ook felgele strepen. Politie?

'Gijs', zei ze zacht. 'Gijs, de kinderen...'

'Ze zijn oké', antwoordde hij meteen. 'Ze zijn bij Sanne.'

Ze haalde diep adem. Het deed pijn in haar nek. Er kwamen beelden terug in haar hoofd, als flitsen. Haar hartslag schoot omhoog. 'Er was iemand', zei ze. Ze had het willen roepen, maar het kwam eruit als fluisteren. 'Pas op...'

'Je hoeft niet bang te zijn', zei Gijs. 'Hij is weg. De politie heeft hem meegenomen.'

'Maar hoe...'

'Dat vertel ik later wel. Het is nu niet belangrijk.'

Het duurde een tijdje, ze wist niet hoelang. Overleg dat ze niet kon volgen, handen op haar lichaam. Goedkeurende stemmen. 'We zullen haar meenemen', zei iemand. 'Maar alleen voor de zekerheid. Het lijkt op dit moment niet nodig om haar naar het vasteland te vervoeren.'

'Maar die blauwe plekken in haar hals dan?'

'Bloeduitstortingen. We hebben haar net extra zuurstof gegeven en toen we die weer stopzetten, is ze goed gaan ademhalen.'

Daniëlle probeerde te bewegen. Ze lag op iets hards, erg comfortabel was het niet. Ze voelde zich helderder. Haar ogen bleven nu een tijdje open en ze zag politiemensen heen en weer lopen. De man van de ambulance zat op zijn knieën naast haar, de vrouw praatte met Gijs.

'Mevrouw Van Dijk?' De vrouwelijke ambulancemedewerker had haar aandacht nu op Daniëlle gericht. Ze stelde een paar vragen, die Daniëlle zo goed mogelijk beantwoordde. Ja, ze kon ademhalen. Nee, ze voelde zich niet duizelig.

'René', zei ze, toen die naam ineens in haar opkwam. 'Hij heet René. Je halfbroer.'

'Ik weet het', zei Gijs en de blik op zijn gezicht was moeilijk te peilen. 'We hebben het er later over. Jij bent nu het belangrijkste.'

De ambulancemedewerkers gingen aan de slag. Ze tilden haar op de brancard, legden haar vast met banden. 'Waar zijn de kinderen?' vroeg ze.

'Bij Sanne en Leon. Ik ga met je mee.'

De brancard werd in de ambulance gereden. Het licht was fel, Daniëlle knipperde een paar keer. Nu pas realiseerde ze zich dat het buiten al behoorlijk donker was geweest.

'Hoe laat is het?' vroeg ze.

'Halfelf.'

Ze probeerde te rekenen, maar het lukte niet. Ze liet haar gedachten varen.

Het was maar een korte rit naar de huisartsenpost. Een jonge arts met een gebruind gezicht onderzocht de plekken in haar hals. Gijs kwam binnen. De sfeer was kalm, wat Daniëlle ook rustig maakte. Ze werd geholpen met opstaan. 'Wilt u liggen?' vroeg de arts, maar ze schudde haar hoofd. 'Nee, zitten gaat ook wel.'

Hij onderzocht haar nogmaals. 'Kneuzingen', zei hij

toen. 'De plekken kunnen flink pijn doen, daarvoor kunt u paracetamol slikken. Bel alstublieft als u echt benauwd wordt.'

Daniëlle beloofde het. Een halfuur nadat ze door de ambulance was binnengebracht, liep ze naast Gijs naar buiten. Het voelde vreemd. De avondlucht was zacht, er zat een frisse onderstroom in.

'Wacht, ik help je', zei Gijs, toen ze bij de auto waren. Uiterst voorzichtig liet hij haar instappen. De bochten nam hij behoedzaam. Daniëlle voelde zich trillerig, maar dat kwam niet door haar verwondingen. 'Ik begrijp er niets van', zei ze, een paar keer.

Ze bereikten het huisje. Gijs liet haar uitstappen. Ze huiverde bij de voordeur. 'Ik wil niet naar binnen', zei ze.

'Kom maar.' Hij opende de deur. De sleutel die omgedraaid werd, het knarsende slot. Ze slaakte een korte kreet en week achteruit. Gijs hield haar vast. Hij duwde de deur open. 'Het is opgeruimd', zei hij. 'Het ziet er allemaal normaal uit.'

Het zag er precies zo uit als Daniëlle het zich herinnerde. Toen René er ook was geweest.

'Er waren stoelen omgevallen', zei Gijs, toen ze daar een opmerking over maakte. 'Er lag bloed op de vloer. Leon en ik hebben hem samen overmeesterd, Leon had een stuk hout meegenomen. Daarmee hebben we hem geslagen.'

'Maar hoe wist je...'

'Je bleef zo lang weg en ik wist ineens dat het mis was. Je nam je telefoon ook niet op. Ik heb Leon meegenomen en toen we hier aankwamen, zagen we je niet. Ik was zo bang.' Hij schudde zijn hoofd en leek ineens ver weg met zijn gedachten. 'Gelukkig had ik een extra sleutel bij me, omdat de autosleutels nog in mijn zak zaten. Toen we binnenkwamen, was je al buiten bewustzijn. Leon heeft hem meteen geslagen, ik heb het alarmnummer gebeld. René was door de klap even uit het veld geslagen en toen kon Leon boven op hem gaan zitten en hem vasthouden tot de politie er was.'

'Wat zei hij?' vroeg Daniëlle. Ze slikte moeizaam en ging op de bank zitten. Gijs zette de waterkoker aan. De kinderen waren inmiddels bij Sanne en Leon in slaap gevallen en Gijs had ermee ingestemd om ze daar vannacht te laten.

'Waarschijnlijk hetzelfde wat hij tegen jou ook riep. Dat hij mijn broer is.' Hij verbeterde zichzelf meteen. 'Halfbroer.'

'Wist jij dit?' Daniëlle pakte de thee aan die Gijs haar overhandigde. Daarna ging hij naast haar zitten. Hij schudde zijn hoofd.

'Nee, natuurlijk niet. Als ik dit had geweten...' Hij snoof diep. 'Misschien kan ik ergens wel begrijpen hoe hij zich moet hebben gevoeld, maar hij had zich gewoon kunnen melden. Waarom moest hij deze manier kiezen?'

'Hij is knettergek, als je het mij vraagt.'

Gijs gaf geen antwoord. 'Ik begrijp niet waarom mijn vader het nooit heeft gezegd. Het was toch geen schande? Hij was nota bene met Ria getrouwd. Hoewel, als ik terugreken, René geboren moet zijn toen ze al waren gescheiden.'

'René zei dat hij nooit is erkend.'

'Dat zou kunnen. Dat moet ook echt verschrikkelijk voor hem zijn.'

Ze zwegen allebei een tijdje.

'Ik wou dat het anders was gelopen', zei Gijs. 'Als hij ons gewoon had benaderd... Wie weet hoe het dan had kunnen gaan. Maar nu wil ik niets met hem te maken hebben.'

'Ik hoop dat hij hulp krijgt', zei Daniëlle. 'En dat hij bij ons uit de buurt blijft.'

Gijs maakte een geluid dat op een grom leek. 'Daar zorg ik wel voor. Dat is het eerste wat ik morgen ga regelen. Op een dag laten ze hem natuurlijk weer gaan en dan mag hij nooit meer bij ons in de buurt komen.'

Weer was het een tijdje stil. 'Bizar toch', zei Daniëlle toen. 'Al die tijd dachten we dat dit met Mitchell te maken had.'

'De politie dacht dat ook.'

'Ik heb me al afgevraagd of we iets over het hoofd hebben gezien. Maar hoe hadden we het moeten weten?' Ze dacht terug aan het moment op de veerboot. Toen al had ze hem gezien, dat wist ze nu zeker. Maar hoe kon je op je hoede zijn voor een gevaar dat je niet kende?

Daniëlle nam een slokje van haar thee en schoof een stukje op. Tegen Gijs aan. Hij sloeg zijn arm om haar heen. Ze bleven zitten, verzonken in gedachten. Daniëlle voelde aan de plekken in haar hals. Pijnlijk voelbare herinneringen aan een verschrikkelijke avond. Maar ook aan de wetenschap dat ze er nog was. En dat was het belangrijkste.

De stem van Tom Zeeman klonk anders dan de andere keren. Er zat iets van opwinding in en niet op een positieve manier. Daniëlle wist dat er opnieuw bij het zwembad onderzoek was gedaan, deze keer met zwarte schermen om alles wat er gebeurde aan het zicht van het publiek te onttrekken. Ze had de rechercheur er nog niet over gesproken.

De zaak rondom René werd door een andere rechercheur behandeld: een vrouw die Claudia heette en die Daniëlles verklaring op een prettige manier had opgenomen. Niet vol emotie, maar ook niet zonder. Ze had meteen die details eruit gepikt die belangrijk waren. Ze kon goed luisteren, dat was Daniëlle al meteen opgevallen.

'Misschien is het goed als jullie naar het bureau komen', zei Tom Zeeman. 'Ik wil graag een aantal dingen uitleggen.'

Daniëlle voelde haar hartslag alweer versnellen. 'Kan het ook telefonisch?' vroeg ze. Ze was die ochtend nog op het bureau geweest om haar verklaring over René af te leggen. Ze merkte dat dat bezoek haar meer energie had gekost dan ze had gedacht.

'Het kan wel, maar ik denk dat het goed is om elkaar even persoonlijk te spreken', zei de agent.

De oppas was gauw geregeld. Vreemd hoe ze in korte tijd bevriend waren geraakt met Sanne en Leon, die het niet erg vonden om weer even op de kinderen te passen. Zeker niet toen Daniëlle zei dat ze naar het politiebureau moesten.

'Gaat het om wat er is gebeurd?' vroeg Sanne, vol begrip.

Daniëlle had geknikt. Ze had in het midden gelaten welke gebeurtenissen precies.

De kinderen, die bij Gijs en Daniëlle in de tuin hadden gespeeld, lieten zich met de belofte van een ijsje makkelijk naar het huisje van Sanne en Leon verplaatsen.

Samen met Gijs stapte ze in de auto, hij achter het stuur. 'Wat zei hij nu precies?'

'Dat hij ons wilde spreken en dat het hem goed leek dat op het bureau te doen.'

Gijs trok even met zijn mond. 'Dan zal er wel nieuws zijn.'

Even later stapten ze het bureau binnen.

'De airco is gerepareerd', zei Tom Zeeman, toen ze plaatsnamen in de kamer waar ze altijd hadden gezeten. Het was er een stuk aangenamer geworden.

De agent ging achter het bureau zitten, Daniëlle en Gijs ervoor. Aaron, de tweede agent, was er deze keer niet bij. 'Willen jullie iets drinken?' vroeg de politieman, maar Daniëlle schudde haar hoofd en Gijs ook.

'Nee, ik wil graag weten wat er aan de hand is', zei ze.

'Ja.' De agent keek haar aan en knikte. 'Ja, natuurlijk.' Hij staarde even naar zijn handen en daarna keek hij Daniëlle en Gijs om de beurt aan. 'Zoals jullie misschien hebben gemerkt, hebben wij vanochtend opnieuw onderzoek gedaan bij het zwembad. Daar zagen we aanleiding toe, op basis van de resultaten van het onderzoek van gisteren.' Hij pauzeerde even. 'En inderdaad hebben we iets gevonden.'

Daniëlle beet op haar onderlip. Zo hard, dat ze een ijzerachtige smaak proefde.

'Misschien is het goed als ik eerst even vertel wat we

zochten', zei Tom Zeeman. 'Zodat jullie weten hoe het onderzoek is verlopen.'

Daniëlle knikte.

'We hebben gisteren gezocht met onze bodemapparatuur, omdat we het vermoeden hadden dat er misschien iets onder het zwembad verstopt lag. We kwamen op dat spoor door de tip die we hadden gekregen. Mitchell heeft het zwembad eerder dit jaar aangelegd. Een tipgever heeft, nadat er eerder informatie naar buiten was gekomen in de media, aan ons gemeld dat hij Mitchell eerder dit jaar in de nacht op een trekker heeft zien rijden.' Hij zweeg even om die informatie op Daniëlle en Gijs te laten inwerken.

Dus toch die trekker, dacht ze, en Tom Zeeman praatte verder. 'Die man moest midden in de nacht naar buiten om zijn hond uit te laten. Hij sliep nog half, zei hij, en hij wist niet beter of hij had het gedroomd dat er een trekker voorbijreed. Want wie rijdt er nu 's nachts op een trekker rond? Hij dacht dat hij Mitchell had gezien, maar ook dat deed hij af als zijn verbeelding. Maar later meldde hij het toch aan ons, nadat hij op internet had gelezen dat Mitchell in het bezit was van de paspoorten van het echtpaar.'

'Met de bloedvlekken erop', zei Daniëlle.

'Ja, precies. Het was voor ons genoeg aanleiding om met onze bodemapparatuur te gaan zoeken bij het zwembad. En daar stuitten we inderdaad op iets onder de grond.'

Ondanks de gerepareerde airco kreeg Daniëlle het koud.

'We wisten op dat moment niet wat het was', ging de politieman verder. 'Maar het gaf genoeg aanleiding voor ons om verder te zoeken. Vanochtend hebben we de plek afgezet met zwarte schermen, dat hebben jullie misschien wel gezien. Toen zijn we in de bodem gaan zoeken en...' Hij pauzeerde even. Vouwde zijn vingers samen tot een driehoek en keek hen weer aan. Om de beurt, dat leek een gewoonte van hem te zijn. 'We hebben inderdaad menselijke resten aangetroffen onder het zwembad.'

Daniëlle staarde hem aan. Het leek wel alsof ze in een televisieprogramma was beland. Die uitdrukking: menselijke resten. Stoffelijke overschotten. Het stond allemaal zo ver bij haar vandaan.

'De resten worden onderzocht door het Nederlands Forensisch Instituut', zei Tom Zeeman. 'We weten nog niet van wie die resten zijn, maar wel dat het gaat om twee personen. En we hebben onze sterke vermoedens over de identiteit van die personen.'

'Het Duitse echtpaar', zei Daniëlle.

De agent knikte bijna onmerkbaar. 'Dat is inderdaad ons vermoeden.'

Daniëlle keek naar Gijs. Hij was een paar tinten bleker geworden.

'We weten het nog niet zeker', vervolgde de agent. 'En sommige delen van het verhaal zullen we misschien nooit kunnen invullen door Mitchells dood, maar we hebben inmiddels van de notaris begrepen dat Mitchell heeft geprobeerd om het geld dat jullie voor het huisje hebben betaald, te laten overmaken naar een andere rekening. Een andere rekening dan het echtpaar had opgegeven. Hij zei dat hij de beheerder was en dat zij opdracht hadden gegeven voor die andere rekening. Daarvoor moest het echtpaar echter tekenen en die handtekeningen zijn er nooit gekomen. Mogelijk omdat hij ze tegen die tijd...' Hij maakte zijn zin niet af. 'Zoals ik al zei: onderzoek moet dat nog uitwijzen.'

'Maar dan heeft hij hen dus...' Daniëlle keek de agent aan. Ze schudde haar hoofd en toen ze het woord uitsprak, klonk dat bizar. 'Vermoord.'

'We weten inmiddels ook wat de hoogte was van het bedrag dat hij had afgesproken', zei de politieman. 'Het komt in de buurt van het bedrag dat jullie voor het huisje hebben betaald. We kunnen die stukjes niet logisch in elkaar passen en zeggen dat dit de waarheid is, zo werkt politieonderzoek niet. Maar op dit moment wijzen de meeste aanwijzingen wel in die richting.'

'Maar ze hadden hem toch al aangesteld als beheerder en verkoper?'

'Voor een percentage van het bedrag. Wij hebben begrepen van de notaris dat het ging om acht procent. Dat is natuurlijk niet hetzelfde als honderd procent opstrijken.'

'Nee', zei Daniëlle. 'Dat is zeker niet hetzelfde.'

'We hebben het vermoeden dat hij heeft geprobeerd het op deze manier voor elkaar te krijgen en dat de laatste handtekeningen niet in orde zijn gekomen. Daarom heeft hij geprobeerd het geld bij jullie vandaan te halen, waarna dat bij de caravan gebeurde.'

Hij maakte dat verhaal niet af. Dat hoefde ook niet, Daniëlle had het nog scherp op haar netvlies staan. Ze wist niet goed wat ze verder moest zeggen.

‘We hebben in zijn loods inmiddels ook sporen gevonden die onze theorie onderschrijven.’

‘Sporen?’ vroeg ze.

‘Ik weet niet of jullie alles willen weten.’

Dat wilde ze wel en niet tegelijk. Ze knikte toch maar. ‘Niet alles, maar ik wil wel weten wat er is gebeurd.’

‘We vermoeden dat Mitchell het echtpaar heeft vermoord in zijn loods. Onderzoek heeft sporen van bloed opgeleverd in de grote ruimte en in een aparte ruimte. We vermoeden dat hij eerst een van de twee mensen in de grote ruimte heeft vermoord, en daarna de andere in een aparte, afgesloten ruimte.’

Daniëlle voelde zich misselijk. ‘Wat gruwelijk.’

‘Het bloed op de grond van de grote ruimte lijkt van een man te zijn. Dat zou betekenen dat de vrouw apart heeft gezeten en heeft gehoord hoe het gebeurde. Of precies andersom, dat zullen we misschien nooit weten.’

Daniëlle wilde niet nog meer horen. Niet omdat ze haar ogen ervoor wilde sluiten, maar omdat het te veel tegelijk was. Een onschuldige vrouw, tweeëntachtig jaar, wetend dat een afgrijselijke dood eraan zat te komen. ‘Zo verschrikkelijk voor die mensen en hun familie’, zei ze, maar haar woorden klonken vlak. Ze kon geen woorden bedenken die recht zouden doen aan het enorme drama. ‘Hadden ze kinderen?’

De agent schudde zijn hoofd. ‘De enige overgebleven familie is een zus van die man. We hebben haar op de hoogte gesteld. Waarschijnlijk zal zij ook het bedrag erven dat nog bij de notaris staat.’

'Bedankt dat jullie ons dit laten weten', zei Gijs. 'Het zou inderdaad vervelend zijn om het vanuit de media te vernemen.'

'Dat leek mij ook', zei Tom Zeeman. 'Het is nogal wat. Als jullie vragen hebben, kunnen jullie mij natuurlijk altijd bellen. En mochten er ontwikkelingen zijn, dan zal ik jullie daarvan op de hoogte brengen.' Hij keek hen aan. 'Blijven jullie voorlopig op het eiland?'

Daniëlle knikte. Ze begreep de vraag, ze had hem zichzelf ook al gesteld. 'We hebben geen plannen om weg te gaan.'

'Zoals ik al zei: jullie kunnen altijd bellen. En misschien goed om te weten dat je halfbroer...' Hij keek naar Gijs. Daniëlle vond het vervelend dat hij zo werd genoemd. Het klonk als iets van hen, iets persoonlijks. 'Hij is naar Alkmaar overgebracht', maakte Tom Zeeman zijn zin af. 'Hij zit nu nog in een politiecel, maar zal het verdere verloop van zijn zaak afwachten in het huis van bewaring.'

Het voelde goed dat René niet meer op het eiland was. Hij kon hun niets meer doen, maar de afstand maakte haar iets geruster.

'Is er nog meer dat wij moeten weten?' vroeg Gijs.

De agent schudde zijn hoofd. Ze namen afscheid en liepen naar buiten. Gijs ging achter het stuur van hun auto zitten, Daniëlle nam plaats op de passagiersstoel met het gevoel dat haar lijf één harde bonk spanning was. 'Die arme mensen', zei ze. 'Die arme, arme mensen.'

'Ja', zei Gijs en allebei dachten ze aan het echtpaar dat ze niet hadden gekend, dat zo'n gruwelijke dood was gestorven. Door zo'n gruwelijke zieke geest als Mitchell. En ze dacht aan wat haar had kunnen overkomen. Waartoe hij in staat was geweest.

Ze legde haar hand op Gijs' knie, hij legde de zijne er meteen bovenop. Zo reden ze terug naar het vakantiepark. De zwarte schermen stonden nog bij het zwembad. Geen publiek meer nu er niets te zien was.

Hij heeft het zwembad aangelegd, hoorde ze de receptioniste weer zeggen, de eerste keer dat ze naar Mitchell had geïnformeerd.

Het zwembad waarin de kinderen hadden gezwommen, waar ze lol hadden gehad. Ook het zwembad waar hij zijn bedreigingen tegen haar had geuit. Ze keek naar Gijs. 'Zelfs als het weer opengaat, ga ik liever naar het strand', zei ze.

Hij kneep even in haar hand. 'Dat zeker.'

HOOFDSTUK 17

'HOE LAAT KOMT OMA, MAM?'

Daniëlle streek over Siems weerbarstige haar. 'Einde van de middag, schat. En als je het vijftig keer vraagt, blijft het einde van de middag.' Ze glimlachte. 'Heb je er zo'n zin in?'

Het jongetje knikte. Zijn ogen gaven bijna licht bij de gedachte aan het aanstaande bezoek van zijn oma. Daniëlle keek er zelf ook naar uit. Het zou fijn zijn om haar moeder om zich heen te hebben. Alles nog eens te bespreken, en nog eens. Praat erover, had de huisarts gezegd. Zoveel en zo vaak mogelijk. En als het niet goed lukt om dit te verwerken, zoek dan hulp. Bel me, en dat mag ook als je alweer thuis bent.

Daniëlle was bijna in tranen uitgebarsten bij die vriendelijke woorden. Die tranen zaten sowieso hoog. Een lief woord van Gijs, een kus van de kinderen – er was maar weinig voor nodig om haar aan het huilen te maken.

'Dat hoort erbij', zei Gijs dan als hij haar troostte. 'Het lijkt me juist goed om te huilen.'

Het waren ook geen tranen van verdriet. Meer tranen van opluchting. Om alles wat ze had en om kleine dingen die ineens het allerbelangrijkst waren. Dat ze met haar kinderen kon knuffelen of samen met Gijs in de tuin kon zitten om van de avond te genieten. Pas als je iets kwijt bent, realiseer je je wat je had. Een enorm cliché natuurlijk, maar wel een waarheid die zich in haar had genesteld.

'Ik ga op Ozzy, mam!' Dat was Elin, die de donkerbruine pony uit het weiland had gehaald en hem nu trots meevoerde aan het halstertouw. Laura hielp haar om het touw vast te maken aan een ring in de muur en daarna wijdde Elin zich geconcentreerd aan het poetsen van de pony.

'En ik?' vroeg Siem. Hij rekte zijn nek om te zien welke pony's er nog in de wei stonden. 'Welke krijg ik?'

'Voor jou dacht ik aan Spider', zei Laura, en aan Siems gezicht was te zien dat hij van de naam alleen al gecharmeerd was.

'Spider man', zei hij.

Laura grinnikte. 'Zo mag je hem ook noemen. Hij heet Spider omdat de tekening op zijn vacht een beetje aan de poten van een spin doet denken. Kijk, daar staat hij.' Ze wees naar een kleine, witte pony met inderdaad een tekening van dunne zwarte strepen op zijn vacht. 'Ga je mee? Dan halen we hem uit de wei.'

Daniëlle keek toe hoe Siem stoer op de pony afstapte en samen met Laura het touw aan het halster bevestigde. Zelf liep ze naar Silvan, die al was gepoetst en nu klaarstond om gezadeld te worden. Hij draaide zijn oren naar achteren toen ze zacht tegen hem praatte. Ze aaide over zijn hals en voelde zijn warme huid, zijn zachte vacht, zijn sterke spieren. Er ging iets troostends van uit.

'Weet je zeker dat dit een goed idee is?' vroeg Gijs, die een tikje wantrouwend keek naar het zwarte paard dat aan hem was toegewezen.

'Dit is Freek en zelfs als je ondersteboven aan zijn staart gaat hangen, krijg je hem niet gek', had Laura vol vertrouwen gezegd. 'Hij is het perfecte paard voor beginners. En we blijven in stap.'

'Ja', zei Daniëlle met een glimlach. 'Dat weet ik zeker.'

Ze zadelde Silvan op en hielp daarna Gijs om het zadel op de rug van Freek te leggen. Ondertussen waren de kinderen klaar met poetsen en met hulp van Laura zadelden ook zij hun paarden op. Daniëlle keek naar de natuurlijke bewegingen waarmee Elin dat deed. In die paar maanden tijd was ze er al helemaal vertrouwd mee geworden.

Ze dacht terug aan hun vorige bezoek aan deze stal. Het was zo kort geleden, maar het leek een eeuwigheid. De angst die ze had gevoeld toen ze het berichtje had gekregen, hier, op dezelfde plek waar ze nu stond. Haar blik, vertroebeld door duizelingen, waarmee ze de omgeving had afgespeurd. De parkeerplaats waar hij moest zijn, zijn blik die ze niet kon zien maar als een laser door zich heen voelde gaan. Het niet weten waartoe hij in staat was, maar het besef dat dat weleens al haar voorstellingsvermogen te boven kon gaan. Dat haar kind in gevaar was. Dat kind, dat zo boos op haar was geweest. Door teleurstelling ingegeven woede die Daniëlle zoveel pijn had gedaan.

Ze kon het gevoel zo terughalen, maar het was anders. Er zat een laag overheen. Een zachte laag die de scherpte eraf haalde. Die maakte dat het geen pijn meer deed, maar alleen nog wat stak. Dat was goed, dat steken. Ze hoefde niet te vergeten. Juist niet. Het versterkte het besef dat het nu voorbij was. Alles.

Laura kwam eraan met een krukje en Daniëlle steeg op. Ook Gijs klom verrassend soepel op de rug van zijn paard. Nadat ook de kinderen en Laura waren opgestegen, vertrokken ze. De paarden liepen braaf achter elkaar aan, het duinpad op. Her en der kwamen vogels voorbij, aan de zijkant van het pad schoten konijntjes weg voor de paardenhoeven.

Gijs zat wat onwennig in het zadel, maar leek zich al snel zekerder te voelen. 'Brave jongen', zei hij zacht tegen zijn paard. En toen, tegen Daniëlle: 'Ik denk toch dat ik een geboren cowboy ben.'

'Geen twijfel mogelijk', grijnsde Daniëlle. 'We gaan straks een stuk in galop, zodat je het kunt laten zien.'

'Alsjeblieft niet', lachte Gijs. 'Ik vind het zo al hard genoeg gaan.'

Het pad versmalde en Daniëlle stuurde haar paard voor dat van Gijs. Ze bereikten de strandopgang en de paarden liepen moeiteloos het duin op en daarna weer af. Net zoals de vorige keer was het strand vrijwel verlaten.

'We rijden naar de waterlijn', riep Laura. 'En dan rijden we evenwijdig daaraan verder. De paarden zijn het natuurlijk gewend, dus je hoeft niet bang te zijn dat ze schrikken van een beetje water.'

'Gelukkig maar', mompelde Gijs en Daniëlle grinnikte. 'Ik dacht dat jij zo'n cowboy was.'

Hij lachte, maar zei niets terug. Ze bereikten de waterlijn en gingen linksaf. De paarden stapten kalm voort. Met zachte ploffen kwamen de hoeven neer in het zand. Voor haar zag Daniëlle de ruggen van haar kinderen, kaarsrecht in de zadels. Elin riep iets, waarop Siem in lachen uitbarstte. Daniëlle zag hoe de hand van haar zoontje naar de manen van zijn paard ging. Hij aaide er even doorheen. Elin draaide zich om en zei iets tegen Gijs dat Daniëlle niet kon verstaan. Het gezicht van haar dochter straalde zoveel geluk uit dat ze alweer een brok in haar keel voelde.

Ze richtte haar blik op de zee, de golven die aanspoelden en zich terugtrokken, in hun eeuwigdurende ritme. Zoute wind blies langs haar gezicht. Silvan brieste. Ze liet de teugels wat vieren.

Ze keek naar Gijs. Zijn vertrouwde profiel, zijn haar dat aan de achterkant onder de cap vandaan kwam. Hij keek voor zich uit naar de kinderen en daarna naar de zee. Als laatste richtte hij zijn blik op haar. Ving de hare. Ze bleven elkaar aankijken. Woorden waren niet nodig, Daniëlle wist zo ook wel dat ze hetzelfde dachten. Als alles wat er was gebeurd ergens goed voor was geweest, dan was het voor hun band. Meer dan ooit wist ze wat ze aan Gijs had, meer dan ooit besefte ze dat ze er nooit alleen voor zou staan. Dat ze altijd op hem kon rekenen. En dat ze samen alles konden overwinnen.

Ze hadden elkaar veel vastgehouden, de afgelopen dagen. Vaak zonder woorden, omdat ze niet goed wisten wat ze moesten zeggen. Er waren maar weinig woorden die recht deden aan hun gevoel.

'Wil je het huisje verkopen?' had Gijs al vrij snel aan haar gevraagd.

Die vraag was natuurlijk allang door Daniëlles hoofd gegaan. Kon ze gelukkig zijn in een huisje met zo'n zwart verleden? Kon ze het ooit van zich afzetten? Moest ze het van zich afzetten?

Ja, had ze eerst gedacht. Ze wilde het verkopen. Ergens anders opnieuw beginnen. Ze zou nooit kunnen vergeten wat er aan hun huisje kleefde.

Maar was dat dan de oplossing? Moest ze het ontkennen, ervoor weglopen, om van het huisje te kunnen genieten? Was het niet beter om het verhaal te vertellen, het juist niet te vergeten? Het Duitse echtpaar had veel van het huisje gehouden. Ze hadden het inderdaad willen verkopen aan mensen die ervan konden genieten. Die het zouden gebruiken zoals het was bedoeld: als uitvalsbasis om te genieten van een van de mooiste plekken ter wereld. Om ervan te houden, het te koesteren. Verkoop zou het verleden niet kunnen uitwissen. Verkoop zou het verhaal juist doen wegzakken.

'We houden het', had ze uiteindelijk tegen Gijs gezegd

en in zijn blik had ze gezien dat dat ook zijn wens was.

Ze keek weer naar hem. Samen konden ze stormen aan. Ze glimlachte voorzichtig, breekbaar. Gijs' mond plooide zich ook in een lachje. Zijn lippen vormden woorden die door de wind werden weggeblazen, maar die ze wel kon aflezen. Ze slikte tranen weg.

'Ik ook van jou', zei ze toen, hard genoeg voor Gijs om te horen. 'Ik ook van jou.'

Ibiza Club

€ 15,-

Zoutelande

€ 15,-

Costa Brava

€ 10,-

Bestemming Bonaire

€ 10,-

Zomernacht

€ 6,-

Casa Ibiza

€ 6,-

Winterwereld

€ 6,-

Zomerhuis

€ 6,-

Winterzon

€ 6,-

Zeezicht

€ 6,-

De jaarclub

€ 6,-

Vive la France

€ 6,-

Ski resort

€ 6,-

Villa Toscane
€ 6,-

Off piste
€ 6,-

Viva España
€ 6,-

Winter chalet
€ 6,-

Blue Curaçao
€ 6,-

Piste alarm
€ 6,-

Last minute
€ 6,-

Vakantievrienden
€ 6,-

Voetbalvrouwen
€ 6,-

Lezers van Linda van Rijn lezen ook graag Mariëtte Middelbeek

Vier vriendinnen, die elkaar kennen van de middelbare school, zoeken weer contact nadat in de duinen van Bloemendaal het lichaam van de vijfde vriendin uit het groepje wordt gevonden. Maar voor ze elkaar hebben ontmoet, slaat het noodlot ongenadig toe.

Flashback, € 6,-

Als haar driejarige dochter Bibi wordt ontvoerd, begint voor Lena een verschrikkelijke nachtmerrie. Is het geld waar de ontvoerders op uit zijn, of is er iets heel anders aan de hand?

Revanche, € 19,99

Colofon

Redactie: Karin Dienaar
Omslagontwerp: Riesenkind
Omslagbeeld: Shutterstock/ Iko
Zetwerk: Mat-Zet bv, Huizen
Druk: Wilco

Eerste druk juni 2020
Tweede druk juli 2020

ISBN 978 94 6068 455 5
E-ISBN 978 94 6068 748 8
NUR 305

Uitgeverij Marmer BV
De Botter 1
3742 GA BAARN
T: +31 649881429
I: www.uitgeverijmarmer.nl
E: info@uitgeverijmarmer.nl

www.lindavanrijn.nl
@lindavanrijnthrillers